U0096321

中國新聞史研究輯刊

二 編

主編　方　漢　奇

副主編　王潤澤、程曼麗

第 1 冊

北洋政府時期的新聞業及其現代化（修訂版）（上）

王潤澤　著

花木蘭文化出版社

國家圖書館出版品預行編目資料

北洋政府時期的新聞業及其現代化（修訂版）（上）／王潤澤
著 -- 初版 -- 新北市：花木蘭文化出版社，2014〔民 103〕
序 4+ 目 6+208 面；19×26 公分
（中國新聞史研究輯刊 二編；第 1 冊）
ISBN 978-986-322-808-0（精裝）
1.中國報業史　2.北洋政府
890.9208　　　　　　　　　　　　　　　103013281

ISBN-978-986-322-808-0

9 789863 228080

中國新聞史研究輯刊
二 編　第 一 冊　　　　ISBN：978-986-322-808-0

北洋政府時期的新聞業及其現代化（修訂版）（上）

作　　者　王潤澤
主　　編　方漢奇
副 主 編　王潤澤、程曼麗
總 編 輯　杜潔祥
出　　版　花木蘭文化出版社
發 行 所　花木蘭文化出版社
發 行 人　高小娟
聯絡地址　235 新北市中和區中安街七二號十三樓
　　　　　電話：02-2923-1455／傳眞：02-2923-1452
網　　址　http://www.huamulan.tw 信箱 hml810518@gmail.com
印　　刷　普羅文化出版廣告事業
初　　版　2014 年 9 月
定　　價　二編 11 冊（精裝）新台幣 22,000 元

版權所有·請勿翻印

北洋政府時期的新聞業及其現代化（修訂版）（上）

王潤澤　著

作者簡介

　　王潤澤，中國人民大學新聞學院教授、博導，《新聞春秋》雜誌主編，中國新聞史學會副會長，美國哥倫比亞大學孔子學院中方院長。曾在日本、美國哈佛大學等做訪問學者。主要從事中國新聞傳播史的研究，著有《中國新聞媒介史》等多部專著與合著，主編《中國人民大學新聞學院藏稀見民國新聞史料彙編》（29 冊）等多部著作，發表學術論文 70 餘篇，其中多篇被《新華文摘》、《新聞與傳播學》、《歷史學文摘》等專業期刊轉載。參與或主持國家重大、教育部重大、國家社科等各級項目多項。獲吳玉章優秀青年科研獎、教育部新世紀優秀人才支持計畫等多項獎勵。

提　　要

　　1916 年到 1928 年的中國，政治紛亂、軍閥迭起。伴隨著政治和社會的動盪，中國思想界、知識界、新聞界面臨空前自由、充滿探索精神。一戰後民族經濟崛起、現代教育以及交通郵政系統的發展，爲中國新聞業的前進提供了動力。

　　期間，各類媒體已基本成熟：官方報紙、商業報紙、政黨報紙、宗教報紙分別有比較嚴格的定位和運作體系，在各自的領域表現出專業優勢。廣播媒體開始出現，由於條件限制，在新聞傳播方面還比較薄弱；國際通訊社依然壟斷中國大部分報導，但被業界認可並利用的國內通訊社開始出現，並呈現出良好的發展勢頭。

　　新聞業的現代化進程並不不平衡。媒體在物質技術、組織機構、經營管理、業務領域、思想觀念等幾個方面不斷進步，但各要素前進的步伐不太協調。一般來說，物質技術的現代化，基礎薄弱，發展緩慢。組織結構與經營管理方面，現代報業的特徵比較明顯，新聞業務和經營分開，建立起符合現代新聞業的細緻合理分工體系。業務領域，採寫編評均有現代意識，但依然比國際社會落後不少。思想觀念層面，中國報人開始真正從專業的角度審視自身，對自己應負的社會功能和歷史使命有了更加客觀、理性和專業的認識。新聞業的獨立和自由是他們的理想和努力的方向，雖然報紙上充斥著假消息，報界內流行各種津貼，但依然有爲了新聞報導不惜身陷囹圄、犧牲生命的勇士。

　　北洋政府時期的新聞業是中國新聞現代化過程中生機勃勃、最富變化的時期。

序

方漢奇

　　呈現在讀者面前的這部《北洋政府時期的新聞事業及其現代化》，是作者從事新聞史教學與研究以來完成的又一部學術專著。是以她的博士論文為基礎，經過補充、修改和加工後付梓的。

　　在中國現代史上，北洋政府時期，通指民初到「北伐」結束和南京國民政府成立前約二十來年的一段時期。這段時期的歷史，長期以來，是經常被簡單化和妖魔化的。例如，一提到這一段由北洋軍閥統治的時期，浮現在眼前的，往往是一幅幅「城頭變幻大王旗」，和各系軍閥「你方唱罷我登場」，爾虞我詐，窮兵黷武的混亂場景。具體到新聞史，經常想到的也往往是這一段時期發生過的多少家報紙被封，多少家報紙被傳訊，多少家報紙被搗毀，多少名記者被殺，多少名記者被捕入獄的「癸丑報災」；給報紙出版以諸多限制的 1914 年頒佈的《報紙條例》，和 1918 年頒佈的《報紙法》；以及邵飄萍、林白水等著名報人在不到一百天內雙雙被捕遇害等場景。總之，那是中國現代史上的一個極端黑暗的時期。

　　其實，這是把歷史過份的簡單化了。上述的那些史事，都完全屬實。但只反映了北洋政府時期歷史的一個側面。因為那個時代畢竟是一個在漸進中的和多元化的時代，是一個五色雜陳，瑕瑜互見，各種國內外的政治力量、社會力量，各種主義、各種學術觀點、各種思想主張、各種宗教信仰、乃至於各種文學藝術流派都在各自的領域內，尋求發展的時代。每一個方面都擁有自己的活動空間。一切正面的負面的事物和觀念，都在充份的展示自己，都在通過各種媒介，大喊大叫，擴大自己的影響，都在爭取社會的認同，都在以各種方式進行著較量。除了負面的事物和觀念之外，這一時期其實也還

有不少並非負面的東西。新文化運動的勃興，各種社會思潮和馬克思主義在中國的傳播，新興政治力量的誕生和中國共產黨的成立，軍事「北伐」和大革命的發動，兼容並包的大學辦學理念，和「自由之思想，獨立之精神」的學風的建立，學術上的百家爭鳴，媒體上的文人論政和處士橫議，所有這些，都發生在這一時代，都是這個多元化的時代的產物。在當時，各派軍閥政客和政治勢力之間，既要研究拳經，也要講點「行規」和遊戲規則，他們之間不僅打武仗，也打文仗。看看那一時期報紙上登載的連篇累牘的互相聲討的「通電」，就可以看出，他們每一個人都把自己描寫成眞理和正義的化身，國家利益和憲政的維護者，而把罪惡和責任推給別人。好人和壞人並不是簡單的刻在人們的臉上，讓人一望而知的。在經濟上，這一時代也被認爲是「中國資本主義的黃金時代」。對外貿易總值從 1918 年的 10・4 億兩，增至 1923年的 16.7 億兩，現代工業的增長率達到 13.8%〔註 1〕。這樣高的增長率，在中國近現代史上絕對是空前的。在以後的一段時期內，似乎也不曾有過。總之，這一段時期雖然是軍閥混戰的時代，但是，教育、文化、經濟、社會等領域仍然出現了史無前例的繁榮。現代工商業、現代大學、現代學術、現代社會的組織形態仍在迅速發展。其間的某些成就，是可以載入史冊，垂之久遠的。

新聞事業也是這樣。北洋政府時期，除了個別報人的無端被害，凸顯了屠夫的兇殘之外，總體上看，這一段時期其實是近代中國新聞事業發展得比較快的一段時期。《臨時約法》和 1923 年的民國《憲法》，給辦報活動提供了象徵性的支持，辦報因此是可以自便的，只要你不怕賠錢和被無端查封。查封了，也還可以改頭換面再辦。實際上，民辦報紙在袁世凱以後的相當長的一段時間內，也確實有了比較大的發展。數量由 1912 年的 250 種，增長到了1927 年的 628 種。舊中國資格最老影響最大的《申》《新》兩報，都在這一段時間內，進入了他們辦報歷史上的黃金時期。兩報的大樓，舊中國最好的兩座報業建築，都落成於這一時期。上個世紀上半葉影響較大的幾家報紙，如北京的《京報》、《世界日報》，天津的《庸報》和新記公司的《大公報》等，都創始於這個時期。中國最早的報業集團，出現於這個時期。國共兩黨的不少有影響的黨報，創辦於這一時期。最早的新聞學團體，最早的新聞教育，也都肇始於這一時期。以上這些都說明，北洋政府時期的新聞事業，在中國新聞事業史上，佔有極爲重要的地位。它應該是中國新聞史上很值得深入研

〔註 1〕 費正清：《劍橋中華民國史》上冊 736～737 頁。

究的一個時期。

但是長期以來，這一段時期新聞事業史的研究，除了中國共產黨早期辦報活動的歷史和個別大報的歷史外，大部分都被忽略了，被淡化了，被簡單化了。這不能不說是整個中國新聞史研究，特別是中國現代新聞史研究的一個重大的缺陷。

作者的這部專著，在一定程度上彌補了這方面的不足。雖然她把重點放在 1916 至 1928 年這個時間段，略去了民初特別是袁世凱執政的那一段時期，但並不妨礙她對整個北洋時期新聞事業的情況的把握，和由此作出的全面深入的概括和分析。這部書不僅對這一時期的官辦報紙、政黨報紙、商業報紙、宗教報紙、通訊社及廣播電臺等各種媒體，分門別類的作了介紹和研究，也對這一時期中國新聞事業運營模式的現代化，和新聞理論新聞理念的現代化，作了一定的探討。它將有助於對這一時期中國新聞事業的全面的瞭解。

作者早年從事過新聞工作，曾經是一位出色的電視記者。上個世紀 90 年代以來，轉而從事中國新聞事業史的教學與研究，成績斐然。她治學嚴謹，開掘較深，注意掌握第一手材料，力求做到言必有徵，有幾分證據說幾分話。與此同時，她還有較開闊的學術視野，和善於借鑒人文社會科學其他學科的研究方法，從事新聞史的研究。使得這部書，具有較高的學術價值。它的出版，彌補了中國現代新聞史研究的不足，是值得歡迎的。

方漢奇

2009 年 3 月 15 日　於北京宜園

目

次

下 冊

前　言

　　北洋政府統治時期是中國由傳統社會向現代社會演變的轉型時期，在歷史上起著承前啓後的重要作用。該時期紛繁複雜的政治鬥爭、變幻莫測的時局變遷，催生了生機勃勃的媒體、生動活躍的報人。以往對該階段的研究多以批評揭露北洋政府對新聞業和報人的迫害爲主，但實際上那時的媒體環境整體相對寬鬆，媒介發展比較迅速。目前，隨著「左」的意識形態對學術影響越來越弱，北洋軍閥統治時期眞實的歷史面目和評價開始出現。比如經濟史開始肯定該時期中國國民經濟高速成長的功績，法制史和政治史開始肯定該時期對於中國現代司法制度和民主制度所做的努力和嘗試，而在我們新聞業發展的歷程中，種種迹象也表明該時期是媒體發展的又一黃金時期——現代化的報館大樓已經在中國的大城市出現，高速輪轉印刷機開始在報館應用，電報、電話等通訊技術成爲新聞傳遞的重要手段；同時，傳統商業報業開始進行現代企業制度的改革，符合現代媒體運營的內部機構設置和人事制度、福利制度開始出現；發行和廣告收入成爲報刊經濟的重要來源；新聞採訪業務走出國門，採編業務越來越符合現代新聞業的要求；新聞理論也在不斷發展，除了西方的新聞理論被介紹到中國外，中國的新聞界也對自身進行了理論性反思。令人振奮的報團開始出現；新思潮湧動，來自西方的民主自由的資本主義啓蒙思想和社會主義的救國主張同時在報刊上大放異彩；而頗具中國特色的以「文人議政」爲內涵的報刊，在經歷了王韜、梁啓超等人的探索和實踐後，開始顯示她正走向成熟的魅力，……所有的線索顯示出該時期正是中國新聞業走向現代化的重要階段。因此對該時期進行系統研究有重大的史學價值和現實意義。

　　該階段研究已有一定基礎，取得了一些成就。

　　首先新聞史研究的奠基之作，戈公振的《中國報學史》裏有相關內容的介紹。該書是按照報紙的類別來劃分的，主要涉及了「官報獨佔期」、「外報創始時期」、「民報勃興時期」；雖然一直寫到 1926 年，但民國成立後的報刊歷史，只有短短的四節內容，分別是：1、兩度帝制之候現；2、雜誌；3、國內外會議與我國報界；4、結論；其中所涉及的 1916 年後的報紙基本沒有，雜誌僅 35 份，大部分只有短短的幾句話；但他留下了報界之現狀，新聞、廣告、發行、銷數、印刷、紙張、用人、副刊及小報、圖畫與銅版部，部分的展現當時媒體的狀態。

　　方漢奇教授的《中國近代報刊史》中有關該時期的研究，是目前新聞傳播史界較權威和深入的研究，基本成為目前中國新聞史教材和各種通史對該時期表述的藍本。該著作第七章裏的第四、五、六節分別論及以下問題：

　　第四節：1、報刊言論出版自由繼續受到限制；2、辦報成為一部分資產階級文丐賣身投靠、營私牟利的手段；3、多數報紙的館舍和編輯出版條件十分簡陋；4、新聞業務工作有所改進，但進展不大；5、以「鴛鴦蝴蝶」為中心的報紙副刊和小報、期刊泛濫一時；6、通訊社有了進一步的發展。

　　第五節：1、民初的新聞記者和新聞學研究活動；2、涉及到的代表人物：黃遠生、邵飄萍、林白水、劉少少、徐淩霄、胡政之等；3、北京大學新聞學研究會。

　　第六節：新思潮的傳播和激進革命民主主義者的報刊活動：重點為魯迅、其次為李大釗和陳獨秀。

　　以上是國內關於該時期新聞業歷史的主要研究內容，其餘關於該時期的研究基本沒有跳出這個框架，如迄今為止最全面的新聞史著作——方漢奇教授主編的《中國新聞事業通史》——中有關該時期的論述：第二卷第八章第四節，北洋軍閥對新聞事業的統治：1、各派軍閥的報刊活動；2、北洋軍閥對新聞事業的摧殘；3、邵飄萍、林白水的被害；4、人民群眾在新聞戰線上的鬥爭等，基本是對以往研究成果的編錄。另外，在「民國初年的新聞事業」、「五四運動時期的新聞事業」和「大革命時期的新聞事業」等章節中，也有從不同側面和角度的研究內容。

　　臺灣曾虛白教授的《中國新聞史》中，相關內容散佈在「民國初年的報業」、「從『五四』到『北伐』的報業」等章節裏。其中談論到的 1916 年後出

版的報刊不多，但從報紙企業化的角度作了少量論述；賴光臨教授相關著作中關於該時期的介紹也基本相似。

其次在個案的研究中，也出現了一些針對著名報刊和報人的深入研究，如邵飄萍和《京報》、陳獨秀與《新青年》、胡政之、張季鸞與創辦時期的新記《大公報》等；五四運動時期新聞業務的改革進步，如俞頌華、瞿秋白等的蘇俄採訪，四大副刊，言論發展等，也屬該時期的研究範圍。

但北洋政府時期新聞事業史的研究也還有不足。

首先，整體性研究缺失。目前關於該時期的研究多以個案為主，包括報紙、報人、新聞事件等，只見樹木，不見森林；系統性的研究沒有。

其次，現有成果在研究框架和體例上的比較傳統。研究框架一般按照以下幾個階段展開，民國初年、五四運動、共產黨成立和大革命時期，實際上這樣的劃分是將新聞業發展的歷史簡單等同與革命史了。新聞史的研究與革命史的研究應該有本質性的不同，因為媒體在革命中所起的作用只是媒體功能中的一個部分，革命派的媒體人也只是所有媒體人中的一個部分，甚至革命性也只是這部分人複雜個性和政治屬性中的一個側面，不能簡單以革命史的線索來替代新聞史研究的線索。新聞史的研究應該有自己的規律，符合自己的特點。在研究體例上，一切和革命有關的報紙和報人被強調出來，與革命無關的新聞事件被掩蓋起來，新聞的歷史被政治和意識形態分割了，失去了自身發展的連續性；這種狀況也存在於個案的研究中，對單個報紙或報人，也是用政治色彩來區分，與正統顏色相近的，突出出來，其他的掩蓋起來，這樣，人物和報刊的歷史常常是神龍見一段的感覺，有時是見首不見尾，有時是見尾不見首，有時是只見一個側面，而沒有整體，有點「以論帶史」。

第三，研究結論比較單薄、片面。由於北洋軍閥脫胎於「竊國大盜」、「復辟帝制」的袁世凱，因此被統統貼上了「沒落」「腐敗」等貶義標籤。作為國共共同的敵人，在意識形態的影響下，他們的落後和劣跡被挖掘出來：囚禁張、曹等記者，捕殺邵、林等報人，查封報館，鉗制新聞自由，「三一八」慘案等。但這只是事實的一個部分，其實還有另一部分，媒體對政府和政界人士可以比較公開和自由的批評，媒體和輿論界顯示了比較強大的力量，如「三一八」慘案後，在社會輿論強大的壓力下，段祺瑞的自動辭職，成為中國歷史上唯一一次由於（或部分由於）媒體和社會輿論的力量，導致政府倒臺的事件；同時偉大的「五四運動」也是爆發在這個時期。而在新聞業務領域，中國新

聞界更有長足進步。種種迹象顯示，北洋軍閥統治時期的中國新聞業有其生動活潑、積極發展的一面。我們需要對其進行全面的研究和評價。

本書研究中，筆者考慮較多的是採用何種路徑和方法〔註1〕。對前文所說的新聞史研究有太多革命史痕迹的傾向，本人也一度抱批評態度，在研究中，盡力擺脫「革命史體系」的傳統敘述體系。但今日，我較認可那種研究是當時社會發展所必須的過程。簡單的說，在建國初期，包括新聞史在內的中國近現代史，用革命史的框架進行研究，比較能說得清楚，也部分符合當時社會歷史發展的需要；而對於新聞學來說，用此方法也能對新聞與政治之間的關係進行較爲全面和深刻的解讀。不過現在改革開放已經 30 年了，歷史在不斷的前進，社會也在不斷發展，學術界漸漸不再以階級鬥爭、革命鬥爭作爲梳理歷史的線索，而是以現代生產力、經濟發展、民主政治、社會進步等作爲研究參照和目的，因此「現代化歷程」越來越成爲適合時代需求的歷史研究體系。中國近現代史即從經濟史和社會史作爲突破口，產生了令人矚目的活力。新聞史的突破口在哪裏？很多學者做了有效的嘗試。而本研究中，關注了新聞業自身現代化的過程。這只是研究新聞史的一個路徑，這個路徑的特點是，能發現新聞史內在的一些要素，對認識當時的新聞界自身發展有幫助；但對研究新聞界與外界的聯繫，比如與社會的互動、與政治的關係等方面涉及不深。就像認識一個人一樣，有的傾向從內在的方面看，如性格、品德、思想；有的願意從外在的方面研究，如社會關係、地位、職務等。我想我的研究路徑在前者，因此這讓我的研究興趣落實在新聞業一些內在因素上。而這些因素如要說的清楚，運用現代化的研究角度更合適。

需要強調的是，本書的目的與其說要爲新聞業的現代化理出一個標準來，不如說僅想展示在某個特殊時期新聞業現代化的一個過程。現代化理論十分龐雜，本書並不想涉及複雜的理論問題，只是取「現代化」的「理想型」（ideal type）之意，在已被普遍接受的現代化的三個層面，物質層面（或器具層面）、制度層面、思想層面的基礎上，按照新聞業自身現代化的構成層次進行展示。費正清指出「每一領域的現代化進程都是用各該學科的術語加以界說」〔註2〕，對「學科專業術語」的強調，實際上是突出了現代化進程中每個

〔註 1〕 這也是筆者在新聞史研究中，考慮比較多的問題。參見拙作《專業化：新聞史研究的方法和路徑的思考》，《國際新聞界》2008 年第四期。

〔註 2〕 費正清編：《劍橋中國晚清史》下卷。

專業的獨立性和獨特性。這說明現代化的過程有共性，但更有個性。因此在界定中國新聞媒體的現代化標準時，將其分為五個方面——物質基礎、組織結構、媒體經營、業務和理論觀念，分別闡述。

還有要說明的是研究時間的界定。北洋軍閥的歷史可以追溯到袁世凱的小站練兵，大部分史學研究者對北洋軍閥的界定是將袁世凱包括在內的，但也有部分人認為北洋軍閥是指北洋軍隊中隸屬於袁世凱的年輕軍官們，如段祺瑞、吳佩孚、馮國璋、曹錕、張作霖、閻錫山、孫傳芳等，他們在袁死後，武力割據，分占中國大陸。以前者的標準，北洋政府在中國的統治應該從 1913 年算起，直到 1928 年；以後者的標準，該階段應從 1916 年開始算起，直到 1928 年。其實在新聞業的發展過程中，1913 年到 1916 年與 1916 年到 1928 年還是有諸多不同的，基本可以看作兩個時期。第一個階段為袁世凱統治時期，中國報業遭受巨大戕害，「癸丑報災」即發生在該時期；第二個階段，中國新聞業在各個方面都有了長足進步。本書以 1916 到 1928 年作為研究範圍。

在研究內容上，以新聞媒體為土，因此當時很多比較重要的文學類、專業類和學術類期刊並沒有包括在內。這裡要澄清幾個概念：媒體是指包括廣播、報紙、雜誌、通訊社等當時已經存在的媒體形態；新聞媒體是能夠報導新聞的媒體，當時新聞媒體的主流是報紙，電臺的主要功能就不是播報新聞，因此對廣播電臺的論述就不是重點，研究的重點還是報刊，特別是後五章對新聞媒體內部運作方面的研究，多是在報紙領域開展的；新聞業的內涵是指整個新聞媒體及其全部業務領域，包括新聞媒體形態、經營管理、採寫編評等業務領域。在梳理新聞媒體的過程中，將報刊主要分為官方報紙、政黨報紙、宗教報紙和商業報紙，其中將新聞性不強的官方報紙和宗教報紙放入其中，除了因為這兩種報刊中也有部分報導新聞外，主要是考慮到該階段新聞史研究的整體性。

原博士論文在答辯中，以下特點得到大家的認可，比如：「論文在寫作過程中，徵引了國內外和海峽兩岸有關這一時期中國新聞事業的大量研究成果，既有深入的個案研究，又有一定的面上的綜合概括和量化分析，執筆時力圖擺脫傳統新聞史研究的思維定式和寫作套路，在以上兩方面作了不少新的探索，自出機杼、頗多新意。是中國新聞史研究領域的一部有分量的斷代史研究成果」（導師語）；「論文結構上擺脫了傳統新聞史研究的套路，回歸新聞業本體，按照新聞業自身的類別、結構和發展特徵劃分研究板塊，將局部

和個案性質的新聞史研究納入整體性的斷代史研究中，研究的系統性得到強化。這種研究結構的重新架構，值得肯定」（答辯委員會）等。

但該書即將出版之際，筆者內心並不輕鬆。

首先論文關注的是一個階段的新聞史，而我能收集到的資料，仍不能充分論述那個時期中國新聞事業確切的面貌，有時甚至只能管中窺豹，描繪幾個側面，好在這些側面對我來說還有一定的研究興趣。

其次，由於本書體例和相關史料的局限，使論文論述的角度和重點前後有些差異，前半部分著重挖掘該時期不同類型新聞業的發展狀況，後半部分則更多關注於新聞業內部的情況。這樣安排主要是考慮到研究體例上的繼承與創新關係。前半部分更多是繼承以往優秀的研究體系和框架，後半部分主要是我個人研究的興趣所在，我更願意關注媒體背後和內部的運作。

第三，對新聞媒體的梳理上，由於篇幅和精力有限，一些比較重要的報刊種類並沒有單獨成章進行論述，如外國人在華媒體、文人論政的媒體，只是在一些章節中作了順帶論述，在政黨報紙中，民主共和 —— 進步黨的報刊實際上辦的很好，但由於該黨歷史地位不及國民黨和共產黨，也由於筆者精力有限，沒有太多論及；類似的情況還存在於商業報紙中；另外一些內容的安排也不是很完美，比如中國共產黨新聞思想在這個時期是非常重要的新聞理論上的創新，我考慮再三還是把這部分內容放在了介紹共產黨報刊的章節中，而不是新聞理論創新的章節中，這主要是因為「新聞理論和觀念的現代化」的部分，側重一些學術性和普通報人（非政治家兼報人）的觀點，更能反映這個領域常態。

最後，由於我受自身對新聞業務領域認知興趣點的影響，並沒有全面地分析各個領域內的所有要素，一方面是我駕馭一個較長時期通史的經驗和能力有限，另一方面，也是我個人並不願意做面面俱到地嘗試，因此並沒有結合文化史、社會史和思想史的研究領域進行，也看不到該時期新聞與政治、與思想或與和文化的深刻關係。在本研究中，我只想弄明白一件事，即新聞業自身發展的情況如何，並在此論題下做一些細節的討論，讓人們體會到新聞歷史的多姿多彩和不同側面。

以上缺憾只好在日後的研究中再補充了。

第一章　北洋政府時期中國新聞業概況

　　1916 年到 1928 年北洋政府統治下的中國，政治上頗爲混亂，西方學者稱之爲北京政府時期，定性爲「立憲共和國」，意思是這段時間，中國雖然處於實際的分裂狀態，各路軍閥窮兵黷武，但共和思想和體制卻在動蕩中漸漸被人們接受。而之前的 1912 年到 1916 年，國家形式上統一，代表獨立自由民主的共和制度已經建立，但在封建思想和外國勢力左右下，民主共和的思想和體制極爲脆弱。之後的南京民國政府又開始在統一的狀態下治理中國，呈現出一派新的景象。

　　從 1916 年到 1928 年，分裂的國家，互相牽制、鬥爭的政治軍事集團，混雜著不成熟的共和自由體制和自由民主思想，客觀上爲媒體發展營造了相對自由和寬闊的空間。中國經濟在一次世界大戰後的繁榮，也爲媒體發展提供了良好的氛圍。同時，無線通訊、印刷技術等現代技術的發展爲該時期新聞媒體的形態變遷提供可能。

　　在這變幻的時代，中國新聞業記錄、詮釋著社會，也記錄、詮釋了自己。

第一節　北洋政府時期中國新聞業的歷史環境

一、政治環境

　　袁世凱稱帝失敗死亡後，北洋軍閥登上歷史舞臺。復辟帝制並沒有帶給

袁世凱所期望的加強和鞏固中央集權，反倒埋下中國分裂的禍根。他死後，以黎元洪爲總統、段祺瑞爲總理的新政府，恢復《臨時約法》、恢復共和，但他們缺乏相當的政治號召力，軍事上也沒有威懾和鎭壓其他大小軍閥的絕對優勢。大小軍閥之間既沒有建立起共同的政治組織，對未來中國政治制度又沒有共同的觀點；在不同帝國主義利益集團的支持和控制下，迷信武力的軍閥們將中國帶入到軍事混戰的境地。「各股勢力猶如軍事領導和地方官員組成的星座，在極度混亂的環境中，首先關心的是其自身如何生存。這是爲動亂與內戰而設置的舞臺。軍閥時期開始了」。〔註1〕

1、國家政治局勢

北洋政府統治時期，中國政治上出現了消極的自由主義趨勢。自由主義原則是孫中山確立的，對新聞界影響巨大，出現歷史上所謂的「民國初年報業的黃金時代」，造就了媒體業短暫而空前的泡沫式繁榮。但自由主義在政治和國家制度上並未成功，它的失敗命運同樣影響了媒體業。袁世凱執政後，認爲議會和省自治削弱了全國政府，新聞自由也破壞了中央集權統治。於是他拋棄孫中山的自由主義原則，「利用機會廢除了議會和省自治及其輔助制度，如互相競爭的政黨和新聞不受檢查制度等」。〔註2〕甚至錯誤地認爲恢復帝制可以加強中央集權，最終復辟帝制，把自己淹沒在一片反對聲中。袁世凱死後，中國集權思想在實踐上徹底失敗，中國迎來了自由主義在思想和制度上的一個高潮——如果說自由主義在思想上流行是自發的結果，那麼體現在制度上的自由主義則有著明顯的被迫情節——中央政府勢力的衰退、地方勢力的興起、政治軍事上的混亂與思想上的自由主義，彼此間有著潛在的深刻聯繫。而這種自由主義對新聞業的再次繁榮產生了深刻影響。

當時有幾股勢力並存，南方四省雲南、貴州、廣西和廣東，因爲反對袁世凱稱帝而組成護國軍，成爲暫時協調一致的集團；1916 年 7 月護國戰役結束後，該集團勢力還局限在以往的範圍內，未擴展到臨近的四川和湖南。第二股勢力以馮國璋爲中心，集中在長江下游地區，他將自己定位爲中國的中

〔註 1〕 《劍橋中國史》第 12 冊，民國篇 1912～1949（上），費正清總主編，臺北南
　　　　天書局發行，1999 年 6 月）311 頁。
〔註 2〕 《劍橋中國史》第 12 冊，民國篇 1912～1949（上），費正清總主編，臺北南
　　　　天書局發行，1999 年 6 月）312 頁。

間勢力，既反對袁世凱與獨裁統治的集權政策，也拒絕加入南方的革命勢力。在代表全國政治中心的北京，段祺瑞於 1916 年 4 月擔任國務總理，實際取代袁世凱，成爲北洋領袖和以獨裁願望來統一全國的繼承人，但實際上他只是第三股勢力。而此時東北正醞釀著中國未來的重要勢力，即張作霖在東北三省的統治開始確立。

各路軍閥忙於地盤和利益的爭奪，他們「所製造的分裂與混亂，卻爲思想的多元化和對傳統觀念的攻擊提供了絕好的機會，並爲之盛行一時。無論中央政府還是各省軍閥，都無法有效的控制大學、期刊、出版業和中國知識界的其他機構。」〔註 3〕因爲沒有強有力的中央政府，因此對包括新聞業在內的教育、文化事業，無從進行控制管理，爲它們的發展提供了比較消極的自由環境。新聞業正是在這樣的「自由」中，獲得相對巨大的發展空間。林語堂曾通俗地解釋到，「一個政府越『強大』，報刊就越弱小，反之亦然。」〔註 4〕

2、租界的相對自由

除了分裂和混亂所製造的「自由空間」外，還有一種「自由空間」，客觀上爲媒體的發展提供保護，即各帝國主義在中國設立的「國中之國」——租界。由於租界範圍內的行政權力完全屬於管理國，有脫離中國統治權力的一整套行政和司法機構，它們在該國政府或政府代表的監督下，按管理國和租界外國納稅人的利益獨立行事，不受中國政府的約束。這種特權在侵犯中國主權的同時，也爲那裡的報紙提供了不爲中國政府管轄的寬鬆氛圍。資本主義國家在經過了一、二百年爭取新聞自由的歷程後，新聞自由、言論自由觀念比中國強，因此租界內的新聞言論氛圍要比其他中國地區相對寬鬆，很多報紙設立在租界，以外商名義註冊，獲得額外保護。1916 年中國境內的租界共有 31 處，其中兩處爲公共租界，其餘爲專管租界，〔註 5〕分屬於 8 個國家：英國、日本、法國、德國、俄羅斯、比利時、奧地利、意大利。所有租界中，上海面積最大，有 53,200 畝；天津最多，分屬 8 個國家，總面積也達

〔註 3〕《劍橋中國史》第 12 冊，民國篇 1912～1949（上），費正清總主編，臺北南天書局發行，1999 年 6 月，395 頁。

〔註 4〕林語堂著 A history of the press and public opinion in China, New York, Greenwood Press 1968, P.114。

〔註 5〕公共租界爲帝國主義列強共同治理的殖民地；專管租界是某一個帝國主義國家單獨擁有的殖民地。

24,000 畝；次於上海和天津的是漢口，共有 5 個國家的租界，總面積爲 2,700 畝。〔註 6〕這三個租界是帝國主義重點經營的，是各租界中最繁榮的，出版報紙數量位居前列，如日本滿鐵統計：1926 年天津報刊爲 46 家，爲全國之冠，上海 28 家，位居第三，漢口 25 家，排第五。許多重要報紙的報館也建在租界內，如上海新聞業聚居之地的望平街就地處公共租界，《申報》、《新聞報》、《時報》、《時事新報》、《民國日報》、《神州日報》等十幾家報館都建在這裡。天津租界因毗鄰北京，成爲外國勢力辦報的中心。自 1894 年 3 月，天津印刷公司創辦北方影響最大的英文報紙《京津泰晤士報》後，很快超過報業歷史悠久的廣州，成爲僅次於上海、香港而居全國第三位的外人宣傳重鎮；中國近現代史上有很大影響的《大公報》就先設天津法租界，後遷日租界，1936 年到上海出分版，同樣設在望平街，始終不出租界的範圍。

租界有限的新聞自由，在歷史上成爲中國異見分子的庇護所，清末時期的改良派和革命派都曾利用這裡相對自由的環境進行宣傳活動，1903 年著名的「蘇報案」就是一例。中國共產黨的新聞事業也是利用租界的條件隱蔽誕生發展的。1920 年 11 月，半公開的《共產黨》月刊在上海正式出版。該刊不標明編輯、印刷、發行地點，作者全用假化名，廣告上稱「代售所廣州雙門底共和書局」，實際上編輯部就設在上海法租界輔德里 625 號。中共上海發起小組刊物《新青年》、中國勞動組合書記部機關報《勞動周刊》等都是在租界內出版的。

但當中國革命的矛頭開始指向帝國主義時，租界對中國新聞事業的態度和政策也相應發生變化，「他們千方百計地限制革命報紙的發展，與中國統治者的合作也比以前大大增加，中國的刑律，也成爲工部局鉗制新聞的藉口，租界當局的一些新聞法令也相繼出臺」。〔註 7〕五四運動爆發後，由於矛頭直指帝國主義，因此租界當局藉口「有礙治安」，取締上海學生聯合會的《學聯日報》，以莫須有的罪名封禁留日歸國學生的《救國日報》；並於 1919 年 6 月 22 日頒佈了上海租界的第一個新聞出版法，《上海法租界發行印刷品定章》。緊接著 7 月 10 日，公共租界工部局又通過了「納稅西人特別

〔註 6〕 袁繼成，《近代中國租界史稿》，中國財政經濟出版社，1988 年版，第 111～115 頁。

〔註 7〕 薛飛，《舊中國的租界與報紙》，《新聞與傳播研究》，1999 年第 4 期，第 72 頁。

「會議」提出的《印刷附律》提案〔註8〕，但因遭到社會各界的反對，提交北京公使團批准時被拒，不過該「附律」的原則精神在實踐中得到貫徹。7月下旬，《民國日報》被公共租界總巡捕房指責爲「煽動人心，擾亂治安」，「公然鼓吹暗殺」，勒令停刊兩天。《新青年》第八卷付排時，全部稿件被法租界搜去，不准在上海印刷。

即使如此，租界的輿論環境還是相對寬鬆的，雖然在北洋政府時期租界內的新聞事業與租界當局處於管理與被管理，約束與被約束的鬥爭狀態，但鬥爭的結果往往取決於租界當局對利弊得失的權衡，並沒有具體的法律規章作爲準繩。

3、新聞業相關的法律環境

租界外，中國大部分地區的新聞業發展所直接面對的政治壓力，從理論上講是各種針對新聞出版的法律法規。該時期新聞法律的制定和執行相對薄弱。

首先，新聞法律的頒佈制定相對滯後。民國成立後到1928年國民黨南京政府建立前，中國新聞業的法律集中頒佈於袁世凱時代，其先後制定頒佈實施了一系列報刊法令法規，主要有：《報紙條例》（1914年4月2日頒佈），《修正報紙條例》（1915年7月10日公佈），《陸軍部解釋報紙條例第十條第四款軍事秘密之範圍》（1914年6月24日公佈），《新聞電報章程》（1915年公佈）等專門的報刊法律法令制度；以及《出版法》（1914年12月4日公佈），《著作權法》（1915年11月7日公佈），《著作權法註冊程序及規費施行細則》（1916年2月1日公佈）等與報刊活動具有密切關係的法令法律制度；還有諸如《戒嚴法》（1912年12月15日）《治安警察條例》（1914年3月2日公佈），《預戒條例》（1914年3月3日公佈），《陸軍刑事條例》（1915年3月18日公佈）等法律法令制度，基本上構成了一個由專門法──相關法──綜合法互爲補充的報刊法律法令制度體系〔註9〕。

〔註8〕這一提案最初動議於1903年「蘇報案」發生之後，當年7月工部局致函北京公使團領袖公使，提議在公共租界內出版的華文出版物，必須事先申請領取執照，批准後方可印刷刊行。北京公使團認爲工部局的要求越權，未予批准。直到20年代中期，該附律多次提交北京公使團，企圖通過，顯示出租界當局鉗制輿論的意圖和苦心。

〔註9〕倪延年，《論北洋政府時期的報刊立法活動及主要特點》，《南京師大學報》（社會科學版），2004年5月第3期，第99頁。

袁世凱死後，北洋軍閥體系分崩離析，加之張勳復辟、北伐戰爭，國內政局動蕩，後來執政的北洋軍閥既沒有能力、也沒有心思來進行法制建設。因此，袁世凱之後的北洋軍閥政府在報刊法制建設方面就乏善可陳了。

其次，段祺瑞、黎元洪上臺之初即宣佈恢復《中華民國臨時約法》，恢復國會，廢止袁世凱統治時期鉗制言論出版自由的一切禁令。1916 年 7 月 6 日和 8 日，北京政府先後「咨」全國各省區，宣佈此前查禁各報「應即准予解禁」、「一律自可行銷」。7 月 16 日，黎元洪又以大總統名義簽署「申令」，宣佈廢止袁世凱頒佈的《報紙條例》；並恢復新聞記者招待處，宣佈「凡中外文電有關國計者許登錄」〔註10〕。6、7 月間，內務部先後解除了對《時事新報》、《民國日報》、《中華新報》、《民信日報》、《民意報》、《共和新報》等的禁令，引起新聞界慎重歡迎。

軟弱的中央政府也曾嘗試設立新的新聞法或報紙法，但以失敗告終。1918 年 10 月 17 日，北洋政府法制局向國會提呈了一個包含 33 條內容的《報紙法案》，咨請國會「取決」。後因懾於社會輿論，眾議院將《報紙法案》「交法制股審查」，最終未能出臺。

第三，在執行上，袁世凱頒佈的《出版法》曾在一段時間內作為對新聞業進行管理的法律依據。如 1925 年「五卅運動」期間，上海公共租界警務處依此處罰上海《東方雜誌》出版的《五卅臨時增刊》，拘捕了商務印書館負責人王雲五、郭梅生，判決王雲五等人罰款 100 元，再交保 500 元，並且要保證「以後不得再刊登此類文字」。事件發生後，遭上海日報公會、上海書報聯合會等團體聯名上書反對，在社會輿論強大壓力下，北洋政府於 1926 年 1 月 27 日宣佈廢止袁世凱制定的《出版法》。但其他袁世凱政府頒佈實施的《戒嚴法》、《治安警察條例》、《預戒條例》、《陸軍刑事條例》等一體沿用。尤其《戒嚴法》為各地執政軍人濫加援引，遭其封禁和摧殘的報刊與報人難以統計。如北京的《益世報》、《五七雜誌》、《救國周刊》等就是應京師警備司令部的來函要求，被京師警察廳查禁〔註11〕。

最後，一些新出臺的條例或規定也部分起到了管理新聞的職責。如 1916 年 9 月，黎元洪政府內務部警務司制訂頒佈《檢閱報紙現行辦法》，選派專人

〔註10〕黃瑚，《中國近代新聞法制史論》，復旦大學出版社，1999 年，第 30 頁。
〔註11〕戈公振，《中國報學史》，中國新聞出版社，1985 年，第 256 頁。

逐日檢閱在京出版的報紙，在外省或外國出版的報紙也要選購檢閱，把現行法律中有關報紙的規定作爲檢閱報紙的標準（當時主要是指《出版法》），檢閱人要分類檢閱，並把檢閱情況報次長總長，事關重大者應用部令通知警廳辦理等。1917 年又宣佈自 5 月 26 日起恢復郵電檢查。1918 年 8 月，北洋政府設立了「新聞檢查局」，規定該局可以對新聞報紙上刊載的新聞消息及其他內容進行「檢查」並予以處罰。「五四」運動以後，北京政府發佈了《查禁俄過激派印刷物函》，意在阻隔俄國十月革命的影響及馬克思主義在中國的傳播。同年 10 月 25 日，徐世昌政府內務部頒佈了《管理印刷營業規則》，規定「凡爲印刷營業者，無論專業兼業，均應先行呈報，得該管警察官廳許可，給予執照後，方准營業」、「警察官廳如認爲有違反出版法第十一條禁止出版之情形時，……應禁止其印刷」。1925 年 4 月，京師警察總監朱深頒佈了《管理新聞營業條例》，規定「發行報紙雜誌，須由經理人……呈報於警察廳，以憑發給執照」，並「須於呈報時取具妥實鋪保」，「於呈報後，須候官廳查明，核准發給執照，方得開始營業」〔註 12〕。

這些規定字面上比較苛細，但由於當時中國法制不健全，法治精神和實踐比較贏弱，因此現實中無法做到依法行事，法不責眾的情況時常出現。如交保證金制度，法律規定每個報館需要交納一定數量的保證金，但實際上，從 1917 年到 1920 年，北京地區的新聞紙中「有保證金」和「無保證金」的數額分別是 4：54，4：61，6：75 和 32；50〔註 13〕，法律規定形同虛設。

從政府機構設置可以看出，新聞出版管理事務由內務部警政司第四科負責，京師及各地方警察廳署爲執行機關。雖然第四科是報刊管理的重要部門，但該部門地位低下、力量薄弱，在政府整個機構設置中並不重要。其主要職能有：

一是北京及全國各地報館的註冊備案；

二是負責擬定有關報刊管理文件，如廢止《報紙條例》的文件，《開設報館稟報規則》、《內務部警政司檢閱報紙現行辦法》的擬定，要求組織著作及出版物研究會的文件等；

三是負責檢閱報刊，1916 年《內務部警政司檢閱報紙現行辦法》出臺後，

〔註 12〕戈公振，《中國報學史》，商務印書館，1928 年，第 339 頁。
〔註 13〕見《北京檔案史料》1998 年第 6 期，第 4、6 頁。

檢閱任務就由第四科負責，每天有專人檢閱各報章，發現問題向內務部長彙報，處理辦法則交由警察廳負責。

1921 年第四科又提出成立「著作出版物研究會」以抑制新思潮傳播，也是派專人搜集國內外有關新思潮的報刊進行檢閱研究。

警察廳署則是管理政策的執行者，罰金、抓人、封報是其主要手段。其主要職能為報紙檢閱。《內務部警政司檢閱報紙現行辦法》第一條規定：凡在北京出版的報紙均購取一份由司擬定專員二員逐日檢閱，其在外省或外國出版者得就需要選購一併檢閱。讓兩個人每天檢閱京城全部報紙和全國乃至在外國出版的中文報紙，其效率和效果可想而知。

因此在日常的報紙出版中，報人的自由空間還是有的。對政府和官員的批評與指責常常出現在報端，其中也有不實之辭甚至謾罵誹謗。雖然北洋歷屆政府都有過查封報紙和逮捕報人的行為，但當時的政治和文化氛圍允許社會名流進行游說、努力，組織營救〔註14〕，社會輿論也會進行支持，媒體的社會政治環境比較寬鬆。

4、極端事件

當然 1926 年的邵飄萍和林白水被奉系軍閥張作霖和張宗昌殺害，是這個時代結束前新聞史上最黑暗的時刻。但他們的被殺與其說是因為新聞報導，不如說是因為政治因素或人格問題。

1926 年 4 月張作霖與張宗昌聯合進京後，中國自「癸丑報災」以來最嚴厲的殺害報人事件再度發生。4 月 24 日，《京報》社長邵飄萍因「勾結赤俄，宣傳赤化」被逮捕。但張作霖動殺心，最主要的是邵飄萍屢屢反對奉系，並暗中聯絡馮玉祥和郭松齡（後者曾是張的心腹大將），促成兩方聯合，郭在前線關鍵時刻倒戈反張，一度使張作霖面臨下野出走的絕境。後來郭松齡雖然被殺，但邵飄萍已經在張作霖必除之而後快的黑名單上。雖然此前張作霖也懷「仁心」，希望用三十萬鉅款收買邵，創下舊中國最貴的言論輿論收買價格，但未成功〔註15〕。邵飄萍在被捕後，北京報界曾寄希望於張學良，請他釋放，

〔註14〕據方漢奇教授著《中國近代報刊史》（山西教育出版社 1991 年版，727 頁）統計，從 1916 年到 1919 年的四年間，至少有 29 家報紙被封，17 名記者被捕或遇害。其中有據可考的兩個遇害記者卻是在廣州地區被殺的。

〔註15〕一般認為是邵斷然拒絕了這筆資金，但也有學者考證是因為當時邵並不知情，而是被其手下拒絕的。

但游說未果，邵飄萍終於被槍殺。

　　雖然少帥與邵飄萍此前也有私交，但他絕不可能擅自違背已由直奉軍閥各將領鐵定的計劃。直奉聯軍進入北京，本來就是借「反赤」獲得出師之名，並以此控制局面，因此，只要是「赤化」，必是死罪。更何況，邵之真罪不在宣傳「赤化」，而在反對張作霖，拉攏郭松齡，促其反叛奉系。張學良與郭交情篤厚，當年張作霖曾戲言，「你（指張學良）除了自己的老婆不能給他（指郭松齡）睡之外，有點吃的都想著他」〔註16〕。如此密友受人「挑唆」，而至喪掉全家性命，張學良不能不痛惜，因此當北京報界同仁 13 位代表為邵飄萍求情時，他藉口「逮捕邵氏一事，老帥與吳子玉（即吳佩孚）及各將領早已有此種決定，並定一經捕到，即時就地槍決。此時邵某是否尚在人世，且不可知，⋯⋯而事又經決定，余一人亦難做主⋯⋯邵某雖死，亦可揚名」〔註17〕等等拒絕緩頰。因此邵飄萍的遇害並不全是因為「宣傳赤化」。當時中國共產黨的刊物甚至批評邵飄萍在職業操守上的瑕疵，「邵君晚近言論的確趨於進步的。有時也發表接近民意的文字，自然我們不能證明邵君發表此種文字時的動機若何⋯⋯」「根據北京各報所載，邵君向無定見，以金錢為轉移，致遭各方毒恨，最近以宣傳赤化嫌疑被奉軍槍斃。如此記來，似邵君素行乏檢，最近又犯軍閥，真是罪有應得，死得活該」。〔註18〕

　　如果說邵的遇害是因為政治原因的話，那林白水的被殺則和新聞道德或作風有著更密切的聯繫。林白水的文章意到筆隨，往往「發端於蒼蠅之微，而歸結於政局」，「語多感憤而雜以詼諧」，很有影響。但他的為人頗有爭議，不僅曾出任過袁世凱總統府秘書等職，而且在袁世凱稱帝期間還為臭名卓著的薛大可主辦的《亞細亞日報》寫吹捧袁的文章。他在報紙上刊登賣字賣文的巨幅廣告〔註19〕，還經常借手裏報紙，做一些勒索的事情〔註20〕。

〔註16〕本段談話見鳳凰衛視拍攝播出的《世紀行過　張學良傳》中，對張的訪談。

〔註17〕《民國日報》1926 年 4 月 27 日，轉引自網絡文章《張學良槍殺邵飄萍只為殺一儆百》，http://www.m16.cn/016-blzg/zxl09.html.

〔註18〕《邵飄萍之死》，《政治生活》第 76 期《紅色五月特刊》。

〔註19〕1926 年 6 月 29 日頭版廣告《林白水重訂賣文賣字潤格》，其中規定「文例」，分別為跋序，每篇 50 元，傳記 50～100 元，碑銘 30～100 元，說帖條陳每千字 10 元，楹聯 10～30 元，賤啓 10～50 元，壽文 100～500 元；「字例」分別為榜書每字 5 元（橫一尺以上者倍之），對聯 5 元，四尺以上者，每尺加 2 元，另外還有橫幅、屏條、扇面、鎮紙、墨盒、茶壺、及題、署等不一類舉。

1926 年 8 月 6 日凌晨，林白水突然被逮捕，其直接原因是他在前一天的《社會日報》上發表《官僚之運氣》，諷刺潘復拍張宗昌馬屁，把潘比作張胯下的「腎囊」〔註21〕，終遭殺身之禍。林白水從被捕到行刑，前後不過 3 小時，連正常的審訊過程也沒有。

就在林白水遇害的第二天深夜，《世界日報》社長成舍我也遭逮捕，報社同人都認為成先生此去凶多吉少，路透社甚至搶先發出電訊：成氏已被處決。後經孫寶琦營救才脫離死境。

民國資深老記者陶菊隱先生在《北洋軍閥統治時期史話》一書中稱：「自從民國成立以來，北京新聞界雖備受反動軍閥的殘酷壓迫，但新聞記者公開被處死刑，這還是第一次。」

總之，雖然當時政治環境比較險惡，但因為政府法律不健全，法治精神的欠缺，行政管理機構和人員的缺位，客觀上為新聞業的發展製造了比較寬鬆的環境。各種思想、各種批評都可以較為自由的在報紙上出現。種種證據表明對新聞業最大的威脅不是來自政府，而是來自掌握政權之人的專擅和一念之間，他們出於各種集團和個人的目的，鉗制新聞傳佈、捕殺報人，是新聞業面臨最大和直接的威脅。

二、經濟環境

1、城市與人口分佈

19 世紀初，中國大約有 3～4%的人口，即 1,200 萬居住在 3 萬人以上的城市裏。「這些城市中居住的是一些清朝的上層權貴、八旗將軍，富商巨賈以及名工巧匠。城市居民中，還有在野的名門豪紳，中小商人，官署衙門胥吏、工役與腳夫，以及識字不多的僧侶、術士，賦閒的小店主、落榜舉子、退伍

〔註20〕 胡政之參加他的《新社會報》時，曾對朋友說，「有人這樣搞（意指不擇手段的要索）遲早要出問題，我犯不著被牽在裏面。」

〔註21〕 1926 年 8 月 5 日《社會日報》，《官僚之運氣》中云：「豬有豬運，督辦亦有督運，苟運氣未到，不怕你有大來頭，終難如願也。某君者，人皆號為某軍閥之腎囊，因其終日繫在某軍閥之胯下，亦步亦趨，不離晷刻，有類於腎囊之累贅，終日懸於腿間也。此君熱心做官，熱心刮地皮，固是有口皆碑，而此次既不得優缺總長，乃並一優缺督辦，亦不能得。……表面炎炎赫赫之某腎囊，由總長降為督辦，終不可得，結果不免剝池子之玩笑，甚矣運氣之不能不講也……」。

軍官。此外還有在傳統中國城市中頗爲顯眼的『流浪漢、季節工和無業游民』之流。」〔註22〕那時新聞記者還沒有出現在人們的視野裏。19 世紀期間，城市人口增長緩慢，與中國總人口增長大體相當，1900 年～1938 年間，更多的人湧向城市，城市人口增長較快，約爲平均人口增長率的兩倍。城市人口的結構也發生了變化。在落榜的舉子中，出現了中國最早的職業記者。西方學者認爲中國的職業記者或職業新聞出現在 19 世紀 70 年代，「新聞出版」和「自由職業」、「現代教育和文化機構」一起成爲新的職業領域。但實際上，那時職業新聞從業人員在整個新聞行業中比例還是很低的。

　　人口的聚集和不斷遷入，使中國眞正意義上的「現代」城市越來越多。1915 年中國 10 萬人口以上的大中城市有上海、西安、廣州、漢口、天津、北京、福州、杭州、重慶、蘇州、蘭州、武昌、佛山、紹興、寧波、成都、昆明、漢陽、南京、南昌、湘潭、長沙、太原、歸化城、開封、蘭奚縣、涼州府、無錫、奉天、濟寧、安東縣、鎮江、廈門、沙市、濟南、吉林、貴陽、湖州、濰縣、揚州、溫州、石龍和亳州，共 43 個〔註23〕。這些「大」城市的出現，提供了聚居的人群，讓現代商業、服務業隨之而起，爲新聞出版等文化事業的開辦發展提供了基本的商業和讀者條件。到 1926 年，其中的大部分城市都有比較成熟的現代報刊。

2、工業與印刷業

　　1912 年到 1920 年，中國工業增長率爲 13.8%；1921～1922 年間有一次短暫的戰後衰退，1923～1936 年的增長率爲 8.7%。普遍認爲在第一次世界大戰期間和戰後的最初幾年，即 1917 年到 1923 年，是中國經濟獲得迅速發展的重要階段，被稱爲中國資本主義的黃金時代〔註24〕。華資現代工業有明顯增

〔註22〕這是 Mark Elvin's 歸納的特徵。轉引自《劍橋中國史》（第 12 冊，民國篇 1912 ～1949（上），費正清總主編，臺北南天書局發行，1999 年 6 月，44 頁。

〔註23〕何一民主編，《近代中國城市發展與社會變遷（1840～1949）》科學出版社，2004 年，第 70～81 頁。其中上海與西安人口達到 100 萬，其餘按照人口數量排列。139 頁有 1933～1936 年城市和人口統計：人口超過 200 萬的有 1 個，100～200 萬間有 4 個，50～100 萬間有 5 個，20～50 萬間有 18 個，10～20 萬間有 48 個，5～10 萬間的有 113 個，共有超過 5 萬人口的城市 189 個。

〔註24〕見《劍橋中華民國史》目錄。費正清總主編，臺北南天書局發行，1999 年 6 月。

長，如表 1-1〔註 25〕。

表 1-1　1913 年與 1920 年華資經濟比較表

	1913 年	1920 年
工廠的數目	698	1,759
創辦資本	330,824,000	500,620,000
工人的數目	270,717	557,622

　　伴隨著民族工業的增長，印刷業的發展速度也明顯加快。在這些增長的數字中，就有印刷工業的成分，雖然估計數量比較少。整個北洋政府時期，中國印刷業的技術和原材料還是以進口為主。雖然經過數十年的發展，中國印刷工業進步不少，也培養了很多印刷方面的熟練工人，甚至技術精湛可以與外人相抗衡，但「關於新印刷術所用之原料，以國內工藝不振，類皆仰給於外國，每年漏卮，不下數千萬，間雖有自製印刷機械，印刷材料及機製紙以圖挽回利源者，然其出品與外洋進口者相比較，實有天壤之別」〔註 26〕。中國新聞業所需的設備紙張等物質基本上依靠進口。如進口紙張，在清末光緒年間每年所費不過數十萬元，到 1912 年後達到 3 百多萬兩白銀，其他鉛印石印材料，印刷機的輸入也同樣耗資巨大。如表 1-2。

表 1-2　中國歷年紙張輸入總數統計表

年份	數量（擔）	數值（兩）	數值指數
1912	482,667	3,446,547	100
1916	798,475	8,208,850	238
1917	529,706	5,559,986	161
1918	541,521	6387,306	185
1919	862,037	9,359,809	270
1920	1,026,511	13,102,116	380
1921	891,032	13,257,664	384
1922	1,283,166	12,682,993	366

〔註 25〕數據來自費正清的《劍橋中華民國史》上海人民出版社 1991 年，第 47 頁。
〔註 26〕賀聖鼐、賴彥於，《近代中國印刷術》，《中國印刷年鑑》1982、1983 年，中國印刷技術協會編，北京印刷工業出版社出版，237 頁。

1923	1,397,422	18,078,717	523
1924	1,638,294	22,628,894	655
1925	1,502012	19,080,977	551
1926	1,952,133	27,668,692	803
1927	1,670,455	25,416,384	736
1928	2,030,968	29,048,825	840
1929	2,299,735	24,245,715	720

根據《海關華洋貿易報告》的統計，紙張的分類有數十種，其中以印刷用紙中的普通印書紙（白報紙）為最多，約占 25%，油光紙次之，約占 15%，上等印書紙又次之，約占 13%；在所有的進口國中，日本最多，占全額的37%。

一次世界大戰期間，由於列強無暇東顧，進口紙張減少，民族資本造紙廠有了一次發展的機會。1915 年劉伯森出資收買華章造紙廠，改為寶源造紙廠，1916 年又收買倫章造紙廠改為寶源西廠；孫楚琴在上海建龍章造紙廠。據 1919 年統計，當時全國共有造紙廠 7 家，總資本額 176.5 萬元，占全國所有工廠資本總額的 1.73%。但中國紙張質量不高，特別是新聞印刷用紙，無法和進口紙張相比，因此對進口紙張的需求量還是逐年遞增。

除紙張外，其他印刷設備和材料進口數額也相當巨大。如表 1-3、1-4：

表 1-3　中國歷年鉛印石印材料輸入總額統計表

年　　份	數　值（兩）	數　值　指　數
1920	912,560	100,00
1921	858,261	93.86
1922	816,051	89.49
1923	1,139,350	124.89
1924	1,315,655	144.28
1925	818,982	89.69
1926	1,440,982	157.89
1927	978,810	107.24
1928	1,781,792	195.29
1929	1,550,368	109.95

表 1-4　中國歷年印刷機輸入總額統計表〔註27〕

年　份	數　值（兩）	數　值　指　數
1924	1,032,449	100.00
1925	651,487	63.21
1926	579,681	57.38
1927	434,528	42.13
1928	796,093	74.66
1929	1,319,953	128.06

　　進口印刷設備所耗錢財巨大，使一些民族印刷業者頗爲痛心，他們希望能建立起自己的民族印刷製造業。這方面，上海走在全國的前面，自清末起它就是我國印刷工業的中心，1919 年上海產業工人中，印刷業大約有 10,000人，印刷廠爲 16 家〔註28〕，占當時 18 萬產業工人中的 1/18。1929 年，上海年均各種印刷機的生產產值幾近 50 萬兩，其中比較著名的五家印刷機械製造廠爲華東機器製造廠、魏聚成機器廠、順昌機器廠、姚公記機器廠和明精機器廠。明精機器廠以生產各種與報紙印刷有關的機器和配件著稱。這些工廠生產的鋁版印刷機〔註29〕最貴，單價 7,800 元，尤其適合印刷報紙。另外價格約 3000 元的凸版印刷機，也適合於各種書報雜誌的印刷。這些民族資本的工廠也生產其他印刷機器和配件，如石版印刷機，石版手印機、腳踏印機、以及各種印刷用的輔助機器，如裁紙機、裁版機、鑄字機、烘紙版機、澆鉛版機等等。發達的機器製造業使上海成爲現代報業發展重鎮的前提，同時也是現代報業發展的結果，輻射和帶動了整個中國報紙業的發展。

3、交通與郵電

　　該時期中國鐵路、郵政、電信事業都有不同程度的增長，通訊技術的發展與進步直接帶動了新聞業的發展。

　　1912 年前，中國有鐵路 9618.10 公里，1912 年到 1927 年新建 3422.38 公

〔註27〕以上三表引自：賀聖鼐、賴彥於，《近代中國印刷術》，《中國印刷年鑑》1982、1983 年，中國印刷技術協會編，北京 印刷工業出版社出版，237 頁。

〔註28〕數據來自英文版《中國年鑑》，1919 年出版。轉引自《五四運動在上海史料選輯》，上海社會科學院歷史研究所，1980 年版，第 11 頁。

〔註29〕據 1929 年《工商半月刊》第一卷第 22 號出版的《上海印刷機工業之調查》記載，這種機器可用鋁版或鉛皮版印刷，每小時印 1800 張，無論單色、套色，均可照印。機身縱 32 英寸，橫 43 英寸。

里，1928 到 1937 年爲新建 7895.66 公里，1938 年到 1945 年新建 3909.38 公里。1945 年前中國鐵路總長度爲 24845.52 公里。

1912 年後民國政府雖有建設交通的宏願，但因國力衰微，不得不仰仗外國借款，先後有四國銀行團湖廣鐵路（包括粵漢和漢川），及比利時公司隴海鐵路（包括汴洛）兩大借款條約。此外還有已經簽下條約但沒有修建的：同成線（比法款），欽渝線（法款），浦信線（英款），寧湘線（英款），沙興線（英款）、濱黑線（俄款）、株欽線（美款）等。修建完成比較重要的鐵路有隴海鐵路東、西段，粵漢鐵路湘鄂段，京綏鐵路，北京環城鐵路等，總長度 1700 公里。在東北，日本人和東三省官商合辦的鐵路建設速度和規模也基本相當，其中包括日本出資建設的南滿鐵路幾條支線，如四洮鐵路、洮昂鐵路、吉敦鐵路、天圖鐵路；張作霖用京沈鐵路營業收入建設的幾條重要鐵路，如奉海、吉海、齊克、呼海等。這些鐵路的建設，主要是從經濟和戰略兩個方面進行考慮的。但後來因爲歐戰，金融緊張，緊接著又受中國數年內戰影響，鐵路建設速度緩慢，雖然如此，新聞業在採集信息和報紙發行等方面還是大大的利用了鐵路建設所帶來的便利。

鐵路的修建，直接加快了信息的流通。如 1912 年津浦通車後，從北京和天津來的信兩天就能到達上海，徐州以南地區的信一天就可以到達，這對報紙發行和新聞收集很有便利。同時各條線路之間的聯運更加速了信箋的流通，對新聞事業本身有直接的促進作用。

因爲鐵路的修建，郵政系統開始擴建，在通郵的地區間，運輸費用大大降低，客觀上促進了新聞業的發展。從 1923 年到 1926 年包括鐵道郵路在內的中國所有郵路普遍增長，具體如下。

表 1-5　1923 年到 1926 年中國郵路里數比較表〔註30〕

	1923 年（里）	1924 年（里）	1925 年（里）	1926 年（里）
較要郵差郵路	499700	503622	506373	513136
次要郵差郵路	168200	180149	183691	190808
輪船及民船郵路	83500	85589	91895	90433
鐵道郵路	22400	22923	23403	23796
共計	773800	792283	805362	818173

〔註30〕數據來自《中華民國 15 年郵政事物總論》，中華民國交通部郵政總局，1927 年。

　　除此以外，這些年全國的郵局數量除二等郵局數量有所降低外，基本呈緩慢上昇趨勢。見表 1-6：

表 1-6　1923 年到 1926 年民國郵局數量表〔註31〕

	1923 年	1924 年	1925 年	1926 年
郵務管理局	24	24	24	24
一等郵局	41	41	41	41
二等郵局	1333	1343	1231	1227
三等郵局	772	792	929	981
郵務支局	278	280	284	289
郵寄代辦處	9148	9310	9498	9662
共計	11596	11790	12007	12224

　　考慮到當時戰亂頻繁，這樣的增長已實屬不易。

　　電信業務在性質上可分爲電報和電話兩類，每種又可分有線和無線兩種；從區域上分，有國際電信業務與國內電信業務兩大類，國際又可分國際電報與國際長途電話兩種，國內方面分電報、長途電話和市內電話三種。中國電信事業自清末誕生後，一直以電報爲主，到 1911 年民國成立前，電話和電報業務已經建立起來。

　　民國後，電信業務發展迅速。1909〔註32〕年其業務量爲：電報（含國際國內，官營商營）590 餘萬字，收入爲銀元 461 萬多；電話（含長途電話費在內）收入爲 28 萬多元，僅占 6%。到 1923 年，電報業務已達 11300 萬字，電話容量（自本年度開始有此項統計數字）36600 餘號，電報收入爲 1180 餘萬元，電話爲 190 餘萬元，占全部收入的 17%。在各種電信業務中，新聞通訊基本上屬於特殊的一種，享受不同程度的優惠，這對新聞事業發展有積極作用〔註33〕。

〔註31〕《中華民國 15 年郵政事物總論》，中華民國交通部郵政總局，1927 年，第 10 頁。
〔註32〕1907 年中國電信開始有統計數據，但 1909 年的統計數字比較全面。
〔註33〕以上數據來自王開節、修域、錢其琮編《鐵路、電信七十五週年紀念刊》，臺灣文海出版社，第 26 頁。另據該書記載，當時電信分類爲：（甲）國際電報：政務電報、尋常電報、加急電報、書信電報、新聞電報、船舶電報、傳眞電報，新聞廣播；（乙）國際長途電話：尋常電話（包括叫人或傳呼）、加急電話（包括叫人或傳呼）、節目傳遞；（丙）國內電報：軍官電報，私務電報（其

4、商　業

商業〔註 34〕的發達與否對媒體業意義重大，它是媒體廣告的主要來源，是媒體生存繁榮的最基本、重要的根基。目前世界比較流行的廣告分類中，主要有以下幾種：（1）能源材料、（2）食品 飲料 嗜好品、（3）藥品、化妝品、（4）時裝 裝飾品、（4）出版、（5）生產用品、（6）精密儀器 辦公用品、（7）家電 自動監視器、（8）汽車 汽車配件、（9）家庭 日常生活用品、（10）房地產 房屋設備、（11）流通、零售業、（12）金融、保險、（13）服務、教育等〔註 35〕。以上類別中大部分與商業有密切關係，或者直接屬於商業範疇。在北洋政府統治時期，上述類型廣告基本在報紙上出現過，有的成為報紙廣告的主體，如銀行、娛樂、教育、出版、醫藥、零售業等。發達的商業活動，促進了商業報紙以及其他各類報紙商業性的發展。

北洋政府統治時期，中國商業發展並不均衡，在一些口岸城市，如上海、廣州，沿長江流域等城市，商業比較發達，商業活動比較頻繁，報紙容易生存，而內陸城市商業比較落後，報業亦不發達。因此我們可以看到在上海的一些報紙上，廣告數量巨大，篇幅眾多，甚至占到報紙版面的 70%以上。巨大的廣告收益產生了舊中國規模最大的報館，甚至報業集團，而內陸地區廣告篇幅較少，報館規模和收入無法和上海等地相比。

三、思想文化環境

1、思想解放

北洋政府時期，甚至整個 20 世紀，中國都處於大轉折時期，不僅社會結構在變化，思想意識也在轉換。許紀霖認為「自先秦以來，這樣的大轉折時代並不多見，除了春秋戰國和魏晉，就是自十九世紀中葉以來蔓延至今、而

中含新聞電報）、公益電報（如氣象、水位、賑災等）、特殊電報（包括郵轉、船舶、特約減價、新聞廣播等）；（丁）國內長途電話：尋常電話、加急電話、立即通話、特別業務（其中包括新聞）；（戊）市內電話：普通電話，合用電話、同線電話、公用電話、臨時電話、船舶臨時公用電話、界外電話、小交換機。普通電話中又分甲種（住宅之用）、乙種（銀行、商店、工廠、醫院、醫寓、律師、會計師等事務所及有營業性質的機關團體等），丙種（新聞報社、通訊社及無營業性質的機關團體）和丁種（交易所、旅社、餐館、茶社、球房、遊藝場、戲院、俱樂部、浴室及公共娛樂場所等）。
〔註 34〕商業，是一種有組織的提供顧客所需的物品與服務的一種行為。
〔註 35〕王潤澤，《最新日本廣告實務》，中國人民大學出版社，2002 年 8 月。

仍未完成的現代性轉型。」〔註 36〕長期以來佔據社會統治地位的儒家學說，是中國社會的主流意識形態，它不僅有完整的宇宙觀、人生觀和社會政治文化，而且其背後還有整個宗法家族制度和上層的大一統王朝帝國制度作為建制化的保障。但自 1895 年以來，伴隨著中國傳統社會結構的解體，科舉制度的廢除，封建制度的崩潰和宗法家族制度的式微，儒家學說面臨巨大危機，五四啟蒙運動中又受到重大衝擊。儒家學說的式微像一把雙刃劍，一方面使中國社會面臨前所未有的道德和信仰層面危機，另一方面也為新思想的傳播提供巨大空間。

五四時期提倡的「民主」與「科學」被知識分子認為是重建社會政治秩序和拯救道德信仰危機的最佳途徑。但在西方各種學說的影響下，中國人對這兩個核心概念的理解越來越複雜和分歧，最終分化成為多個尖銳對立和緊張的思想模型，其中以馬克思主義、自由主義和文化新保守主義最具代表性。

中國思想界本質上的危機促成其表象上的繁榮，社會普遍接受個人（包括個人，某個團體）的自主性，容忍不同的價值觀；思想和言論上給百花齊放、百家爭鳴以一定的活動空間。社會上各種新思想、新思潮在一定範圍內可以自由討論和傳佈，彼此間激烈碰撞和交鋒，形成 20 世紀 20 年代前後中國思想界多次大的論爭，如「問題與主義」的論爭、「科學與玄學」的論爭、「無政府主義與社會主義」等。

這種繁榮為新聞業提供了豐富的發展空間。在新舊思想交鋒中，報刊成為重要載體，不僅忠實記錄了交鋒的細節，也因為刊登它們而顯得更為生動和精彩。五四時期著名的「四大副刊」就是以刊登新思想而著稱。眾多報刊中，《新青年》以其文學革命，批判舊道德，提倡科學與民主成為中國新文化運動的標誌符號。五四運動時期，到中國講學的美國學者杜威也敏感地感受到新思潮對中國報紙的影響，中國報紙「第一個特點是有大量的問號，第二個特點是要求言論自由，以便能找出這些問題的答案。在一個信仰既定權威的信條、又使得人感覺滿足的國家裏，這種提出疑問的熱潮，預示一個新時代的到來」〔註 37〕。

中國思想界的激烈交鋒促動了新聞思想的進步，從業者開始反思中國新

〔註36〕許紀霖編，《二十世紀中國思想史論》（上卷），東方出版中心，2000 年 7 月，第 1 頁。
〔註37〕陳明遠，《文化人與錢》，百花文藝出版社 2001 年版，第 16 頁。

聞界的種種問題，對報紙功能、新聞價值、新聞業務等方面都提出了新的見解，新聞學著作和專業期刊開始出現並繁盛起來。除了以徐寶璜的《新聞學》和戈公振的《中國報學史》爲代表的學術專著以外，還有《新聞學刊》、《新聞學名論集》、《報學月刊》等一批新聞學專業雜誌，彙集了當時著名記者編輯對於新聞學的觀點和意見。在實踐領域，天津新記《大公報》針對中國報紙接受津貼和亂拉政治關係的狀態，提出了著名的「四不」主義，成爲中國媒體的「獨立宣言」，標誌著中國媒體的成熟，是現代新聞業誕生的標誌。它對「文人論政」的實踐和詮釋，使中國報紙在國際舞臺上有了自己的特徵和聲音。同時，中國媒體中的報紙和刊物在功能上分工越來越細緻，純粹思想性的文字更多集中於專業領域刊物，報紙脫離清末以來形成的以言論「立報」傳統，擴充和加強新聞性文字，形成以新聞報導爲主的現代報紙。

2、文學解放與革命

　　中國現代文學與報刊是緊密聯繫在一起的，文學上的解放與革命也直接作用於報紙媒體。由於中國職業報人、文人、政治家間，三位一體般的緊密結合，使中國現代文學、報刊也和革命、改良緊密聯繫在一起〔註38〕。文學解放與革命也成爲當時報刊一道獨特的風景。

　　清末是中國現代文學的起源時期，「清末文學的出現，特別是小說，乃是報紙的副產品」〔註39〕。在中國，報紙與文學的關係是如此深刻，以至於產生了獨特的「副刊」，專門刊登這些文學作品。這一方面是由於報刊的作者群，即職業報人中，文人比例很大，他們在辦報刊的過程中，保持著文學創作的習慣，並從中獲得豐厚收入 —— 相比較而言，辦報的收入則低多了；另一方面也因爲讀者中有很多文人，具有閱讀文學作品的習慣。

　　鴛鴦蝴蝶派小說和白話文的興起，是這一時期報刊在文學表達上的重要潮流。盛行於民初的鴛鴦蝴蝶派小說雖有消極意義，但反映了「都市居民在經歷『環境的現代化』這種急速變化過程中那種心理上的焦慮不安」〔註40〕；它失掉了清末十年新小說的教育功能和警世價值，也失去了長久的文學價

〔註38〕 如梁啓超曾創辦《新小說》，目的在教育民眾、達到「新民」的目的，因爲他認爲「革新小說對於革新一個民族的民眾有著至關重要的意義，創造出一種新小說，能夠對一個民族的生活的全部領域 —— 道德、宗教、風俗、習慣、知識與藝術，乃至民眾的性格 —— 產生一種決定性的影響」。

〔註39〕 費正清主編，《劍橋中華民國史》，上海人民出版社1991年，第483頁。

〔註40〕 費正清主編，《劍橋中華民國史》，上海人民出版社1991年，第494頁。

值，卻在商業上獲得了巨大的成功，並「在建立白話文體、廣泛的讀者群和能夠藉以謀生的職業諸方面作出了很值得重視的貢獻」。〔註41〕在這一時期報紙副刊上，大量刊登這樣的小說，許多鴛鴦蝴蝶派的小說家就直接掌管著報紙的副刊，如周瘦鵑自 1920 年開始負責《申報‧自由談》達 12 年之久，嚴獨鶴自 1914 年起在上海主持《新聞報》副刊《快活林》、《新園林》筆政達 30 餘年，包天笑則長期主持《時報》的副刊等等。

　　1919 年陳獨秀提出文學革命後，短短幾年之內，白話文出現在所有的新文學刊物上，到 1921 年，教育部頒佈，白話文將全部用於小學課本。這場文學革命直接影響了報紙，因爲白話文的提倡者們不僅直接創辦了很多報刊，並且向其他報刊投稿。但總的說來，報紙的反映還是慢了點。從 1922 年 5 月 5 日，思聰女士在北京《晨報》發表《報紙應當改用國語》到 1934 年 1 月 7 日，胡適給《大公報》「星期論文」欄目發文《報紙文字應該完全用白話》，還在不停地提倡報紙應該使用白話文。直到抗戰後，這場以白話文爲標誌的文學革命在報界才獲得徹底勝利。

3、教育的普及

　　中國新式教育是從 1902 年慈禧宣布新政後開始的，分初等、中等和高等三級，並致力於教育的普及和提升。到 1916 年，中國在校學生數目將近 400 萬，而且還在不斷增長，知識階層成爲增長迅速的一個階層。1925 年，中國在校學生的數目已經達到 681 萬，詳見表 1-7〔註42〕：

表 1-7　1916 年與 1925 年中國學校與學生數量表

	1916 年		1925 年	
	學校數	學生數	學校數	學生數
小學	120,097	3,843,454	177,751	6,601,802
中學	653	75,595	687	129,978
師範	195	24,959	385	43,846
職業	525	30,089	1,006	——
大專	86	17、241	105	36,321

注：列入 1925 年欄的小學資料爲 1922 年的數字

〔註41〕 費正清主編，《劍橋中華民國史》，上海人民出版社 1991 年，第 496 頁。
〔註42〕 張玉法著，《中華民國史稿》，1998 年 6 月，臺北：聯經出版事業公司，第 137 頁。

　　讀書識字人群的增長，對報業等新聞事業的發展具有積極作用，不僅可以保證讀者群的穩定增長，而且從中不斷產生爲媒體撰稿的新生力量。特別是其中的高級知識分子，包括大學教授、中學教員和大學生，甚至高年級的高中生，成爲報刊投稿的主力軍。他們爲媒體撰寫稿件的深層動力來自他們對新思想的積極吸收和傳播，對政治運動的熱情〔註43〕。五四運動爆發後，促使國內學生大量投入各種政治和社會運動，途徑之一就是創辦和利用各種報紙、雜誌，發表文章。

　　總之，社會的變遷給新聞業發展提供了相對廣闊的空間，經濟發展和技術進步爲中國新聞業剛剛開始的現代化提供了最有價值的經濟基礎和技術條件；政治的動盪一方面是新聞業的挑戰，但也爲其發展提供了夾縫中的自由；變革的社會，帶來的思想、文化和教育的發展也爲新聞業提供了精神意識層次上的自由。雖然中國新聞業面臨諸多困難，但一個新的時期還是來到了。

第二節　北洋政府時期中國新聞業的概況

一、新聞業種類繁多

　　當時中國報刊種類繁多，從出版時間上看，有日報、周報、旬刊、半月刊、月刊等；從內容上分有商業報刊、政黨報刊、官方報紙、宗教報紙、各種專業報紙等，從報紙風格和質量上看，可以分爲精英報紙和大眾報紙，而從語言方面考慮又有中文報刊和外文報刊之分。

　　商業報紙以盈利爲第一目的，不直接或明顯地介入黨派之爭，沒有始終如一的政治信仰和價值，他們將手中的報紙看成是贏利的工具，典型代表是上海的《申報》、《新聞報》等。特別是《申報》，其老闆史量才不僅經營報業，而且投資銀行、證券、實業、興辦學校等，是一個典型的商業巨子。表面上看，此類報紙在當時數量眾多，實際上，成功的不多，而且由於報紙私下接

〔註43〕據臺灣學者呂芳上的《從學生運動到運動學生》（293 頁）記載，1925 年的國民黨黨員中，山東有 2,500 名，其中 40%爲學生，河南有 3,600 名，學生占 60%，陝西有 2,200 名，學生占 90%；1925 年到 1926 年的中國共產主義青年團團員中，1925 年 11 月 134 名，學生占 42.7%，1926 年 6 月 752 名，學生占 40%（278 頁）。

受津貼現象十分普遍，因此無法將報紙的商業性與獨立性掛鈎。

其次，該時期還出版了眾多的黨派報刊。民國後，憲法規定人們有集會結社的自由，促成各種政黨林立。各大小政黨紛紛創立自己的報刊，如社會黨機關報《良心》，1913 年 7 月創刊於上海，8 月停刊；統一黨 1913 年 2 月在北京創辦的《震旦》、沈毅發起的民社辦有《民聲日報》等；但辦報最多的還是國民黨和進步黨。1912 年 10 月 22 日北京政府內務部公佈：自本年 2 月12 日以來，北京報紙報部立案者共 89 種；北京各黨、會報部立案者共 85 個。國民黨是民國元年 8 月由同盟會改組而成，《國民黨黨約》在「幹事」分部中提到有「文事部：掌理關於編輯出版及其他政治事項」〔註 44〕。進步黨是由共和，民主、統一三黨聯合組成，旨在與國民黨進行競爭〔註 45〕，黨務部下設職能類似的「文牘」一職。

國民黨當時主要任務在政治軍事鬥爭上，因此黨報與黨之間的聯繫並不緊密，除個別壽命不長、關係鬆散的黨辦報刊外，雇傭辦報現象比較普遍。1919 年中國國民黨改組成立後，宣傳部開始發揮職能作用，1925 年，國民黨中宣部開始制定宣傳大綱，普遍對黨報的言論進行監督和管理，黨報才開始納入黨的管理體系，但國民黨建立起比較完整的黨報體系和嚴格的監控系統則是在 1928 年後。

與國民黨不同，共產黨自 1921 年成立後，迅速建立起黨報和團報體系，並進行嚴格管理。黨報不僅是黨的政策主張的宣傳工具，更成為建黨的組織工具。

進步黨，1918 年演進成研究系，在北方其主要報刊為北京《晨報》，在南方為上海《時事新報》，兩報均是當時社會上影響巨大之報紙。但有如此影響的報紙卻沒有為該政黨在政治上謀求成功，是個值得深思的問題。

第三，官方報紙。自民國後，官方報紙繼承了清末以來政府官方報紙的組織和管理體系，發展迅速，其在發佈政府命令、法規、規定和各種官方正式信息上，具有不可替代的作用。這一時期發行時間最長的為北洋政府的《政府公報》，從 1911 年 12 月 26 日出版（當時稱《臨時公報》，1912 年 5 月 1 日改為現名）至 1928 年 6 月停刊，為政府官方報紙的典型。孫中山在這一時期也先後成立過幾個政府，每個政府也出版過不同的公報，但規模和連續性因

〔註44〕《民初時期文獻》，臺灣：國史館印行，第一輯 1、2。
〔註45〕其中章炳麟組織的統一黨，孫洪伊組織的共和黨。

政治和軍事鬥爭而大受影響。

　　其他各級政府部門的公報也相當繁榮,「民國以來,事務日繁,部有部公報、省有省公報、一省之內,廳局又各有公報。其他如參議院、眾議院,亦莫不有公報」〔註 46〕。公報系統的發達說明政府開始有限度的公開信息,為政府信息的準確刊佈與傳遞創造了條件。

　　第四,宗教雜誌。西方傳教士創辦的宗教雜誌是中國近現代報刊的鼻祖,它為中國帶來了新式新聞媒體,包括機器設備、報紙內容、版式、新聞思想和理論等;隨之而來的外人商業報刊,又將現代報業的組織形式帶到中國。民國後由於商業報刊、黨派報刊等對社會影響更大的報刊種類出現,使宗教報紙整體影響相對薄弱,大部分宗教報紙只屬於小眾傳播,僅在宗教團體內部傳播。但那些關注社會生活,與社會互動頻繁的綜合性宗教報紙,如天津《益世報》還是有相當影響。除了天主教和基督教等自清末就利用報紙進行宣教外,中國本土傳統宗教教派也開始創辦報刊,如佛教、回教、道教、儒教等,但因為處於初創階段,且大部分僅在本教教民之間免費傳閱,數量少,壽命短,影響相對薄弱。

　　北洋政府時期,各行業、專業、團體報刊盛行;另外上海曾爆發過小報的流行風潮,它們在報紙內容、版式、文體上都有創新。外文報紙這個時期雖然沒有清末那樣令人矚目,但也有長足的發展,並有如《字林西報》、《文匯報》、《密勒氏評論報》等一批著名的英文報紙,不僅為旅居中國的外僑提供新聞,也成為中國報紙消息的重要來源。

　　這一時期,國人自辦通訊社數量大幅度增長,並開始走向正軌,出現了國聞通訊社、申時電訊社等比較著名的通訊社,與壟斷中國新聞發佈的外國通訊社進行競爭。廣播媒體開始出現,雖然那時更多的廣播電臺以娛樂節目為主,經營上以售賣收音機和其他無線電產品為主要利潤來源,但電子媒體的出現,大大提升了該時期新聞業的現代化程度。

二、報刊發行總量整體呈上昇趨勢

　　1916 年到 1926 年是中國媒體發展較為穩定的時期。1916 年的報刊數量為 286 種〔註47〕,在皖系軍閥統治下報刊數量有些起伏,1918 年報紙的數量

〔註46〕戈公振,《中國報學史》,商務印書館,1928 年,第 61 頁。
〔註47〕方漢奇,《中國近代報刊史》下冊,山西教育出版社,1991 年版,第 726 頁。

下降到 221 種。五四運動後，報紙有了較大程度的發展。目前學界普遍引用的數據來自《第二屆世界報界大會紀事錄》的記載，1921 年全國共有報刊 1134 種，其中日報 550 種；到 1924 年，據《中外報章類纂》社調查，全國華文報刊每日發行共有 628 種，其中北京 125 種、漢口 36 種、廣州 29 種、天津 28 種、濟南 25 種、上海 23 種〔註48〕。不僅報刊的數量基本呈上昇趨勢，而且發行量也逐年上昇，如表 1-8〔註49〕：

表 1-8　北洋政府時期中國報刊發行量統計表

時　　間	報紙及印刷品	平常立券報紙	總包報紙〔註50〕	報紙種數
1916 年	47,373,040			289
1917 年	53,606,960			
1918 年	58,789,470			221
1919 年	67,896,680			全國湧現新文化報刊 400 種，學生報刊占多數
1920 年	80,528,000			
1921 年	91,130,840			1134
1922 年	101,187,700	43,024,700	29,764,400	
1923 年	117,845,166	45,375,525	35,344,801	
1924 年	137,462,156	50,009,074	46,890,300	
1925 年	152 468 707	60,032,004	47,633,719	
1926 年	164 315 533	72,573,172	48,450,168	

〔註48〕有資料說是 1927 年，但筆者在 1926 年發表的黃天鵬的《中國新聞界之鳥瞰》中，查到該數據為 1924 年。詳見《新聞學刊全集》，《民國叢書》第二編，第 48 卷，上海書店。

〔註49〕根據《中國報學史》、《中國新聞事業編年史》、《中華民國 15 年郵政事物總論》數據編輯而成。

〔註50〕舊郵政不經營報刊發行業務。清光緒三十一年（1905 年），清朝郵政規定報刊（新聞紙）經郵政登記後，按以下三種方式交寄：1.平常（普通）新聞紙（後稱第一類新聞紙），即散寄的報刊，由寄件人單件零卷貼票交寄。2.立券新聞紙（後稱第二類新聞紙），須由編輯出版機關向郵政申請，經准予立券的，每月向指定的郵局納費交寄。3.總包新聞紙（後稱第三類新聞紙），按總包納費交寄。對未按規定登記或立券的報刊，則一律作為印刷物交寄。民國 5 年 4 月 1 日起，上海郵局對登記的新聞紙分平常、立券（國內出版的新聞紙或期刊向郵局登記，按新聞紙類收取郵資）和總包 3 類，各訂資費標準。平常新聞紙郵資高於立券，立券新聞紙郵資高於總包。

　　但這種數量上的次第上昇並不代表報業的均衡發展。其中 1925 年和 1926 年全國各地區報刊與印刷品發行量的對比數值如下（下面的斜粗宋體數字為 1925 年的數據，上面的為 1926 年的數據）〔註51〕：

表 1-9　1925 年與 1926 年中國各省報刊發行數比較表

省份	平常及立券新聞紙	26 年比 25 的增減的百分比	總包新聞紙	26 年比 25 的增減的百分比	印刷物及書籍	26 年比 25 的增減的百分比
北京	740,1700 *697,1300*	+6.17%	65,8600 *69,0800*	-4.66%	463 2400 *413 8300*	+11.94%
直隸	625 9200 *665 1100*	-5.89%	177 9400 *179 3400*	-0.78%	190 1500 *230 2800*	+17.43%
山西	229 3100 *242 7200*	-5.52%			23 6600 *24 7600*	-4.44%
河南	30 6100 *46 1400*	-33.66%			104 8800 *96 2600*	+8.95%
陝西	5 9200 *24 0000*	-75.33%			7 5900 *12 1000*	-37.27%
甘肅	6 8600 *5 8000*	+18.28%			7 5600 *6 4900*	+6.49%
新疆					9700 *8200*	+18.29%
奉天	405 6900 *442 9900*	-8.42%	44 5300 *43 8700*	+1.50%	163 2800 *164 4300*	-0.70%
吉黑	275 6400 *359 3200*	-23.29%	600		138 0400 *181 2000*	-23.82%
山東	289 0500 *380 1900*	-23.97%			155 1700 *135 6200*	+14.42%
東川	184 0900 *97 6900*	+88.44%			88 5400 *59 1400*	+49.71%
西川	109 5100 *134 5300*	-18.60%			60 0000 *57 2800*	+4.75%
湖北	356 9000 *388 4200*	-8.11%			136 2900 *583 9500*	-76.66%
湖南	167 4200 *145 2400*	+15.27%	1 1000 *4400*	+150%	92 7600 *65 0300*	+42.46%
江西	81 0400 *77 3300*	+4.80%			46 9800 *51 4450*	-8.68%

〔註51〕數據來自《中華民國 15 年郵政事物總論》，中華民國交通部郵政總局，民國 16 年出版。

江蘇	263 8800 *207 5900*	+27.12%			235 7900 *172 3100*	36.84%
上海	2361 0100 *1161 1300*	+103.37%	4461 8100 *4402 9500*	+1.34%	1605 5000 *1659 9400*	-3.28%
安徽	73 7500 *68 3900*	+7.84%			83 2100 *69 0800*	+20.45%
浙江	397 2600 *367 7100*	+8.04%			284 4500 *289 4500*	-1.73%
福建	195 8200 *190 0000*	+3.07%	*1700*		102 0400 *87 4900*	+16.63%
廣東	387 8600 *247 9000*	+56.46%	93 6700 *67 5200*	+38.73%	297 4900 *87 2800*	+240.85%
廣西	44 2572 *30 0104*	+47.47%	468 *19*	+2363.16%	33 7093 *13 3898*	+151.75%
雲南	9 7200 *15 1100*	-35.67%			14 4900 *15 5500*	-6.82%
貴州	15 6300 *8 6500*	+80.69%			6 4300 *3 1700*	+102.84%
總計	7257 3172 *6003 2004*	+20.89%	4845 0168 *4763 3719*	+1.71%	4329 2193 *4480 2984*	-3.37

　　從上表中可以看出，相對於 1925 年，1926 年只有 13 個省市的報刊發行量呈上昇趨勢，其餘 10 省市的報刊發行受當年北伐戰爭影響而有不同程度的降低。但由於上海地區未遭戰爭，報刊發行激增，拉動了中國報業整體發展，1926 年該地區平常立券報紙的發行占全國的 32.54%，約三分之一；總包報紙占全國總量的 9.38%。

三、報刊網絡基本成型

1、1926 年中國各地重要報紙的分佈

　　報刊的分佈雖不均衡，但從全國來看，很多城市都已建立起新聞事業或產業。從下表中可以看出，有 69 個市縣（雲南省作為一個單位進行統計）創立了新聞業（包括開設報館、通信社或設立通信員）。上海、北京、天津、武漢、福州等政治、經濟、軍事中心或租界聚集地，新聞業比較發達，報館林立。值得注意的是，一些小市縣的報刊業開始誕生，其軌迹依然是從外國報刊開始，如東北的撫順、本溪、四平、公主嶺等，首先出現了日文報刊。

表 1-10　1926 年中國各地區不同文字報刊、通訊社統計表〔註52〕

地名	漢文	日文	英文	俄文	法文	其他	合計	通訊社
北京	31	2	5		1		38	42
天津	37	3	4		1		46	16
赤峰								
綏遠	1						1	
奉天	6	3					9	6
鐵嶺		1				中日文	2	
開原		2					2	1
掏鹿								
牛莊	1	1					2	
遼陽	1	1					2	
新民府								
安東	2	1					3	
撫順		1					1	
本溪湖		1					1	
海龍								
洮南								
通遼								
鄭家屯								
四平街		1					1	
公主嶺		1					1	
吉林	5	2					7	
長春	1	2					3	2
農安								
哈爾濱	10	1	2	8		英俄文	22	6

〔註52〕數據來自日本滿鐵株式會社北京公所 1926 年所作的調查《支那新聞一覽表
　　　　附北京上海通信社》，南滿鐵道株式會社 北京公所研究室，大正十五年九月
　　　　五日發行。中華郵政特准掛號認為新聞紙類。

局子街								
龍井村		1				鮮文	2	1
琿春								
百草溝								
頭道溝								
齊齊哈爾	2						2	
滿洲里				1			1	
黑河	1						1	
濟南	11	2					13	1
青島	6	2	1				9	2
芝罘	8		1				9	
開封	4						4	
上海	11	4	10	2	1		28	19
南京	7		1				8	10
蘇州	6						6	
無錫	3						3	
鎮江	4						4	
安慶	6						6	4
蕪湖	2						2	
南昌	5						5	1
九江	1						1	
福州	25	1					26	
廈門	6						6	
杭州	5						5	
海寧	3						3	
嘉興	1						1	
平湖	1						1	
乍浦	2						2	
寧波	2						2	
紹興	2						2	

諸暨	2						2	
餘姚	1						1	
衢縣	2						2	
溫州	2						2	
漢口	20	3	2				25	
沙市	1						1	
宜昌	3						3	
長沙	5						5	
成都	8						8	
重慶	6						6	
廣東	9		1				10	
汕頭	11						11	
雲南	7						7	
合計	296	36	27	11	3	3	376	142
大連	3	5	1				9	4
香港	7	1	5				14	3

　　1915 年中國居住人口超過 10 萬的有 43 個城市，雖然從日本滿鐵的統計上看，有部分城市沒有報刊出現，但實際上，由於該統計只局限於「中華郵政特准掛號認可新聞紙類」，因此統計並不全面，據此可以推測出絕大部分城市已出現了報刊。從報刊的數量上看，北京最多，中外文報刊和通訊社共有80 家；天津其次，共有 62 家；上海第三，47 家；接下來是哈爾濱 28 家；另外福州、南京、漢口都算是報業比較發達的城市。單就報館來講，則是天津最多，46 家；北京其次，爲 38 家；上海 28 家，福州 26 家，漢口 25 家，哈爾濱 22 家（其中 8 家爲俄文報刊）；雖然京津報館林立，但上海報刊的發行量卻是最大的，體現出上海報紙的穩定發展，得益於該城市發達的商業和言論相對自由的租界環境。

　　1924 年全國通訊社有 155 家，北京 73 家，武昌 21，漢口 13，開封在國民軍全盛時代有 9 家。

　　到 1928 年，國民黨宣傳部第一次對中國境內的各種報刊進行了詳細統計，核實當年國內出版定期刊物共 1439 種。詳見表 1-11：

表 1-11　1928 年中國定期刊物出版明細表〔註 53〕

種　　類	數　　量
年刊	5
季刊	6
雙月刊	1
月刊	208
半月刊	130
旬刊	128
周刊	211
五日刊	16
三日刊	71
二日刊	8
日刊	453
未詳	75
總計	1439

　　非定期出版物 1134 種，其中政黨類 320 種，政治類 287 種，紀念類 188 種，外交類 47 種，軍警類 79 種，農工商類 58 種，青年婦女類 24 種，教育類 52 種，市政類 30 種，雜類 19 種。

　　從地區上看，定期刊物分佈與全國 30 多個省市地區。具體如下：

表 1-12　1928 年中國各省市定期刊物分佈表〔註 54〕

地　區	數　　量	地　區	數　　量
南京	109	上海	282
廣州	42	武漢	31
北平	56	天津	18
江蘇省	133	浙江省	55
江西省	37	福建省	44

〔註53〕數據來自《中國國民黨中央執行委員會宣傳部十七年度部務一覽》，民國十八年四月，國民黨中央宣傳部編製，165～166 頁。

〔註54〕數據來自《中國國民黨中央執行委員會宣傳部十七年度部務一覽》，民國十八年四月，國民黨中央宣傳部編製，165～166 頁。

安徽省	27	廣東省	55
廣西省	26	山東省	31
山西省	39	湖南省	66
湖北省	10	河南省	43
河北省	64	雲南省	12
貴州省	4	陝西省	9
綏遠省	6	察哈爾省	4
四川省	70	青海省	4
遼寧省	17	黑龍江省	3
海外	70	未詳	37

從上表可以看出，一張巨大而密集的新聞業網絡在中國已經建立起來。

2、訪員制度的普及

除了直接設立報館和通訊社，出版報紙，發佈新聞外，很多報館在異地還設立訪員，特別是外國新聞機構，在中國的政治、經濟、軍事要地派駐記者；中國一些有實力的報館也在全國各地派駐訪員，採集新聞信息。如 1926年統計，在北京地區設立的通訊員有：

James L Butts ：Chicago Daily News（《芝加哥日報》），Hollet Abend：New York Times（《紐約時報》），Charles A Dailey: Chicago Tribune（《芝加哥論壇報》），Hrebert B Elliston: Manchester Guardian（《曼徹斯特衛報》），William Henry Donald :The Times, London（《倫敦泰晤士報》），William R Giles :Peking& Tientsin Times（《京津泰晤士報》），Thomas E. Eunis: Chung Mei News Agency（Chung Mei 新聞通訊社），Randall Gould :United Press of America（美國合眾社），E.von Salzmann: Kolnische Zeitung，G.W.Gorman: North china standard（華北標準），H.J.Timperley ：Reuter』s Limited（路透社分社），P.D.Evans ：Reuter』s Limited（路透社分社），Morris J Harris： Associated Press of America（美聯社），William :London Daily Mail（《倫敦每日郵報》），Thomas F Millard: New York World（《紐約世界報》），Beddol：London Daily News.（《倫敦日報》），Lawrence Impey: Morning Post, London（《倫敦晨郵報》），Mussin: Tass News Agency（塔斯社）〔註55〕。

〔註55〕《支那新聞一覽表 附北京上海通信社》，南滿鐵道株式會社北京公所研究室，大正十五年九月五日發行，第 25、26 頁。

　　在天津設立的通訊員有《大阪每日新聞》西村博、西村聰，日本《時事新報》的森川照太，大阪《朝日新聞》小倉知正，日本聯合通信社的岸本一吉，日本電報通信社的山內令三郎，滿洲《日日新聞》的上田良有，《順天時報》兼國際通信的津田清之助，路透社的 J.E.Henry, 倫敦《泰晤士報》的 John Cowen。

　　在上海設立通訊機構並派駐通訊員的有：日本《時事新報》的特派員長永義正，東京、大阪《朝日新聞》的特派員中村桃太郎，《東京日日新聞》及大阪《每日新聞》的特派員村田孜郎，《長崎日日新聞》的通訊員龍岡登，以及倫敦《泰晤士報》和《曼徹斯特衛報》的 O.M.Green,《芝加哥論壇報》和《馬里蘭每日公報》J.B.Powell,《芝加哥日報》和《倫敦每日郵報》的 A.P.Finch,《費城公眾記錄報》的 R.Sweetland，澳大利亞聯合通訊社的 F.A.Nottingham, 和《晨郵報》J.W.Franter〔註56〕。

　　在南京設有分支機構的如上海《申報》和《時事新報》，設有通訊員的有東京《報知新聞》、《時事新報》，大阪《朝日新聞》、《每日新聞》。

　　在南昌，上海的《申報》、《新聞報》和《商報》設有通信員。

　　在九江，《申報》和《新聞報》設有通信員。

　　在漢口，北京《晨報》、上海《申報》設有通訊員，上海《時報》、《新報》設通信員聶醉仁，上海《新聞報》有喻可公，天津《益世報》和上海國聞通信社有喻耕屑，北京《順天時報》有丁愚庵〔註57〕，北京《京報》有鄒碧痕（漢口《商報》記者），上海英文《中國評論》有周培德；以及日本聯合通信、東方通信、大阪《朝日新聞》的岡幸七郎（此人還任漢口日報社長），東京《時事新報》、《萬朝報》、《報知新聞》，大阪《每日新聞》的宇都宮五郎（此人還任《漢口日日新聞》社長）等。

　　此外，如天津《益世報》在熱河的赤峰派駐通信員；在吉林省的局子街，《盛京時報》、《間島新報》，《間島日報》〔註58〕，《朝鮮日報》等設有通信員。

　　可以說，到 1926 年的時候，中國已經基本建立起一張新聞收集的網絡〔註59〕，特別是其中的外國媒體，通訊網絡較國人發達，不論其潛藏目的

〔註56〕以上五人分別爲《字林西報》的主筆，《中國評論》周刊的主筆，《上海時報》的記者、副主筆和主持。
〔註57〕此人曾任《湖廣新報》和《大漢報》記者。
〔註58〕以上兩份「間島」報社是設在吉林龍井村的日文報紙。
〔註59〕數據來自《支那新聞一覽表　附北京上海通信社》，日本南滿鐵道株式會社北

如何，客觀上加速了中外間新聞信息的交流。

3、東北的報刊

由於東北的特殊地理歷史環境，使之從民國成立後就相對獨立〔註60〕。1906 年日本南滿株式會社成立後，東北的近現代報刊開始出現並發展起來。民國後，報刊新聞業建立起相當密集的網絡。其創辦者多爲日本人，常以日文刊物作先遣，進入一些偏僻城鎮，隨後中文報刊才出現。1928 年前，東北各地主要報刊分佈如下：

表 1-13　　1928 年前東北各地出版的報刊統計表〔註61〕

	總類（含公報）			日　　文		中　　文		總　計
	中文	日文	西文	雜誌	報紙	雜誌	報紙	
東北總類	9	12	1					22
遼寧省	5			23	19	8	10	65

京公所研究室，大正十五年九月五日發行。

〔註60〕 1905 年日俄戰爭結束之後，日本取得中國東北的遼東半島和南滿鐵路的控制權，並以護路爲由組建關東軍駐紮在奉天，旅順、長春等鐵路沿線。1906 年日本建立「南滿株式會社」（簡稱「滿鐵」），除鐵道外，其經營領域幾乎包括所有的工業領域，對滿洲進行全面的開發。1911 年中華民國建立，但國民政府對滿洲未能實行有效的統治。直至 1928 年末張學良易幟服從國民政府，一直爲張氏父子的政府所統治，其間行政、軍事等均事實獨立於中華民國中央政府。1931 年九一八事變後，東北實際處於日本的統治下。1932 年僞滿洲國建立。

〔註61〕 本資料來源於陳鴻舜《東北期刊目錄》，《禹貢》半月刊第六卷 3、4 期合編（1936 年）。陳先生總結此目錄先後查閱的文獻有：《北平各圖書館館藏聯合目錄》（北平圖書館協會編，民國 18 年），《國立北平圖書館現藏官書目錄》（第二輯）（全館編，民國 20 年），《國立中央圖書館藏官書目錄第一集》（全館編，民國 22 年），《中國報界交通錄》（燕京大學新聞學系編，民國 21 年），《東北年鑒》（東北文化社編，民國 20 年），6、《中國新聞事業》（黃天鵬編、民國 18 年）：7、《研究中國東北參考書目》（黑白協會編，民國 20 年），8、《大連圖書館和漢圖書分類目錄第八編》（全館編，昭和 9 年）：9、《滿洲年鑒》（滿洲文化協會編，昭和 8 年）：10、全滿定期刊物一覽（大連之部）（伊藤時雄編，昭和 10 年）：11、《滿洲帝國年報》（「康德」三年版）（國務院編）：12、《書香》（滿鐵各圖書館報）13、Carl Crow: Newspaper Directory of China, 1933；14，China Commercial Advertising Agency, China Publishers Directory 1935《中國報紙雜誌指南》： 15,Woodhead, H.G.W. China Year Book,1925-6 文獻。但由於這些文獻中很多資料是相互矛盾的，特別是一些出版日期，因此陳自言只能憑自己的判斷和文獻的權威程度來確定選擇其中之一作爲依據。

大連				95	15	3	4	117
旅順				11				11
吉林	5			3	4		2	14
東省特別區	4			2	3		10	22〔註62〕
黑龍江	5						2	7
熱河								
合計	28	12	1	134	41	11	28	258

從表中可以看出，由於日本在東北的特殊權利，日文報紙在東北占絕對統治地位，約占總量的 68%；其中大連作為日本統治東北的中心，各種機構林立，日文雜誌最多，種類最全，公報、專業類、文藝類、生活服務類等共110種，約占全部日文報刊的 63%，而且存在的周期均比較長。其次為遼寧省，因為同樣的原因，成為報刊聚集的重要省區。（東北地區的詳細報刊明細，見附錄）

總之，北洋政府時期，政治動蕩、內亂不斷，中央政府勢力軟弱，造成一定的言論自由空間，同時政府對經濟，教育，文化事業的恢復發展，客觀上促進了新聞業的進步。中國新聞業經過民初的振蕩起伏，開始呈現出積極但不均衡的發展趨勢。一方面報刊數量增長迅猛，種類繁多，各類報刊特點明顯，自我生存能力增強；另一方面，報刊呈現出明顯的地區性差異，在商業發達地區，包括帝國主義在華租借地，商業報紙比較繁榮，生命力也比較強；在政治比較複雜的北方，報刊雖然繁盛，但與政治聯繫過於緊密，依附性比較強。在這政治軍事比較混亂的時代，媒體在夾縫中尋找和擴展生存路徑的同時，也不斷的思索自我發展之路，漸趨成熟完善。

〔註62〕另有俄文報刊兩種，英文報刊一種，故總數為 22 種。

第二章　官方報紙

　　1912 年到 1928 年間中國出現過如下政府，從時間上先後有：南京臨時政府、北洋政府、護法軍政府、中華民國軍政府、廣東大元帥府、廣州國民政府、武漢國民政府、南京國民政府等。按執政者分，自 1912 年開始的北洋政府主要由北洋軍閥控制，其餘 7 個政府則是孫中山領導的國民黨先後建立的。各中央政府紛紛創辦自己的官報體系，其中以北洋政府的官報體系最爲完善。

第一節　官報的管理體系

一、官報的歷史分期

　　清末以後，中國官報發展可分三個階段，前兩個階段爲近代官報，又稱新式官報時期，第三個階段爲現代官報時期。

　　第一階段從 1896 年到 1902 年，爲官報的萌芽時期。1896 年官書局出版了《官書局報》和《官書局彙報》，到 1902 年《北洋官報》問世前，期間約有 5 種不同於京報、邸報性質的新式官報問世。

　　第二階段從 1902 年《北洋官報》的誕生到 1911 年，是近代官報的大發展時期。據目前統計，此間共見到 111 種官報，涵蓋了行省以上級別的大多數官報，在當時創辦的近千種報刊中，占不小比例〔註 1〕。《北洋官報》標誌著中國官報發展的新時期，從此，官報形成固定的內容、體例、辦報思想、辦報方法和完整的佈局，並被繼承下來。1907 年 10 月 26 日創辦的《政治官報》

〔註 1〕李斯頤，《晚清的官報》，《世紀中國》，2006 年第 3 期。

是我國歷史上第一份中央政府直接創辦的機關報，爲該階段的顛峰標誌，延至1911年8月24日被《內閣官報》取代，《內閣官報》雖短命，但被賦予公佈正式法令、公文的效力，從而進一步提高了官報的權威性和地位。

第三階段爲民國成立後的現代官報時期。此間由於民營報紙獲得較快發展，在市民中的影響力也與日俱增，而中央政府及各級政府部門建立的嚴格意義上官報，刊登內容僅局限於政府的各種文件、法令等，不再刊登新聞和言論，功能單一，已經沒有了清末官報的風采。但它也有不可替代的作用，首先官報在發佈法律、法規方面具有相當的權威性；其次，公報上各種訓令、政令、指令以及函電、公文等的發佈對各級政府部門和官員瞭解政府動態具有重要作用。它繼承了中國自宋代邸報以來的官報體系，成爲報刊家族中的一個嚴謹而毫無生氣，權威但並不流行的成員。

二、官報內容和管理體系的確立

官報法定地位的確立是有歷史過程的，從《北洋官報》到《政治官報》再到《內閣官報》，每個報紙都代表一個時期。

以《北洋官報》爲代表的早期官報內容多爲綜合性質，與社會大眾聯繫緊密，如該報宗旨爲「以宣德通情啓發民智爲要義，登載事實，期簡明易解，力除上下隔閡之弊」〔註2〕。同時期的《商務官報》宗旨是「（一）發表商部之方針；（二）啓發商民之智識；（三）提倡商業之前途；（四）調查中外之商務」〔註3〕。其中對「商部之方針」的發表，只是官報內容的一個組成部分，並沒有法律上的效力。

《政治官報》是我國歷史上第一份中央政府直接創辦和公開出版發行的機關報，是近代官報向現代官報的一個過渡。它在創辦之初，並沒有確立現代官報的特點和地位，與當時盛行的商業報紙或政論報紙在內容和言論結構上並無本質區別，只是報導內容以政府文牘爲主，新聞消息和言論作爲次要補充。其章程規定：「本報專載國家政治文牘，……凡有政治文牘，無不詳愼登載」。具體的題材和內容有諭旨批折、電報奏咨、奏摺、咨劄、法制章程，條約合同，報告示諭、外事（外國通訊社消息歸此類）、廣告等，內容已經很有現代官報的特點，但也沒有給予它有別於其他非政府類報刊更高的地位。

〔註2〕 戈公振，《中國報學史》，生活‧讀書‧新知三聯書店，1955年版，第55頁。
〔註3〕 戈公振，《中國報學史》，生活‧讀書‧新知三聯書店，1955年版，第56頁。

該章程對以後出版的官報有相當影響，如 1911 年（宣統三年）5 月 10 日創刊的《兩廣官報》就明確指出，「本報只登載官文書，不述新聞，不撰論說，亦不轉載別報論說，刊錄詩詞及無關政事文件，以符合官報名義」〔註4〕，徹底消除新聞、論說等內容，成為功能單一明確的政府官報。

一份研究顯示，清末官報的主要內容中，公文類占 34.07%，章奏 23.03%，新知、實業 18.09%，新聞 10.88%（條數 17.53），論說 8.72%，諭、抄 6.27%，藝文 3.49%，廣告 1.58%〔註5〕。公文和奏章占 57.1%，其餘的都是非政府文件類信息，顯示出中國官報過渡時期的特點，即在內容上以發佈政府文件為主，但未取得法定地位，不是發佈法令法規的權威機構。不過他們離現代官報只有一步之遙了。

1911 年 8 月 24 日《內閣官報》取代《政治官報》出臺，官報終於被賦予特殊地位，「內閣官報為公佈法律命令之機關，凡諭旨、奏章、及頒行全國之法令，統由內閣官報刊佈」；「凡京師各衙門通行京外文書，均由內閣官報刊佈，各衙門無庸再以文書布告……」，「凡法令除專條別定實施外，京師以刊登內閣官報之日始，各行省以內閣官報遞到之日起，即生一體遵守之效力，……」；「凡未經內閣官報刊佈之章程奏摺，有在商辦報章登載者，不得援據」〔註6〕。以上四條，確立了它在公佈政府信息方面的法律地位，是等同於正式公佈的法令、公文效力，這一點尤為重要，這是現代官報的本質特徵。因此中國現代官報的誕生是從《內閣官報》開始的，雖然這份官報壽命極短。

民國後官報基本繼承了由《內閣官報》確立下來的章程，即成為正式刊登國家法令、公文的法定媒體，其發佈的法令條例具有「一體遵守之效力」，發佈內容和自身管理都有嚴格規定。

三、官報的內涵和種類

民國以後，官報的名稱發生了改變，「公報」代替「官報」成為官方報紙的稱謂。但不是所有的「公報」都是官報（如 1915 年武昌的《崇德公報》是天主堂文學書院發行的，而 1920 年的寧波《時事公報》也是民營報紙，類似

〔註4〕　《兩廣官報》，近代中國史料叢刊三編第 50 輯，沈雲龍主編，臺灣 文海出版社。

〔註5〕　李斯頤，《晚清的官報》，《世紀中國》2006 年，第 3 期。

〔註6〕　戈公振，《中國報學史》，商務印書館，1928 年版，第 52 頁。

情況並不少見），也有官報不用「公報」來命名的。

如果按照級別，官報可分為中央級官報和地方級官報，地方又可分為省、市、縣等不同級別。按內容有嚴格官報和非嚴格官報之分。所謂非嚴格意義上的官報則是指政府主辦的，刊登法律法規等政府公文性質內容的同時，也刊登新聞論說，調查報告等非公文性質內容的官報。所謂嚴格意義上的官報，是指純粹為法律發佈機構，並不刊登新聞、論說、副刊等內容的官報。

官報必須同時具備以下特點。首先，它是各種法律法規的發佈機關，具有發佈一級政府機構法律文件的特權，在其上公佈出來的法律法規具有權威性，一般的商業民營報紙雖然也可以轉載，但不具有這樣的權威性。其次，官報必須由各級政府部門直接開辦、并委任政府工作人員進行經營的報刊，其最重要的特徵是官方委派人員來主管報紙，並以官款負擔報館經營。

不過，整個北洋政府時期，政府津貼報館的現象極為普遍，因此由政府出資創辦的報刊並不都是官報。其中官方機構直接開辦並委任官員經理，僅吸收商股參加者，仍屬官報。但那些僅接受官方（包括機構或個人）津貼的報刊，時人稱「半官半商」者，因其活動方式與嚴格意義的官報不同，不包括在內。另外也有政府部門出資創辦的以宣傳知識為主的報紙，並不宣佈法令法規的，也不計在官報的名下。如《亞細亞日報》雖然是袁世凱的御用機關報，但主辦人薛大可僅為一記者（民國 2 年曾被選為眾議院議員），其主要內容也不是為了刊佈政府的法律法規，而是站在在野的角度為袁世凱政權鼓吹，因此並不屬於官報。再如，1916 年底由湖北督軍署主辦的《軍事通俗白話報》日刊，以及湖北行政公署教育司主辦的《湖北通俗教育報》日刊〔註7〕，只是該機構創辦的大眾類報刊，也不屬於官報。

第二節　北洋政府所屬的中央級官報

一、中央政府公報《臨時公報》、《政府公報》

北洋政府，1912 年～1928 年代表中國正朔的政府（包括 1924 年 11 月 24 日到 1927 年 6 月 17 日的段祺瑞的臨時執政府，以及 1927 年 6 月 18 日到 1928 年 6 月 4 日張作霖任元帥的中華民國軍政府），國務院直屬各局有法制局、詮

〔註 7〕 1913 年 10 月 14 日創刊，主編鄞祖潤。

敘局、統計局、印鑄局，國務院各部包括外交部、內務部、財政部、陸軍部、海軍部、教育部、司法部、農林部、工商部、農商部、農工部，實業部、交通部、參謀本部、軍事部等〔註8〕。各部局都或早或晚均刊佈了自己的官報。其中，中央級官報是《臨時公報》和《政府公報》（自 1916 年 1 月 6 日到 3月 23 日又一度被稱爲《洪憲公報》）。

　　《臨時公報》，1911 年 12 月 26 日出版，發行所爲「北京東長安牌樓王府井大街，電話東局二百零一號」〔註9〕。日刊，該報篇幅較少，多數爲 4～6頁的樣子，爲線裝書冊形式，保持了邸報的樣子。內容有通告、電報、照會、公呈、報告等，每期只有 2、3 個欄目。第一期是宣統和隆裕皇太后發佈的關於退位的各項諭旨（發佈日期從 1911 年 12 月 16 日到 12 月 25 日），以及大清皇帝優待的條款等。第二期爲袁世凱在 12 月 26 日發佈的《全權組織臨時共和政府袁　布告內外大小文武官衙》、《全權組織臨時共和政府袁　布告軍警》、《致北方各都督及所轄各軍隊電》、《致北方各督撫各府州縣電》、《致各督撫電》、《全權組織中華民國臨時政府首領袁　致各國公使照會》和三項《外務部致各國公使照會》，爲政權交接時重要歷史文獻。公報在第 8 期時改爲公元紀年，即 1912 年 2 月 20 日，舊曆壬子年正月初三日。在這一期的公報上，也刊登了袁世凱在上年 12 月 30 日發佈的命令：自 1 月 1 日起，所有公文的日期須改爲公曆。《臨時公報》出版到 4 月底，目前所見到 1912 年 4 月 6 日。袁世凱就任臨時大總統後，5 月 1 日改出《政府公報》〔註10〕。

　　《政府公報》由北京政事堂印鑄局發行，1912 年 5 月 1 日到 1915 年 12月 31 日〔註11〕，出 1310 號；自 1916 年 1 月 6 日起期數另起，到 1928 年 6月停刊，共出 4353 號。其中 1916 年是袁世凱稱帝後改用的洪憲元年，除紀

〔註8〕　其中農林部、工商部只有 1912、1913 年存在；1914～1927 年改農商部，農工部和實業部設立於 1927 年。參見劉壽林、萬仁元、王玉文、孔慶泰編的《民國職官年表》，中華書局 1995 年版，1～55 頁。

〔註9〕　《臨時公報》，第 1 輯，江蘇人民出版社出版，江蘇廣陵古籍刻印社影印，收集整理：孫必有，蔡鴻源。

〔註10〕　《政府公報》影印本，中國第二歷史檔案館整理編輯，上海書店出版，1988年 12 月，第一冊，363 頁記載有該報的廣告，原文如下：「本局前奉，政府命令，臨時公報改爲政府公報，業於 5 月 1 號開辦」等等。

〔註11〕　《1833～1949 全國中文期刊聯合目錄 增訂本》（840 頁條目）裏記載該報自1915 年 4 月開始，並沒有日期。但筆者在查看原件及影印件的時候，《政府公報》的第一號爲 1912 年 5 月 1 日。因此該報的創刊日期應爲 5 月 1 日。

年改爲「洪憲元年」，其餘包括廣告在內一概不變。1916年3月24日，第78號開始，紀年又改回民國，刊期繼續。《政府公報》歷經袁世凱、黎元洪、徐世昌、曹錕、段祺瑞主政時期，每日出版，並不停輟。修訂體例後，內容較《臨時公報》時更爲豐富，分爲 10 項，「法律、命令、呈批、公文、公電、判詞、通告、附錄、外報、廣告」〔註 12〕。具體包括了北京政府時期重要的法令文告，人事任免，議會記錄等等。每一條命令、法令、通告、呈報等均蓋有「大總統印」或「政事堂印」，以示正式。刊載內容巨大，如 1915 年 12 月共刊登「觀見單共 2 則，命令共 1004 則，軍令共 4 則，交片共 1 則，法律共 1 則，呈共 482 則，咨共 39 則，飭共 72 則，示共 8 則，批共 8 則，公電共 10 則，判詞共 13 則，通告共 68 則」〔註 13〕。《政府公報》每月按內容集結成數冊出版。

　　《政府公報》作爲當時中央政府的命令發佈機構，由印鑄局具體負責。印鑄局的官制中明確記載，「印鑄局爲直隸於國務總理，掌印刷官文書用紙，製造勳章、徽章、印信、關防圖記及其它品物，並刊行公報」。其下設局長、秘書、僉事、主事、技正、技士，其中「僉事四人，承局長之命掌理編輯事宜並文書會計及庶務」〔註 14〕。

　　政府公報的組織和發行條例，基本是依照前清的《內閣官報》製定。但按新規定，其組織與發行條例需報請國務會議通過後方能實行，《政府公報條例及發行章程》就是國務院院令在民國元年 7 月 1 日通過的。

　　《政府公報》的組織和發行條例在這一時期非常有代表性。首先它是中央政府部門的法律命令發佈機關，具有相當的法律權威。《政府公報》條例的第一條就指出它不同於一般報刊的地位，「《政府公報》爲公佈法律命令之機關，凡法令及應行公佈之文電等，統由《政府公報》刊佈」〔註 15〕。而且它也成爲政府部門間公文文書傳遞的權威媒介，因爲經過該報刊佈的文書，就

〔註 12〕 《政府公報》影印本，中國第二歷史檔案館整理編輯，上海書店出版，1988
　　　　年 12 月，第一冊，363 頁。
〔註 13〕 《政府公報》（原件）1915 年 12 月分總目。
〔註 14〕 《法令全書》，中華民國元年印鑄局刊行，第 2 冊，第 5 類，官制，印鑄局官
　　　　制。
〔註 15〕 《法令全書》，中華民國元年印鑄局刊行，第 2 冊，第 4 類，法例《政府公報
　　　　條例及發行章程》。同見戈公振，《中國報學史》，生活・讀書・新知三聯出版
　　　　社，1955 年，第 59 頁。

沒有必要再以文書布告了，除非是各官署單行之件，沒有通行或不便通行的，仍自用文書傳遞。另外，凡未經該報刊登而在其他報紙上刊登的章程文電，是不具有法律依據的。經過該報刊登的文件，除特別指示外，一般京師地區以刊登之日起作爲法律生效的日期，各省以遞到該省最高行政官署之日起爲生效日期。

官報內容來源必經過嚴格的行政程序。需要通過公報發刊的文件，各部門必須有專人負責，「逐件檢校蓋章簽字，送交印鑄局刊登」〔註16〕。因此我們在該報每一條命令等信息的後面都可以看見具有法律效力的印章。

發行方面，北京地區由印鑄局發行所發行，由送報夫役走送，外省訂購者，則由郵局遞送，但也借助商業和民間力量，「外省報房各公報局商報館以及殷實店鋪」可以代銷，並有二折報價的優惠。不過發行上似乎有點小問題，該報的封皮上，常年印著「如送報夫役私自加價，請告知本局，以便查究，是爲至要」。而「私自加價」四個字比別的字號都要大一些，以示重要，似乎送報夫役私自加價的現象很嚴重。

公報廣告很少。雖創辦之初就刊登「內外官商紳民欲刊印單篇告白，隨報附送」的廣告，並有詳細的廣告定價，廣告以北京地區爲限，但其篇幅和民營報紙無法相比，一般僅有1～2頁，即2～4版（政府公報爲書冊式，這2～4版還不及當時大報的一版）。

政府官報的經費常年有保證，如1915年6～10月份，5個月印鑄局的經費爲白銀9千兩〔註17〕，所以廣告和發行收入對報紙來說並不是很重要，但這不意味著報紙對成本和收益毫不在意，1916年3月22日開始，公報的廣告開始加價，原因就是「其歐戰發生，紙料昂貴，所收刊資，不敷甚巨」。〔註18〕

南京國民政府成立後，《政府公報》才告停刊，前後共出5663份，成爲研究北京政府時期的重要文獻。

二、其他比較重要的中央級公報

其他比較重要的中央級公報有：

〔註16〕 戈公振，《中國報學史》，生活·讀書·新知三聯出版社，1955年，第60頁。
〔註17〕 但印鑄局的職能除掌管印刷公報外，還包括官文書用紙，鑄造印信、關防、勳章等，因此報紙的經費只是其中的一部分。
〔註18〕 《政府公報》，1916年（民國5年）3月23日，封皮「本公報刊登廣告暫行增價通告」。

1、《司法公報》，司法部主辦，1913 年 10 月創辦於北京，1928 年 5 月停刊。原爲月刊，自 35 期改爲半月刊，86 期改爲月刊，130 期又改回半月刊，158 期後再改月刊。公報主持者多爲司法部官員兼任，如 1926 年該報主任是司法部參事湯鐵樵兼任。該刊的編撰者爲司法部參事廳公報編纂處，發行兼發售者爲司法部總四科公報發行所，代售者爲琉璃廠公愼書局，印刷者爲京師第一監獄。該刊印刷精美，每期有一到兩張光面紙印刷司法界重要官員的照片 1 到 4 張不等。從廣告中可以看出，其刊登和彙集出版的司法例規非常受歡迎，多次印刷不同版本，折射出民初人士對新政權法律知識的重視。該報的廣告客戶中有其他官報中少有的商務印書館等大型民營企業，顯示其發行量和影響力比其他官報要更勝一籌。封二印「本報章程」〔註 19〕，1923 年7 月該報第二次修正《本報纂例》，其中規定：

（1）本報月出一冊，每冊頁數一百爲率，如稿件繁多得增至一百二十頁；

（2）本報首列圖畫一二頁，其圖畫以關涉司法者爲限；

（3）本報分例規僉載兩大綱；

（4）例規分類即按照本部改訂司法例規之例分爲十七種如左，（一）憲法（二）官制（三）官規（四）審判（五）律師（六）民事（七）刑事（八）監獄（九）外交（十）公式公報（十一）服制禮儀（十二）統計報告（十三）會計（十四）官產交通（十五）戒嚴（十六）行政訴訟（十七）雜錄；

（5）例規各類標題概依司法例規之例僅標事由，其發文號數及日期則注明於題下；

（6）例規各類所載以發佈先後爲序，惟同一事件而發佈有先後者則叢載之；

（7）本部行文有雖非例規而頗有關係者，亦得收入但用五號字排印；

（8）凡不屬司法各例規而定有罰或處分者，亦得擇要登載，惟除關係各點用四號字外，概用五號字排印；

（9）僉載分爲三類：（一）專件，復分十目：（1）考試（2）甄別（3）任用（4）免職（5）獎賞（6）懲罰（7）撫恤（8）減刑免刑（9）復權（10）雜件；（二）考鏡，凡本部擬訂法令之理由，修訂法律館

〔註 19〕筆者僅見 1926 年 5 月～11 月的六刊原件。

之草案意見書，本部之譯件以及個人對於司法之條陳論述等皆屬
之；（三）別錄，凡本部之會議，司法界大事本部主管各機關各項統
計表冊調查報告等皆屬之；

（10）考鏡類中如有篇幅過長，不克登載之件得提出作爲臨時增刊；
臨時增刊之頁數照第一款之規定其期數算入本報之內。

從章程中可以看出，該官報的內容和編排均有嚴格限定，並在形式上用
字體不同表示重要程度的差異，如第 7 條規定，對於不屬於例規但又比較重
要的文件，其字號要比例規小一號。

2、《交通公報》，交通部主辦，1917 年 1 月創刊，原名《交通月刊》，北
京出版，後遷南京，自 38 期（1920 年 2 月）改爲本名，並自 1922 年 9 月第
69 期後改爲日刊，1927 年 12 月到 1928 年 5 月改爲旬刊，自 1929 年起在改
爲三日刊，期數另起。抗戰期間遷重慶，勝利後遷回南京。1946 年改半月刊，
卷期續前。刊登交通部的法令公文報告等，分「命令、法規、公牘、專件、
通告、附錄」。編輯單位爲交通部總務廳統計科。

《交通月刊》編輯簡章如下：

第一條　交通月刊以交通行政爲範圍，每月出版一次；

第二條　交通月刊設編輯處；

第三條　編輯處設總編輯一員，編輯主任三員；各司科長均兼充編輯員；

第四條　編輯主任將每期稿件彙齊，由總編輯送由參事會核呈，又總長核
　　　　定付印；

第五條　關於編輯事項，依編輯員過半之提議，得開臨時會議，以總編輯
　　　　爲主席，總編輯或編輯主任有提議使，得單獨召集之；

第六條　各司司長、總務廳、各科科長有提供編輯材料之義務；

第七條　前條編輯材料各廳司得向各該附屬機關取集之，於每月十日以
　　　　前，交由編輯主任彙存；

第八條　每月二十日以前，由編輯主任將次月應行出版稿件整理完竣，依
　　　　第四條之規定於次月一日發行；

第九條　交通月刊發行所附設於編輯處；

第十條　每月經費由總編輯會同總務廳出納科科長編製預算，書其發行數
　　　　額，支用數額，於月末編製決算書呈請總長核定；

第十一條　編輯處得酌用書記專司繕寫校對發行及保管稿件處理庶務等

事，由本部雇員中選充之；

第十二條　本簡章自公佈日實施。

中華民國 5 年 10 月 26 日

從章程中可以看出，該報有 4 名專職人員，其餘編撰爲各部門的科長兼任，要求還是比較高的。該報尤其對稿件來源和發佈有嚴格程序，顯示了官報對發佈信息的謹慎和嚴格。另外從經費的支取和審定中，也顯示了它是政府的一個部門。該報並無新聞論說等內容，爲嚴格意義之官報。

3、《教育公報》，教育部主辦，1914 年 6 月北京創刊，月刊。1927 年 2～4 月改爲雙月刊，期數另記〔註20〕，但很快停刊。內容「分命令、法規、公牘、報告、紀載、譯述、附錄及專件、演講各門」。因此是既包括官方法規，也包括一般信息的綜合性官報，其自稱「既仿公報之體兼備雜誌之長，爲公佈文告機關，發展教育道線」〔註21〕。該報負責單位是教育部教育公報經理處。自 1926 年 1 月開始報紙進行了增加材料，改良編輯的改革。

4、《外交公報》，外交部主辦，1921 年 7 月北京創刊，1928 年後停刊，共出 82 期，月刊。該報「以外交公開」爲宗旨，「分法令、政務、通商、交際、條約、僉載、考鏡、譯叢及專件、附錄十門」。重點著錄外交條約、法規、照會以及駐外使節的任免、呈文和外事活動等；也分別介紹重要的國際組織、國際會議和駐外使館的情況。負責廣告發行的部門是「北京外交部圖書處」。

以上四份公報 1926 年價格如下（單位：元）：

〔註20〕據《中國報刊辭典 1815～1949》中記載，其在 1926 年停刊，《1833～1949 全國中文期刊聯合目錄 增訂本》也記載它在 1926 年的某個時候停刊過，但筆者在 1926 年 11 月 31 日出版的《司法公報》上看到該報作的廣告，並沒有停刊迹象。也就是說到 1926 年 12 月，該刊還在繼續出版，那麼按照《聯合目錄》上記載的 1927 年 2～4 月出過雙月刊，就基本可以確定，其在 1926 年並沒有停刊，只是在 1927 年改出了雙月刊。

〔註21〕《司法公報》民國 15 年 11 月 31 日刊登的《教育公報》廣告，第 6 頁。該廣告中還有一語頗爲混淆「刊行已逾五載，頗受各界歡迎」，以及「自八年一月起改定售報價目表」。如果是刊行已過 5 年，回推應該是 1921 年的時候創刊的，讓人懷疑可能該刊是另外一家教育公報，但售價更改的時間又是八年一月，也就是說 1919 年 1 月前該刊已經創辦，因此筆者認爲，其「刊行已逾五載」一句，或是筆誤？而且說，如果要訂購、或登廣告的話，請與「北京教育部教育公報經理處」聯繫，這又指出了其主辦單位就是教育部。因此可以推定此教育公報爲教育部主辦的。

表 2-1　《司法公報》、《教育公報》、《交通公報》、《外交公報》價格表

〔註22〕

	司法公報（月刊）	教育公報（月刊）	交通公報（日刊）	外交公報（月刊）
零售單冊			銅元 7 枚	
一月	0.3	0.15	1.0	0.4
三月			2.9	
半年 6 冊	1.6	0.9	5.5	2.2
全年 12 冊	3.0	1.7	10.0	4.0
兩年 24 冊	5.6			

如果是郵寄，還要付相應的郵費。

三報廣告費用也不盡相同（單位：元）。如下圖：

表 2-2　《司法公報》廣告價目表

特等地位	特等全面	上等全面	上等半面	普通全面	普通半面	普通每行	特等爲底頁外面，上等爲封底面裏頁，其餘爲普通。
一期	16	12	8	8	5	0.5	
三期	44	32	22	22	14	1.2	
六期	80	60	40	40	24	2.1	
十二期	144	108	72	72	44	3.6	

表 2-3　《交通公報》（日刊）廣告價目表

	全篇兩面	一頁全面	半頁半面	全頁四分之一
每一日	8	5	3	2
每一周	48	30	18	12
每半月	72	45	27	18
每一月	96	67	40	27

表 2-4　《教育公報》廣告價目表

	一　頁	半　頁	四分之一頁
每期	10	6	4
半年 6 期	54	32	22
全年 12 期	96	58	38

〔註22〕以下 5 表根據這些公報的價目、廣告刊例整理。

表 2-5　《外交公報》廣告價目表

	兩面頁	一面頁	半頁	四分之一頁
每月	20	10	6	4
半年	60	40	24	18
全年	100	60	40	30

6、中央級公報的列表

表 2-6　北洋政府時期其他中央級的政府公報表〔註23〕

名　　稱	所屬機構	發行所人	備　　註
商標公報	商標局機關報	農商部商標局	半月刊，登載有關商標的法令，公文及註冊登記的資料等。北京創刊，1923 年 9 月到 1927 年 12 月，共出 124 期；1928 年 2 月到 1948 年 6 月重新出版，刊期另記。曾名《商標局商標公報》和《實業部商標局商標公報》。民國期間商標局原隸屬農商部、後改屬實業部，繼改屬經濟部，後又改屬工商部。該報跟隨商標局也數次改變隸屬關係。
警察公報	京師警察廳機關報	京師警察廳	日刊，公佈警察機關的法規，公文布告等。
農商公報	農商部機關報	農商部	1914 年 8 月 5 日北京創刊，月刊，登農、工、商、礦業經濟的命令，條例，法規和調查資料等。1926～1927 年停刊。
陸海軍公報	陸海軍機關報	陸軍部	
財政月刊〔註24〕	財政部機關報	財政部	停刊數年。
航空月刊	航空署機關報	北京航空署	1920 年 5 月創刊，1927 年停刊。原名《航空》。
憲政會議公報	參議院、眾議院的行政官報	北京	1916 年 9 月創刊，1923 年 4 月停刊，共出 60 期，專門記載北京參、眾兩院討論制定憲法、修改憲法的情況。

〔註23〕 本數據來源於《支那新聞及通訊機構調查》，日本外務省情報局出版，昭和 2 年（1927 年）11 月；以及《1833～1949 全國中文期刊聯合目錄 增訂本》，書目文獻出版社，1981 年版。

〔註24〕 這個月刊，在日本滿鐵的文獻中記載，到 1927 年的時候已經停刊數年，但從《1833 ～1949 全國中文期刊聯合目錄 增訂本》中卻並沒有該條目的記載，中央級的《財政公報》是南京政府在 1927 年 8 月的時候創刊的，北京市財政局統計科出版的《財政月刊》是 1914 年 1 月到 1927 年 12 月，原名爲《稅務月刊》的。

地方政府的機構設置基本與中央各部局相對應，因此各級公報大量出現。「其名不勝枚舉，亦時事所要求也」〔註25〕。

第三節 國民黨主政的歷屆政府官報

一、國民黨主持的歷屆政府

南京臨時政府。1912 年 1 月 1 日到 4 月 1 日；下設外交部、內務部、財政部、陸軍部、海軍部、司法部、教育部、實業部、交通部、參謀本部。總統府的重要官職有秘書處、法制局長、印鑄局長（負責人：黃復生），公報局長（負責人：馮自由，單壽），參謀長和衛戍總督。其中秘書處下設立官報組，負責人是馮自由和易廷熹。1912 年 3 月 10 日，臨時大總統由袁世凱擔任，南京臨時政府即告終止，但官報的管理層基本沒有變化。南京臨時政府的公報局爲局長設置，下有編撰員若干；印鑄局：國務院直轄，1914～1916 年改爲政事堂，掌管印刷公報和官文書用紙，鑄造印信、關防、勳章等。北洋政府時期撤消了公報局，公報的出版完全歸印鑄局掌管。

中華民國軍政府。自 1917 年 9 月 1 日至 1922 年 7 月 9 日，期間分以下幾個階段：1917 年 9 月 1 日～1918 年 5 月 4 日的護法軍政府，設大元帥孫文，兩個元帥，6 名部長和 2 名司令；1918 年 5 月 20 日該政府改組爲總裁制，主席總裁岑春煊，總裁包括孫文等 6 人，直到 1920 年 6 月 3 日；1921 年 4 月 7 日再次改回總統制，非常國會召開決議組織政府大綱，選孫中山爲非常大總統，孫於 5 月 5 日就職。在這期間，總統府下設宣傳委員會，郭泰祺、胡漢民、廖仲愷、伍朝樞、徐謙爲委員。1921 年 10 月 8 日，廣州國會通過孫文提出的北伐案，12 月 4 日，孫中山親臨桂林，組織大本營，下設機構中有大本營宣傳處，處長田桐。桂林大本營到 1922 年 5 月結束，孫回到廣州，6 月 16 日，陳炯明令葉舉炮轟總統府，7 月 9 日孫離開廣州。

廣東大元帥府。平定叛亂後，1923 年 3 月，孫文在廣州建立廣東大元帥府，到 1925 年 3 月 12 日，孫中山去世，由胡漢民代任大元帥。

廣州國民政府。1925 年 6 月 14 日國民黨中央執行委員會政治委員會第14 次會議決議，改組大元帥府爲國民政府，並於 7 月 1 日公佈了國民政府組

〔註25〕戈公振，《中國報學史》，生活‧讀書‧新知三聯書店，1955 年版，第 59 頁。

織法，國民政府在廣州成立，直到 1926 年 12 月 10 日遷到武漢。期間汪兆銘任主席（1926 年出國期間，由譚延闓代）。

武漢國民政府。1927 年 3 月 13 日在武漢成立，由汪兆銘任主席。

南京國民政府。1927 年 4 月 18 日在南京成立，實際上是對武漢國民政府的否定。但未設主席，通電要求「汪兆銘、譚延闓來京行使職權」。

二、主要的中央級官報

在與國民黨[註26]有關的歷次政府組織更迭中，多屆政府基本上設有公報出版機構，但並不連續。其中比較重要的有：

《中華民國公報》：1911 年 10 月 16 日創刊於武昌，湖北軍政府的機關報，得到湖北軍政府都督黎元洪支持，提藩庫 600 兩白銀作開辦費。孫武主持，用以「傳達命令，鼓吹鴻業」，利用武昌大朝街 68 號湖北官報局舊址和設備，辦報成員是共進會中兩湖書院的同學，均直接參加了辛亥武昌首義的活動。第一任社長張越，後由牟鴻勳、蔡良村、高攀桂接任。先後擔任編輯和撰述的有嚴山謙、張祝南、朱峙三、蔡寄鷗、任岱青、韓玉辰、聶守經、歐陽日茂、張世祿、劉菊坡、毛鳳池、龍雲從等。

《中華民國公報》創刊號全部套紅印刷，一版刊登《中華民國軍政府佈告》全文，以及《中華民國軍政府鄂軍都督黎佈告》5 則，命令 2 則。除此，還刊登該報特別啓事：一、延聘訪員；二、招登告白（廣告）；三、出版簡章。簡章提出：「本報暫爲本軍政府參謀部附設機關，故定名《中華民國公報》」；其宗旨即以軍政府之宗旨大要，以顛覆現今之惡劣政府，改建共和民國爲主義」。內容「專以說明現今世界大事，陳述精密學理暨凡關於軍事、治安、民情、敵勢等皆得刊載」。《中華民國公報》還聲明爲「國民公報」，不取閱者分文。廣告除私人的酌收刊費外，有關公益事件的廣告一律不收費用。

《中華民國公報》刊期爲日刊，每日出一、兩次，每次 1～3 張不定。報紙採用黃帝紀元和公曆，創刊號發行 4000 份，其中 200 份張貼武漢街頭。報紙是以「中華民國軍政府」的名義出版，有相當大的權威性，對全國影響極大。

《中華民國公報》係革命黨人自發組織創辦的，其中文告、檄文、消息

[註26] 這裡的國民黨只是通稱，包括國民黨，中華國民黨，中國國民黨不同時期。

又多僞託。1912 年元月南京臨時政府成立後，武漢的《中華民國公報》已失去代表性，成爲袁世凱、黎元洪爭奪權力的工具。報社內部編撰人員也開始分裂，其中張雲天、張肖鵑、任岱青、朱崎三、蔡良材等人另行籌組反袁的《震旦民報》，《中華民國公報》越來越不得人心，終於在 1913 年爆發「二次革命」時停刊。

《臨時政府公報》，1912 年 1 月創刊於南京，南京大總統府印鑄局編撰。內容爲宣佈法令、公佈中華民國臨時政府中央和地方政事，包括法制、咨文、令示、紀事、抄譯外報什報等六類。4 月停刊，共出 58 期。基本上擔任起一份政府公報的責任。

《軍政府公報》，1917 年 9 月 17 日出版發行。軍政府印鑄局公報處發行，日刊，但時常脫刊，如第 2 號爲 9 月 20 日出，而 10 號和 11 號之間差了一周的時間。之後也是斷斷續續，所幸拖刊時間不長，出版至 1918 年 5 月 14 日，第 79 期停刊。發行初期並不能保證像廣告中所宣稱的每天出版。內容基本爲法規、命令、公電、公函、公文、批示、啓示等。從第 9 期開始有廣告欄，但不是商業廣告，僅爲政府的一些公開信息和關於公報發行價目的廣告。如第 9 期開始公報上長期刊登三條廣告，一爲「啓者大元帥之電話號碼數如左」，公佈了秘書處、參政處副官室庶務科以及衛隊室的電話；二爲「本公報現暫以長壽直街第四號廖球記代理發行，凡內地外埠欲購閱本報者，希逕向該店訂購可以，此布」；三爲「一，本報每日出版一號；二，訂購一月者定價大洋八角，三月二元三角，半年四元五角，常年八元，須先交報費；三，國內及日本每號郵費半分，南洋美洲各埠郵資酌加；四、零售每號四仙」〔註27〕。

該報發行的主要對象爲各級政府、官員等。前 11 號全部爲贈送，從第 12 號開始，除各行政公署以及各公共團體仍繼續送閱一份外，個人不再贈送——這也是廣告中的一條內容，長期刊登。

《陸海軍大元帥大本營公報》。大元帥府雖然在 1923 年 2 月廣州設立，但在軍政府時期，也曾組織過大本營，即 1921 年 12 月 4 日，孫中山爲實施北伐親臨桂林，組織的桂林大本營，下設田桐負責的大本營宣傳處，於 1922 年 1 月 30 日發行《陸海軍大元帥大本營公報》。發行的具體負責部門爲大本營文官部政務處第三課。當時公報的印刷質量不高，公報在封二上也有檢討，

「啓者，桂林交通不便，印刷事業尚未發達，機器及鉛字諸欠完備，且又屆
舊曆年關，手民多以返鄉，本報因急於出版缺點殊多，閱者諒之」〔註28〕。
內容爲法規，命令，訓令、指令、公文、公電、啓事等。只出版了1期。

　　桂林大本營到1922年5月結束，孫回到廣州，遇陳炯明叛變。平叛後，
1923年3月，孫文在廣州建立廣東大元帥府。1923年3月9日，《陸海軍大
元帥大本營公報》作爲大本營機關刊物再次出版，刊期另計。大本營的秘書
處編輯、發行。1923年該公報爲周刊，共發行42期，1924年的公報，改爲
旬刊，現僅見1～12期。1925年1月1日起刊期再次另記，爲旬刊，出到第
14號止，其中前13號定期出版，13號的出版日期是5月10日，14號並未標
注出版日期，其發佈的命令指令等到6月30日，因此可以推定其出版在7月
初。篇幅有200多頁，爲平時的4、5倍之多。各期公報上刊登命令、訓令、
指令法規、宣言、公電、佈告等欄，內容十分龐雜，還有各機關的收支帳項、
對各級人員請假或辭職的批答，獎敘、優撫等。

　　如第一號上有以下內容：

　　「命令」：中華民國12年2月24日、26日、27日、28日、3月1日、2
日、3日、5日、6日大元帥令；

　　「訓令」：大元帥訓令第1號——第7號；

　　「指令」：大元帥指令第1號——第12號；

　　「公電」：《大元帥敬日通電全國》、《大元帥致汕頭海軍田司令等東電》、
《鄒魯呈大元帥巧電》、《東路討賊軍第八軍前敵司令張貞等呈大元帥敬電》、
《東路討賊第二師第三路司令梁士鋒呈大元帥有電》、《桂軍總司令沈鴻英呈
大元帥東電》。

　　公報並沒有嚴格按照封面上的日期編輯發行，常常出現延遲現象。該公
報發佈的某些文件日期竟在公報出版日期之後，如，標注發行日期爲民國12
年11月23日發行的公報第38號上，刊登了一條「命令」，「派許崇智兼滇粵
桂聯軍前敵副指揮」，這條命令發佈的時間是1923年11月24日，類似的問題
共115條之多〔註29〕。這種現象說明公報的出版在時間上並不嚴謹，經常拖
後，甚至還出現了1924年2月29日發行的第6號公報中，其日期竟然標注

〔註28〕黃季陸主編，《陸海軍大元帥大本營公報》，中國國民黨中央委員會黨史委員
　　　　會發行，民國58年10月，第0002頁。
〔註29〕李振武，《〈大本營公報〉發行時間質疑》，《廣東社會科學》，2004年第4期，
　　　　149頁。

為二月三十日，作為政府的公報竟出現如此的紕漏，實在不應該。由此可以推測該公報的出版管理並不嚴格。

《中華民國國民政府公報》。1925 年 7 月 1 日在廣州出版，為廣州國民政府的機關刊物，1928 年後南京政府繼續用該名發行公報，成為民國時期出版時間最長的政府公報。該報當時由國民政府秘書處編輯，內容主要有法規、命令、指令、訓令、批，附錄等。在廣州市內設有兩處分銷處，一為新豐街官報印刷局，一為第七莆國華報。初創期為旬刊（但 7 月份出了 4 號），出至 1926 年 11 月 30 日，共 52 號。1927 年遷到南京出版，自 5 月 1 日復刊，刊期另記，首加「寧」字，如「寧字第一號」，以示區別，依然為旬刊（7 月到 9 月僅出 5 期：寧字第七號到寧字第十二號〔註30〕）；自 1927 年 10 月 1 日起又開始重新記數，並從該年 11 月 16 日始改為三日刊。1928 年 10 月再改為日刊，期數再次另記。直到 1937 年 11 月遷都重慶，中間曾於 1932 年 2 月 29 日到 11 月 30 日曾遷到洛陽出版，期數另以洛字開頭重記，12 月 1 日遷回南京後，續自第 992 號。到重慶後該報則以「渝字」開頭重記編號，共出 1051 號（1946 年 5 月 4 日），1946 年 5 月 6 日開始又回南京出版，續上前號自 2512 出版至 1948 年 5 月 19 日 3137 號止。後改為《總統府公報》，期數另記。該報成為民國時期最重要的政府公報。1928 年南京政府成立後，改為國民政府文官處印鑄局出版。

當時中國還有 1915 年 12 月 25 日成立的雲南軍都督府，組織護國軍。但目前未見該政府發行的公報。

第四節　東北地區和其他地區的官報

一、東北地區的官報

東北地區政治地理環境特殊，在張作霖和日本人的統治下，新聞業的發展比較快，也建立起相當繁盛的公報體系。其中有屬於東三省的地區性公報，有黑龍江、吉林、遼寧和東省特別區〔註31〕的公報。具體如下：

〔註30〕《1833～1949 全國中文期刊聯合目錄 增訂本》及《中國報刊辭典 1815～1949》等處記載 1927 年 6 月起改為三日刊，並不確定。

〔註31〕1920 年 3 月，中國政府逐步收回了一些前俄國在中東鐵路附屬地內非法侵佔的中國主權。同年 9 月 23 日，北洋政府將原中東鐵路用地劃作「特別」區域。

表 2-7　東北地區官報一覽表〔註32〕

	刊　名	創辦者	地　址	創刊時間	狀態（到 1936 年）
		東三省公報			
1	東北航空季刊	東北航空司令部	瀋陽	1929 年 1 月	停
2	軍事月刊	東北陸軍訓練委員會	瀋陽	1928 年	停
3	東北新建設（月）	東北新建設雜誌社	瀋陽	1928～1931	停
4	京奉鐵路公報	京奉鐵路管理局		1910 年 10 月	停
5	北寧工聲	北寧鐵路工會理事會		1915 年	停（第一卷第 1 期～第 9 期）
6	血潮	北寧鐵路特別黨部		1915 年	停（第一卷第 1 期～25 期）
7	中東（鐵）路路警統計報告	東省鐵路路警處		1924 年	
8	東省鐵路路警周刊	東省鐵路路警處	哈爾濱	1926 年 11 月～ 1928 年 1 月	停
9	東省經濟月刊	東省鐵路經濟調查局	哈爾濱	1925 年～1930 年（改名中東經濟月刊）	到「大同 2 年」改名北滿經濟月刊，+
10	（俄英文）東省雜誌（半月刊）Mauchuriau(原文如此) Monitor	中東鐵路管理局		1922 年	+
		遼寧省公報			
1	奉天教育雜誌	奉天提學司編輯處		1908 年 1 月～ 1909 年	停

10 月，頒佈了「東省特別區警察編制大綱」，設立東省特別區警察總管理處。1921 年 2 月 5 日，設置了東省特別區市政管理局，宣佈接管哈爾濱及中東鐵路沿線的市政權。1922 年 12 月 8 日，北洋政府公佈了《東省特別區行政長官公署辦事條例大綱》，1923 年 3 月 1 日，東省特別區行政長官公署在哈爾濱南崗民益街正式成立。首任行政長官爲朱慶瀾。管轄的地區，包括哈爾濱，東至綏芬河，西至滿洲里，南至寬城子。東省特別區一直存在到 1932 年僞滿洲國成立，其後，日僞當局將其改稱爲北滿特別區。1935 年 3 月 23 日，蘇聯將中東鐵路賣給日僞政權，北滿特別區遂即撤銷。

〔註32〕 本表根據陳鴻舜《東北期刊目錄》，《禹貢》半月刊第六卷 3、4 期合編（1936 年）整理而成。

2	奉天公報	奉天省長公署政務廳	瀋陽	1912 年到 1929 年，日刊。	
3	東北	奉天教育廳編		1924 年	停
4	遼寧建設月刊	遼寧省建設廳編		1928 年	停
5	四洮鐵路公報	四兆鐵路管理局編		1926 年 12 月	停
6	海事	海事編輯處		1927 年 7 月	停
7	遼寧財政月刊	遼寧省財政廳公報處	瀋陽	1924 年 7 月到 1931 年停	
吉林省公報					
1	吉長吉敦鐵路月刊（原名吉長敦月報）	吉長吉敦鐵路編		1921 年	停
2	吉林教育公報（月）	吉林教育廳編		1918 年 1 月	停
3	吉林教育會月報	吉林省教育會		1923 年 4 月	停
4	吉林教育雜誌	同社編		1916 年	
5	吉林通俗教育半月刊（1～19 期）	吉林省立民教育館		1926 年	停
6	通俗白話報	教育廳機關報		1919 年	
7	吉林公報	吉林省官報		1916 年，發行 1500 份	
東省特別區公報					
1	東省特別區市政月刊	哈爾濱特別市市政局編		1928 年～20 年	
2	東省特別區路警周刊（1～14 期）	東省特別區路警處編		1926 年 11 月～1928 年 11 月	
3	教育月刊	東省特別區教育會編		1927 年 6 月～9 月	
黑龍江省公報					
1	黑龍江政務報告書	黑龍江巡按使公署 民國 4 年	齊齊哈爾	1913 年 11 月～1914 年 12 月	
2	黑龍江政務報告統計表	黑龍江巡按使公署 民國 4 年	齊齊哈爾	1913 年度	
3	黑龍江教育公報	黑龍江省教育廳編	齊齊哈爾	1923 年 7 月創刊，到 1928 年 11 月停，1929 年起重新記刊數。	
4	黑龍江教育行政月刊	黑龍江省教育廳編	齊齊哈爾	1918 年 8 月～1920 年 6 月	

5	黑龍江通俗教育周報	黑龍江通俗教育社編	齊齊哈爾	1928 年 10 月～12 月	
6	黑龍江通俗教育日報	黑龍江通俗教育社編	齊齊哈爾	1922 年～1925 年	
7	黑龍江公報	黑龍江公署政務廳機關報	齊齊哈爾	月刊，1913 年 5 月創刊，1913 年 10 月曾停刊，1914 年復刊，卷次另起，1929 年 3 月改《黑龍江省政府公報》	
8	黑龍江實業公報	黑龍江省實業廳		1919 年 9 月～1921 年 5 月，月刊	
9	黑龍江財政季刊	黑龍江省財政廳		1916 年 3 月～1919 年 12 月，1925 年 7 月改為《黑龍江財政月刊》，期數另起。	

二、其他地區的官報

　　民國後，各級公報系統發達，名目繁多，發佈公報成為一級政府部分日常工作內容。據不完全統計，當時國內各級公報出版超過百種以上，其中比較重要的如下表。

表 2-8　其他比較重要的公報列表〔註33〕

名　　稱	時　　間	地點	創辦部門	備　　註
四川政報	1912 年 8 月 29 日	成都	四川軍政府	原名為《四川都督府政報》，不定期。
農林公報	1912 年 8 月	北京	農林部	半月刊，最後一期出版於 1913，24 期。
安徽實業雜誌	1912 年	安慶	安徽省政府	創辦不久就停刊，1917 年 5 月 10 日復刊，有省政府關於經濟實業的命令、公函等。
貴州實業雜誌	1913 年 1 月		貴州實業司	論文，電文、公牘，調查報告等。月刊。

〔註33〕本數據來自王檢林、朱漢國主編《中國報刊辭典（1815～1940）》書海出版社 1992 年版。

國民	1913 年 5 月	上海	交通部機關報	僅出兩期。
山東實業報	1913 年 5 月	濟南	山東行政公署實業司	月刊,有法令、公牘、調查等 10 個欄目。
國會叢報	1913 年 6 月	上海	中華民國國會機關報	月刊,內容有法律等。
雲南實業雜誌	1913 年 7 月	昆明	雲南行政公署實業司機關刊物	月刊,內容有文牘、專件、報告等。1916 年 11 月改名為《雲南實業周刊》,1917 年 1 月《雲南實業要聞周刊》。
江蘇教育行政月報	1913 年 11 月	南京	黃炎培,江蘇省行政公署教育司	月刊,內容有法律、命令、文牘等。
湖北公報	1913 年	武昌	湖北省政府公報局	月刊,內容有文牘、命令等,1924 年停刊。
秦中公報	1913 年	西安	陝西省公署機關報	月刊,內容有命令、公牘等,1925 年停刊。
海關華洋貿易統計總冊 海關中外貿易統計年刊	1913 年	上海	上海海關總稅務司統計科編印的統計資料。	1948 年停刊。
廣西教育公報	1915 年 1 月	南寧	地方性官辦教育刊物	月刊,設有公牘,報告,記載等欄。
廣西公報	1912 年 1 月～1913 年 12 月	南寧	廣西公署	周刊。
廣西公報	1926 年～1929 年	南寧	廣西省政府	旬刊,自 1931 年起刊期另記。
貴州政治公報	1915 年 1 月	貴陽	貴州省政府政務廳機關報	中央、本省的通令及選錄等。「本省各官署通行文件除用文書特別宣佈外,均在該刊公佈」。1915 年 5 月停刊。
實業淺說	1915 年	北京	農商部主辦的經濟刊物	初為周刊,後該為半月刊。
湖北財政	1915 年 6 月～1933 年		湖北省財政廳	季刊。
湖北交涉署交涉節要	1916 年 8 月		湖北交涉使署主辦	月刊。
憲法會議公報	1916 年 9 月	北京	參議院、眾議院的行政官報	刊期不詳。專門記載參、眾兩院的討論制定憲法的情況。

江蘇省議會彙刊	1916 年	江蘇鎮江		不定期。內容包括江蘇省地方議會歷次會議的記錄、決議、以及與國內各省地方議會見的公函，文箚等。
雲南實業周刊	1916 年～1917 年	昆明	雲南省行政公署政務廳	共出 100 期。
雲南實業雜誌	1913 年～1915 年	昆明	雲南省行政公署實業司	
雲南實業要聞周刊	1916 年 11 月～1920 年 4 月	昆明	雲南省長公署	
雲南財政公報	1925 年 12 月～1929 年 4 月	昆明	雲南省財政廳	月刊，自 1930 年起刊期另記。
雲南教育雜誌	1912 年 6 月～1923 年	昆明	雲南省教育總署	不定期。
安徽教育	1918 年 1 月	安慶	安徽省教育廳機關報	月刊，1929 年改半月刊，43 年年底停刊。
廣州市政公報	1921 年 2 月	廣州	廣州市市政府	旬刊。
實業來復報	1922 年 1 月	天津	直隸省實業廳	周刊，內容很多是知識論文等。
河南財政月刊	1922 年 7 月	開封	河南省財政廳	內容有公牘、法律等。1925 年停刊，1928 年 10 月改爲《河南財政周刊》，1933 年改爲季刊。
河南實業周刊	1922 年 8 月	開封	河南省實業廳	內容有公牘，法令等。1926 年 2 月停刊。
河南自治周刊	1922 年 9 月 24 日	開封	河南省政府主辦，全省自治籌備處	登載地方自治理論的探討及關於自治運動的各種文件等。
甘肅財政月刊	1922 年 11 月	蘭州	甘肅省財政廳	
昆明市政月刊	1922 年 12 月	昆明	昆明市政公所	
昆明市教育周報	1923 年 1 月	昆明	昆明市政公所教育課	
直隸實業叢刊	1923 年 1 月	天津	天津直隸實業廳第一科編輯	
京師稅務月刊	1923 年 7 月	北京	京師稅務公署	1927 年停

湖北實業月刊	1923 年 7 月	武昌	湖北省實業廳	
甘肅教育公報	1923 年	蘭州	甘肅省教育廳第一科	月刊。
遼寧財政月刊	1924 年 7 月	瀋陽	遼寧省財政廳公報處	1931 年停。
善後會議公報	1925 年 2 月	北京	善後會議秘書處	周刊。刊登關於善後會議的一切事件，共 9 期。
四川教育公報	1925 年 3 月	成都	四川教育廳	1928 年 6 月停。
京兆財政月刊	1925 年 5 月 1 日	北京	京兆財政廳月刊處	刊登財政方面的法令，法規等。1925 年 10 月停。
京師學務公報	1925 年 6 月	北京	北京京師學務局機關報	登載命令，公牘，論著撰述等。1926 年 12 月停刊。
國憲起草委員會公報	1925 年 8 月	北京	國憲起草委員會事務處	共 5 期，周刊。
廣西公報	1926 年 1 月 11 日	南寧	國民黨廣西省政府秘書處	旬刊。
廣東建設公報	1926 年 8 月	廣州	廣東省建設廳	1929 年 6 月改名廣東建設月刊。
四川實業公報	1926 年 11 月	成都	四川省實業廳	月刊。
福建省政府公報	1927 年 1 月	福州	福建省政府	刊登法規，命令，公牘等，1946 年 10 月停。
浙江省政府公報	1927 年 5 月	杭州	浙江省政府秘書處	月刊，後改五日刊。1949 年 4 月停。
江西建設月刊	1927 年 5 月	南昌	江西建設廳	1933 年 10 月停。
廣西財政月刊	1927 年 7 月	南寧	廣西省政府財政廳	1931 年 9 月停。
杭州市政周刊	1927 年 7 月	杭州		後多次改名，抗戰中一度停刊。
無錫教育	1927 年 8 月 24 日	無錫	無錫縣教育局	1935 年 6 月停。
陝西教育月刊	1927 年 8 月	西安	陝西省教育廳	11 月改名爲周刊。1933 年又改名爲陝西教育旬刊，1935 年恢複本名。
上海特別市政府公報	1927 年 8 月	上海		自 58 期（約 28 年 2 月）改名《上海市政府公報》。
新廣西	1927 年 9 月	南寧	廣西省政府主辦	旬刊，綜合性刊物。

南京市市政公報	1927 年 9 月	南京	南京市政府	月刊，1948 年 11 月停。
甘肅省建設月刊	1927 年 9 月	蘭州	甘肅省建設廳	
江西教育公報	1927 年 9 月	南昌	江西省教育廳	周刊，後改爲旬刊，30 年 5 月停。
江西省政府公報	1927 年 10 月	南昌		旬刊，34 年改爲月刊，38 年又該旬刊，46 年改雙周刊，48 年停。
農工公報	1927 年 11 月	北京	農工部總務廳	月刊，1949 年 1 月停。
河南教育周報	1927 年 11 月	開封	河南省教育廳	1928 年 7 月停。
安徽教育周報	1927 年 12 月	安慶	安徽省教育廳	1942 年 12 月停。
陝西財政周刊	1927 年	西安	陝西財政廳	31 年 2 月改名《陝西財政旬刊》，35 年停刊。

　　從以上表格可以看出，官方的公報體系在這一時期已基本建立起來。從地區上看，全國共有京、津、滬、直隸、山東、陝西、河南、福建、廣東、廣西等 18 個省市出現了官報，而東北地區尤爲完善〔註 34〕；從內容上看，以教育、財政、實業和政府綜合性官報爲主，其中教育官報數量最多。

　　中國古代報紙即起源於官報，通稱「邸報」。邸報自宋以來形成相對固定的採集、編輯，發佈體系，其內容和讀者對象相對穩定；清末以降，官報慢慢引入近代報紙特點，從官方主辦的功能複雜的綜合性報紙慢慢演變成爲功能單一、只發佈政府法令規章的具有權威性的政府官報，並具有特殊的管理體制和組織機構。自中央到地方，各級機構數量龐大的各類公報，成爲新聞媒體中重要的組成部分，其確立的公報地位、職能和組織管理規則，一直保持到今天。

〔註 34〕當然這也得益於該地區資料保存完整的緣故。

第三章　政黨報紙

　　民國成立後，在建設民主政治的時尚下，自由結社被法律允許且成爲潮流，由於政局混亂，各路政客紛紛組建政黨，最多時竟有各類政黨 300 多。比較重要的如同盟會-國民黨，章炳麟的「統一黨」，沈毅爲發起人的「民社」，孫洪伊的「共和黨」以及民主黨、公民黨、民憲黨、大中黨等。後來爲了和國民黨競爭，共和、民主和統一三黨合併組成「進步黨」。在這些政黨中，一般是「文書部」或「文牘」來掌管「文牘及編纂事宜」。每個政黨都創辦或支持一種或多種報刊，爲自己進行宣傳，但其中大部分並不講究宣傳的藝術和效果，管理也不盡心，有影響的政黨報刊比例不高。

　　就報紙本身而言，辦的比較出色的是進步黨——研究系的北京《晨報》和上海的《時事新報》，中共的《嚮導》，國民黨政學系的《中華新報》等。進步黨-研究系的成員多是清末著名政治活動家和報刊活動家，在業務領域甚至有很多創新和改革，報刊辦得有聲有色。國民黨因該時期將焦點放在政治鬥爭和武裝奪權上，報刊宣傳並不突出，也沒有處理好報刊與政黨的關係，沒有駕御好這個宣傳武器；但國民黨最後還是依靠以黃埔軍校爲基礎的軍事力量擊敗了北洋的各軍閥派系，成爲中國的執政黨，眞的驗證了「槍桿子裏面出政權」的觀點。而總結出這個道理的共產黨，此時的工作重點正是在報刊宣傳上，創辦了《嚮導》等在社會上比較有影響的報刊，並堅持黨對報刊的絕對領導地位，確立了黨報工作原則。後來在國共合作時這一原則被帶到國民黨報刊宣傳工作中，並被一直繼承下來。

第一節　國民黨的宣傳與報刊

一、國民黨的歷史

　　1916 年到 1928 年，國際外交和國內政治是以北洋軍閥控制的北京政府為正統，國民黨處於在野或非法地位，其內部紛爭不斷，大的分裂就有兩次〔註 1〕，而內部派別意見相左時甚多。這種狀況直接影響了該黨黨報體系建設和對內對外宣傳。

　　國民黨是從同盟會演進而來的。1912 年 3 月孫中山辭去臨時大總統，6 月同盟會會員唐紹儀內閣請辭後，同盟會開始分裂。爲了在接下來的政黨選舉中壯大力量，獲得勝利，8 月宋教仁聯合統一共和黨、國民共進會、國民公黨、共和實進會等組織，組成了國民黨，並在 1913 年的國會選舉中獲得勝利，成爲國會中的多數派。根據法律，宋教仁有望以代理事長的身份成爲國務總理，遭袁世凱猜忌，最終被刺身亡。

　　宋教仁被殺後，1913 年 7 月，孫中山發動「二次革命」興師討袁。但不到兩個月就被袁世凱的部下及唐繼堯擊敗。孫中山檢討「二次革命」失敗，發現國民黨於「宋案」後未能即時討袁，以致令袁世凱收到善後大借款後對國民黨先發制人只是其中的一個原因，最根本的是宋教仁改組後的國民黨失去了像同盟會一樣的革命精神，散漫無力，而且有很多投機份子、政客、軍閥、市井之徒混入，造成「二次革命」期間，很多黨員各自打算，不服從孫中山號令，例如譚延闓等；更甚者，有些國民黨員根本就否定革命，甚至轉而支持袁世凱稱帝。有鑒於此，孫中山決定將國民黨改變成爲一個充滿革命精神、行動一致的中華革命黨，繼續討袁。

　　但對於中華革命黨的組織辦法——尤其是立誓服從孫中山及打指紋爲記的做法，黃興、李烈鈞、柏文蔚、陳炯明等均未能接受，故此沒有加入，而另組歐事研究會，對外仍用「國民黨」名稱，在一定程度上繼續反袁。而國內的國民黨本部，已經將黃興等人的黨籍取消，劃清界線。國民黨再次處於分裂狀態。中華革命黨於 1914 年由孫中山在日本建立，成員大部份都是原同盟會成員，以青天白日滿地紅旗爲黨旗。

〔註 1〕　一次是 1914 年中華革命黨成立時，黃興等人另組「歐事研究會」，一次是 1925 年戴季陶等人組織的「西山會議派」。

　　由於這個階段，中華革命黨的主要任務在反對袁世凱，組織又在海外，因此報刊活動「各自為戰」，不僅數量少，壽命短，而且影響甚微，基本找不到比較像樣的報刊。

　　1919 年 10 月 10 日中華革命黨改組為中國國民黨（1913 年的名稱是國民黨，兩者並不相同）。改組的實質之一是不認可孫中山在《中華革命黨黨綱》中提出的對個人效忠的規定和「訓政統治」的建議，10 月 19 日發佈的國民黨黨章修訂文本中有些文字上的變化：原先的表述為，「設總理一名……擁有絕對權力，領導全部黨務」，後來的文獻則改為「設總理一名，代表本黨，領導黨務」〔註 2〕。而原來的「必須宣誓」改為更具體的「必須對黨宣誓」；孫中山強調的以個人集中權利為特點的統治在新的黨綱中則根本沒有被提及；軍政、訓政和憲政，中國革命的三個步驟，在新黨章中，只有軍政和憲政兩個方面。雖然在這次改組中孫中山似乎失敗了，他個人地位的降低意味著以革命為手段取得政權的途徑，並沒有被國民黨全部人員接受，而主張通過合法鬥爭手段取得政權的國民黨自由派路線佔了上風。但這次改組對 1924 年的國共合作還是有影響的。

　　這段時間孫中山的革命活動轉移到國內，在五四運動的影響下，創辦了兩份比較重要的刊物《建設》和《星期評論》。國民黨自由派建立起以上海《民國日報》為核心的黨報機構，但除了這份很有點商業特點的黨報還有影響外，其他的黨報影響並不突出，而上海《民國日報》版面和副刊之間的鬥爭，也顯示出國民黨自由派和革命派之間的矛盾。

　　1924 年孫中山在蘇俄的幫助下，改組國民黨。他力排眾議，進行國共合作，但卻促使國民黨分化為左派與右派。1925 年孫中山去世後，右派勢力擡頭。國民黨在武裝奪取全國政權的同時，也開始清除國民黨內左派和共產黨勢力，試圖將共產黨完全剿滅。1928 年國民黨最終取得在中國的執政地位。

　　總之，這個時期的國民黨處於分化、矛盾之中，不僅與北洋軍閥之間有深刻的矛盾，而且內部也充滿了爭鬥和不同意見，在這樣的狀況下，國民黨的宣傳工作實際上很難從根本上協調一致，而黨對報刊活動的管理也十分有限，國民黨報刊活動比較零散和自由。

〔註 2〕鄒魯，《中國國民黨史稿》4 卷，上海，第一卷，300～302 頁，中華書局，1945年。

二、國民黨的宣傳機構

1、國民黨宣傳機構的歷史

1912 年 8 月，同盟會改組爲國民黨，雖然《國民黨規約》決定「文事部主幹事」負責宣傳工作，但由於資金和人力原因，政黨沒有建立起像樣的報刊，多採用資助個人的方式進行宣傳。

1914 年孫中山在日本成立中華革命黨，其組織機構有：總理、總務部、黨政部、財政部、軍事部、政治部，並沒有宣傳部〔註3〕。

1919 年中華革命黨再次改組爲中國國民黨，其中開始設立總務、黨務、財政三個部門，1920 年 11 月 9 日修訂黨章，增設宣傳部。1928 年 2 月中央第四次全會後，黨部改爲 3 個，組織、宣傳、訓練。宣傳部自 1920 年後才誕生並一直保留下來，說明國民黨對宣傳工作重要性的認識是有一個過程的。

宣傳部的設立只是第一步。長期以來國民黨宣傳部的職能相當簡單，特別在報刊的出版管理方面，沒有多少明確規定。

宣傳部眞正發揮作用是從 1924 年國共合作後。1924 年 1 月 31 日──2 月 6 日，國民黨一屆一中全會召開，選舉了各部部長，組織部長譚平山，工人部長廖仲愷，宣傳部長戴季陶，農民部長林祖涵，青年部長鄒魯，婦女部長曾醒，軍事部長許崇智。並決定派遣中央委員分赴北京、上海、四川、漢口、哈爾濱等特別區，組織執行部，指導當地黨務。6 月 30 日，戴季陶調任國民黨上海執行部常委委員及上海執行部宣傳部長，中央宣傳部部長一職由劉盧隱暫代。8 月 14 日，又以汪精衛爲中央宣傳部部長（陳揚煊代表汪精衛 6 個月）。宣傳部長由國民黨重要人物擔任，顯示出對宣傳工作開始重視。

1925 年 10 月，毛澤東受命代表汪精衛管理中央宣傳部，國民黨宣傳工作進入最積極的階段。毛澤東上任後，進行了很多創新性的工作，規範宣傳程序，邀請共產黨人和國民黨人共同監督宣傳工作，以便使各級國民黨的宣傳服從命令和紀律。雖然毛澤東在 1926 年 5 月 25 日提出辭職，並在 5 月 28 日獲得批准〔註4〕，離開宣傳部，但他所創立的一系列舉措被保留下來。

〔註 3〕陳希豪著，《過去三十五年中之中國國民黨》，商務印書館 1929 年。有的史料稱當時有宣傳部，部長是張繼，但據張繼《回憶錄》記載，當時他對中革命黨入黨要按手印的做法不滿，離開日本到法國，並遊歷歐洲，於 1915 年底回日本，1916 年 4 月隨孫中山回上海，並未提到任宣傳部長一事。此爲本人的回憶文章，可信度比較高。

〔註 4〕中國第二歷史檔案館，《中國國民黨中央執行委員會常務委員會會議記錄

2、國民黨宣傳部各階段的責任

自 1920 年誕生後，以 1924 年 1 月和 1925 年 10 月為界，國民黨宣傳部的工作職責可以分為三個階段，每個階段並不相同。

宣傳部工作的第一階段：自 1920 年宣傳部誕生到 1924 年國民黨一大召開，因沒有系統的宣傳主張，宣傳工作基本沿襲以往的經驗，並主要根據孫中山的個人指示工作。孫中山指派廖仲愷、朱執信等在上海創辦《建設》雜誌和《民國日報》副刊《星期評論》，作為宣傳民主革命理論的陣地。但後來孫中山自己又命其停刊。

宣傳部工作的第二階段：從 24 年到 25 年 10 月。這一時期，國民黨宣傳部隨本部遷到廣州，直到 1 年後孫中山去世時，基本沒有什麼活力。該部接辦了由國民黨臨時中央執行委員會於 1923 年冬創辦的《國民黨周刊》，但沒有主動接收廣州《民國日報》（同樣由臨時中央執行委員會在 1923 年創辦），直到孫中山將之「推給它為止」〔註5〕。另外它還開辦了一個為期 4 周的宣傳員講習所，但遠遠不能滿足當時對訓練有素的宣傳人員的需求。

此時，宣傳部名義上的責任是負責檢查和糾正黨內出版物。宣傳部的規章中強調其職責要「實現宣傳和意見統一」，實際上，該部發佈的命令大部分是依從孫中山個人意見，在其在世期間，「承認宣傳管制的必要性，與意識形態傾向甚至黨內幹部宗派聯繫都沒有什麼關係。革命紀律的訴求，只是為了確保孫中山個人不受輕慢」〔註6〕。的確，該階段對出版物的審查意見多是來自孫中山個人。1924 年 8 月到 9 月，《廣州日報》受到他三次批評：8月 1 日，該報將孫鏡亞的《少談主義》一文，直接排到了孫文關於「民權主義」的演講文稿上，有 10 年國民黨宣傳經驗的孫鏡亞很清楚孫中山早年推崇林肯和傑斐遜的自由主義原則，和他當下的觀點是存在衝突的。「文章見報時，孫中山正在廣州一座擁擠的大廳裏發表關於三民主義的演講。孫中山要求將其免職」〔註7〕。一周後，該報因發表《自殺公會》的連載小說，再

二》，廣西師範大學出版社，2000 年，165 頁。

〔註5〕費約翰著，李恭忠、李里峰等譯《喚醒中國》生活·讀書·新知三聯書店，2004 年，403 頁。

〔註6〕費約翰著，李恭忠、李里峰等譯《喚醒中國》生活·讀書·新知三聯書店，2004 年，321 頁。

〔註7〕費約翰著，李恭忠、李里峰等譯《喚醒中國》生活·讀書·新知三聯書店，2004 年，320 頁。

次受到孫中山的指責；9 月，該報因為將廣州的行政機構稱為「軍政府」而第三次受到批評〔註8〕。

孫中山去世後，國民黨內右派勢力擡頭，中央宣傳部開始明確感覺到自己責任重大，「實現宣傳和意見的統一」真正成為宣傳部的首要任務。但由於內部派系鬥爭，使實際工作與要求差距甚遠。1925 年夏，宣傳部認為黨治國家需要一個單一的權威聲音，於是宣傳部工作的重點開始突出。

宣傳部工作的第三個階段：1925 年 10 月後。1925 年 10 月年輕的毛澤東出任宣傳部代理部長，代表汪精衛行使職責，開始了行之有效的管理。該部開始系統清查黨內出版物，對反對國民黨二大政策和鬧獨立的刊物進行批評指責。12 月 5 日，毛澤東主持出版了《政治周報》，直接對不符合國共合作思想和國民革命的報刊進行申斥。1926 年 2 月，毛澤東在向中央執行委員會提交的彙報中，對北京孫文主義學會、廣東深圳縣黨部第四支部，上海黨刊《革命導報》以及美國總支部在舊金山的資深日報《少年中國晨報》提出批評。毛澤東還向國民黨各部門發出命令，個人和組織在公眾場合發佈的一切宣傳材料，都要送交中央宣傳部檢查〔註9〕。在孫中山在世的時候，宣傳部從來沒有做過這樣的工作，現在主動承擔起指導和規範全國範圍內任何黨的機構和個人創辦的報紙、期刊甚至傳單、海報、學校和演出團體。「通過發展常規程序來彙報和監控黨務活動，該部迅速發展為國民運動中最有力量的機構之一」。〔註10〕同時宣傳部還開始利用宣傳大綱的形式，開始有效指導全國國民革命的宣傳工作。

但國民黨內部鬥爭的激烈程度也達到了頂峰。

3、國民黨宣傳機構內部的鬥爭

1920 年宣傳部成立後，主要在上海、北京和廣州設立了宣傳機構。表面上他們是國民黨的喉舌，實際上，自由派和革命派對其控制權的爭奪相當厲害。1920 年到 1924 年，許多有自由主義傾向的在國會作議員的國民黨（即後來的右派）通過人員安排和不同的宣傳手段左右宣傳部的工作，折射出黨內

〔註 8〕 《國父年譜增訂本》（第 2 冊）1133 頁，羅家倫、黃季陸主編，1969 年臺北。
〔註 9〕 《宣傳部工作報告》，1926 年 5 月 19 日，國民黨黨史會，臺北，轉引自費約翰著，李恭忠、李里峰等譯，《喚醒中國》生活·讀書·新知三聯書店，2004 年，354～355 頁。
〔註10〕 費約翰著，李恭忠、李里峰等譯，《喚醒中國》生活·讀書·新知三聯書店，2004 年，359～360 頁。

意識形態的嚴重分歧〔註11〕。

自由派對宣傳部的控制〔註12〕

1921 年 1 月 3 日，「本部駐粵特別辦事處」成立，孫中山對這個新機構的期望是它應起到「操練宣傳的總機關」的作用〔註13〕。該部共有成員 84 名，負責宣傳的 38 人〔註14〕，多數是自由派的代表。幹事長張繼，曾拒絕參加孫中山組織的中華革命黨。負責人鄧家彥，代理人王宏圖〔註15〕，其中 9 人被派往廣西，3 人被派往湖北，1 人派往湖南。可以說自由派國民黨控制了黨在華南的新宣傳機構。1921 年 10 月，國民黨議員田桐代替張繼作爲廣州特設辦事處的主要負責人，而張繼則到上海擔任國民黨中宣傳部部長，10 月 4 日，他又被任命爲北京執行部部長。張繼帶領的上海中央宣傳部認爲，他們對兩廣的黨組織有更大的領導權。

1922 年 4 月宣傳部組織宣傳委員會，選舉出 27 名委員。這些人中至少有 15 人曾一次或多次當選爲 1913 年以來的各省議員或國會議員，另外兩人擔任

〔註11〕 其實早在 1912 年，國民黨就形成了兩個派別，分別主張通過憲法和軍事路線奪回政權，表現在地域上的上海和廣州之爭。而整個民國初期，這種分歧一直在加深。對宣傳部權利的爭奪和對話語權的爭取就是表現之一。

〔註12〕 本書使用「自由派」、「革命派」來區別 1924 年前國民黨內部的派別，而用「右派」、「左派」來區別 1924 年以後的國民黨內部派別，是因爲最早用「左派」和「右派」來劃分國民黨是在 1924 年 1 月，國際顧問鮑羅廷在與胡漢民談話中，首次用推測的口吻提出國民黨內存在派別，但遭到胡漢民的否定。1924 年 10 月《嚮導》發表蔡和森文章《國民黨的一個根本問題》，公開提出國民黨內有左、中、右之分，文章發表後，孫中山命中央執行委員會進行斥責。孫中山去世後，國民黨內第一次公開承認這個問題是在 1925 年 8 月 20 日，廖仲凱追悼大會上，時任宣傳部長的汪精衛公開提出的革命的向左去，不革命的向右去（意）。1925 年 10 月毛澤東利用《政治周報》發刊詞，再次揭露國民黨右派是「反革命敵人」，從這個時候開始，共產黨人開始用革命或反革命代替了左派和右派，成爲一個評判國民黨內部派別的一個標準。因此本書在論述國民黨內部派別時，尊重歷史實際，在不同時期用不同名稱。

〔註13〕 《三民主義之具體辦法》，1921，《國父全集》第 2 卷，第 401～412 頁。轉引自費約翰著，李恭忠、李里峰等譯《喚醒中國》生活·讀書·新知三聯書店，2004 年，294 頁。

〔註14〕 這是當時國民黨內最大的一個部門，其餘部門的編制爲總務 17 人，黨務 26 人，財務 3 人，參見 1922 年《中國國民黨本部特設辦事處職員表》。

〔註15〕 鄧家彥那時剛結束代表孫中山與北京政府的談判而回到廣州。張繼和王宏圖都曾當選爲 1917 年非常國會議員。

過南方行政機構的正式職務，包括丁惟汾、方謙、何樂山、李燮陽、淩毅、劉熔堂、彭介石、覃振；以及有過記者經歷的陳白虛、管鵬、杭辛齋、茅祖權、王樂平和張繼；在特設辦公室工作過的王宏圖；以及來自上海《民國日報》的葉楚傖、邵力子和孫亞鏡，顯示了自由派暫時佔據上風〔註16〕。

革命派的反擊

但孫中山不會讓上海的自由派控制國民黨。1921 年春，孫中山首先在廣州設立了本部辦事處，削弱上海本部的地位。隨著孫中山軍事機構的西移，1922 年桂林成爲他的軍事大本營，1922 年 1 月 16 日，新的宣傳辦事處也在桂林成立了。田桐立刻被調過來，協助管理桂林的宣傳機構。1923 年冬和 1924 年，他未經批准就將包括宣傳部在內國民黨中央本部從上海遷到了廣州。從 1923 年 3 月起，孫中山開始更多的任命自己提名的人員。7 月，他將包括陳獨秀在內共產黨或資深勞工活動家增補進其軍政府中的宣傳委員會，並任命陳獨秀擔任重要職位。上海的宣傳機構一如既往，主要面向海外進行宣傳，以便爲國內的黨務活動籌集經費；而國內宣傳的責任，則遷到了廣州。

與此同時，孫中山開始減弱上海本部的經費。1923 年 1 月到 3 月，上海中央宣傳部經費爲 1630 元，4 到 12 月的經費卻只有不到 300 元。7 月當上海的黨務機構向孫提出經費申請時，孫中山拒絕支付，但卻給提出同樣申請的廣州宣傳委員會 1000 元資助。當然，由於廣州方面這時是政府，上海方面是黨部，黨和政府已經分開，因而從理論上，其做法似乎又是合理的。緊接著，孫中山等廣東國民黨人在廣東省本部設立與海外各黨部的通訊處，理由是海外黨員中廣東籍的比例最大。這實際上進一步削弱了上海本部的權利，因爲與海外華僑的一切聯繫原來都是上海本部的權利，而這是國民黨海外財源的通道。

與此同時，上海黨部則因爲不斷減少的薪水，難以爲繼。1924 年 12 月，上海執行部成員致信廣州以辭職相威脅。1925 年 1 月 19 日開始，他們發動了一次黨內幹部的集體罷工。但由於國共合作已經完成，自由派暫告失利。

爲協調兩派之間越來越嚴重的矛盾。1925 年 6 月，國民黨從上海、北

〔註16〕 費約翰著，李恭忠、李里峰等譯，《喚醒中國》生活・讀書・新知三聯書店，2004 年，298 頁。

京和廣州的執行委員會中挑選人員，重新組成臨時政治宣傳委員會委員，希望能協調各省間的分歧和矛盾，使地方宣傳部門更能有效貫徹廣州中央宣傳部的命令。但由於成員來自來自不同地區、代表不同意識形態，因此臨時委員會實際加劇了派別鬥爭。首先共產黨員譚平山在黨內出版左派刊物《革命》，指斥國民黨內某些分子是「反革命」。這一做法使右派非常憤怒，11 月 1 日，戴季陶聯合沈定一、邵元沖在自己的居所出版了《獨立》，發表文章進行反駁，其對獨立立場的強調，實際上是針對共產黨。他發表兩篇著名文章《孫文主義之哲學基礎》和《國民革命與中國國民黨》，強調三民主義與共產主義的不同，強調「三民主義原理，全部包含在民生主義之內」，強調孫中山的仁愛思想，強調三民主義和以階級鬥爭爲主要手段的共產主義是根本不同的。戴季陶強烈的獨立立場，受到以毛澤東爲首的廣州中央宣傳部的反對。臨時宣傳委員會內部的矛盾對立，直接破壞了各地宣傳機構的團結。

1925 年 12 月 5 日《政治周報》在廣州出版，毛澤東在發刊詞中直言，創辦刊物的目的是「向反革命派宣傳反攻，以打破反革命派宣傳」；「爲什麼出版《政治周報》？爲了革命。爲什麼要革命敘爲了使中華民族得到解放，爲了實現人民的統治，爲了使人民得到經濟的幸福」。〔註 17〕顯示當時黨內鬥爭的激勵程度。

宣傳部改組

隨著國共矛盾的升級，1926 年 5 月 25 日，毛澤東提出辭宣傳部代理部長職務，請另簡賢能繼任案，同時還有林祖涵請辭常務委員會秘書及中央財政委員兩職，以及譚平山提出辭常務委員會秘書職。28 日中央執行委員會照准三人的辭職，並選顧孟餘爲代理宣傳部長。

6 月宣傳部提出改組宣傳委員會，推何香凝、甘乃光、譚延闓，鄧演達，顧孟餘五同志爲委員。因爲雖然原來的宣傳委員會有 10 人，但現因多數委員離職，事實上不能開會，所以另行改組，人數爲以上 5 人。宣傳部還因爲「原有之組織似太散漫，不能收集中之成效」〔註 18〕，提出組織變更和人員配備如下：

〔註 17〕《〈政治周報〉發刊理由》，《政治周報》，1925 年 12 月 5 日。
〔註 18〕中國第二歷史檔案館，《中國國民黨中央執行委員會常務委員會會議記錄二》，廣西師範大學出版社，2000 年，321 頁。

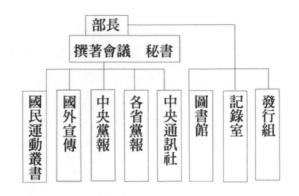

人員設置：

部長：部長室添設秘書一人，其職權依舊；

撰著會議：由部長聘請或委任若干人組織之會員無定額，蓋不支薪

中央通訊社：添設編輯一人，其餘仍舊；

廣州民國日報：依舊

對外宣傳組：主任一人，助理一人

圖書室及記錄室：幹事藝人，助理一人

發行組：幹事一人

決議獲得通過。至此，國民黨宣傳部建立起比較規範的組織和體系。1928年其再次改組基本是以此為框架進行的。

三、國民黨的報刊

1、中華革命黨時期的報刊

孫中山曾將同盟會時期革命黨的宣傳工作總結為「人自為戰的宣傳」，而到了國民黨時期（1912年宋教仁改組的），雖然黨刊如雨後春筍大量出現，但並沒有形成重要的政治輿論核心。由於思想混亂，宣傳工作一度陷入迷茫，國民黨甚至放棄了同盟會時期對革命的堅持，轉而為國民黨議會選舉、制定憲法、政黨議會制等進行宣傳〔註19〕，因此孫中山曾批評說，辛亥革命後連以前的「無組織、無系統、收效小」的革命宣傳都放棄了〔註20〕。

二次革命失敗後，「袁世凱以武力圍捕國民日報社人，搜索北京通訊社，禁止國光新聞發行等。他黨言論機關則全被收買，自是無革命的隻字片紙得

〔註19〕《中華革命黨之研究》，王瑋琦著，1979年11月，臺灣正中書局，136頁。

〔註20〕《要靠黨員成功不專靠軍隊成功》，《國父全集》第二冊，臺北 近代中國出版社 民國78年，564頁。

見於國內。即使海外寄至內地，或內地彼此寄返，均遭檢被焚，中華革命黨宣傳機關惟靠海外，至四年十二月，國內仍『尚付闕如』〔註21〕。1916 年前因沒有宣傳部領導，基本各自為戰，以口頭宣傳、印刷書冊、發行報刊、散發傳單為主，活動區域多隨孫中山和革命黨在海外進行。主要有：美國《檀香山自由新報》、舊金山《大同報》、《少年中國晨報》、《民口雜誌》，紐約《民國報》、《民氣報》、加拿大《新民國報》、杜朗埠《醒華報》，古巴《民生報》；南洋泰國的《華暹新報》，緬甸的《覺民日報》，新加坡的《新國民日報》，檳榔嶼的《光華日報》；澳大利亞的《民國報》日本的《民國雜誌》。

　　它們基本存在於 1914～1915 年間，時間比較短暫，宣傳的宗旨以反袁為主，沒有系統的宣傳主張。如日本《民國雜誌》的創辦，可以看作是孫中山在革命事業低谷的重要補充，一種現實革命手段的延續和保持。當時受命創辦《民國雜誌》的鄒魯回憶到，討袁失敗後，他避走日木，在早稻田大學研究班作特別研究生。一天孫中山派人來叫他，「我立刻去見總理，他說，『本黨決定創辦一種雜誌，做本黨宣傳的機關，你可否騰出一部分讀書的工夫來做文章？』我答：『先生命我做的事，決沒有不樂從的道理。』總理說：『那麼很好，不過我先要告訴你關於目前本黨宣傳的方針。現在本黨宣傳的對象，要在推倒袁世凱。你在北京的時候較久，對於袁世凱倒行逆施的情形比較熟悉，應該把它盡量揭發出來。如時間許可，每期你要擔任兩篇，至少也該有一篇。至於黨義的宣傳，可暫從緩，因為國賊未除，什麼主義都行不通』」〔註22〕。

　　從以上的回憶至少可以看出，當時的宣傳工作是以揭袁批袁為主，而三民主義的宣傳到是退居其次。

　　《民國雜誌》的總編輯是胡漢民，發行人是居正，編輯有鄒魯，朱執信、戴季陶、邵元冲、田桐、蘇曼殊、葉夏聲等。雜誌創刊號上，發表了胡漢民的發刊詞，鄒魯的《袁世凱之約法會議》和《中俄協約的結果》，以及朱執信的《生存的價值》等。刊物內容顯示了當時革命黨的心理狀態和鬥爭哲學。該雜誌出了幾期後，由於歐戰爆發，孫中山派人到南洋籌款和到國內策動革命，因此不得不停刊。

〔註21〕《中華革命黨之研究》，王瑋琦著，1979 年 11 月，臺灣正中書局，136 頁。
〔註22〕《中華民國建國文獻　民初時期文獻》（鄒魯《回顧錄》節選）。國史館印行，1997 年，364 頁。

　　國內方面的宣傳開始於上海《五七》報。該報是陳其美在袁世凱簽署二十一條後創辦的第一種刊物，同樣沒有多少生命力。1915 年 5 月出版，社址為法租界寶昌路貝勒路口，經理施芳白。四開小報型，出刊 30 版後停刊，改稱《中天報》，又刊出 30 號，再度停版。另外，1916 年 1 月 22 日創刊的上海《民國日報》發展成為 20 年代最有影響力的黨刊之一，陳士英創辦，經理邵力子、主編葉楚傖。《新中華報》也鼓吹討袁。1917 年後，各地宣傳機關次第成立，中華革命黨本身曾發行《新民國雜誌》，目的在廣布革命黨宗旨，但沒能持久。此外，袁世凱死後，革命黨曾打算創辦一大報鼓吹黨義，因障礙諸多，未能實行。

　　另外，雖然中華革命黨組織沒有力量創辦報刊，但一些原同盟會會員，在各個地區以個人身份創辦同情革命的報刊，也起到了宣傳革命的效果。如和海外華僑有深遠聯繫的福建地區，自 1915 年開始，到 1924 年國民黨改組，大約有 9 家報刊出版。如下圖：

表 3-1　　1915～1924 年福建地區國民黨個人創辦的報紙 〔註 23〕

1	新民周報	泉州	1915 年	1916 年	周刊	傅振基、陳允洛	泉州新聞事業的開端；主要成員是原泉州同盟會會員，革命黨人。
2	復報	泉州	1915 年	1916 年	周刊	陳昌侯、黃師竹	十六開，冊頁式。
3	閩南報	廈門	1916 年	1917 年	日報	主筆蘇眇公	1916 年由《閩南日報》改名而來
4	新日報	漳州	1917 年 6 月	1918 年	日報	編輯蘇眇公	存續一年左右
5	江聲報	廈門	1918 年 11 月 21 日	1956 年 6 月	日報	董事長許卓然、社長周彬川	「站在三民主義立場，為老百姓說公道話」；成員多為原同盟會會員。
6	信報	廈門	1920 年		日報	創辦人張學習	兩個月即停刊
7	思明日報	廈門	1920 年	1938 年	日報	許春草、許振持、張學習	其背景隨主持人的不同而改變；創辦人是原同盟會會員。

〔註23〕 資料來源：第三屆地方新聞史志研討會（上海‧2008）趙振祥、毛章清提交論文《上民國時期閩南地區的華僑報紙研究》。

| 8 | 廈聲日報 | 廈門 | 1920 年 10 月 10 日 | 1926 年 | 日報 | 經理黃子鎮，編輯蘇眇公 | 最初僅出兩期便被警察廳勒令停刊，1921 年 5 月 9 日復刊。 |
| 9 | 閩聲日報 | 泉州 | 1924 年 | 1925 年 | 日報 | 創辦人陳昌侯 | 「泉州之有日報，實自該報開始」；陳昌侯是原來同盟會的會員。 |

不過這些報紙在嚴格意義上已經不能算是國民黨系統的報紙，只是國民黨黨報系統中的「本黨報」，也就是黨員個人創辦的。如蘇郁文（蘇眇公），同盟會會員、閩南著名報人，曾經擔當過編輯、主筆和總編的報社有：《公報》（印尼）、《群報》（福州）、《新日報》（漳州）、《昌言報》（上海），還有廈門的《江聲報》、《閩南報》、《廈聲日報》、《思明商學報》等，這些報刊均不同程度具革命精神。〔註24〕1922 年編輯《集美週刊》期間「因言賈禍」而被捕入獄，他的左眼，就是在獄中遭受酷刑而致瞎的，時人為表尊敬，稱他為「蘇眇公」。其友南洋歸僑、同盟會會員吳文楚這樣評價：「眇公當代報界第一流人物也，論詩第一流，論文，亦第一流，而氣節識見更第一流。」〔註25〕

2、中國國民黨改組前的報刊與宣傳

自中華革命黨延續下來的黨刊主要有上海《民國日報》；除此之外，還有新創辦的《建設》、《星期評論》等比較重要的黨刊。

葉楚傖負責的上海《民國日報》是當時惟一真正全國發行的黨報，也是國民黨在黨外有相當影響的出版物。該報創辦於袁世凱當政時期，報上對於袁氏政府之批判相當激烈和尖銳。五四時期，某些方面有進步傾向，其對十月革命與「五四」運動的新聞報導，值得稱道。開始時該報經濟比較拮据，隨著影響的擴大，經濟上基本自給。在上海商業報紙林立的環境中，該報作為黨報也能獨樹一幟，主要在於其編輯風格漸趨穩重，黨派言論往往夾雜在一般的新聞內容中，葉楚傖熟悉在上海的報紙應該秉持的「中立」態度，常常將看起來批評帝國主義「過火」的稿件和國民黨文件刪改後發表或直接退回，但對國民黨認為的國民革命的敵人「軍閥」態度溫和。為了改變這種狀況，1920 年 3 月 1 日，國民黨中央執行委員會決定成立《民國日報》編輯委員會，雖推定葉楚傖為委員長，但為削弱葉對報紙的影響，又讓胡漢民、汪精衛、瞿秋白、邵力子

〔註24〕謝家群：《蘇眇公行述》，載於《福建文史資料》（第 6 輯・辛亥革命專輯），1981 年 8 月。
〔註25〕廈門圖書館編：《廈門軼事》，廈大出版社 2004 年 12 月，第 23 頁。

擔任委員，被葉楚傖拒絕；同時他認爲上海是出版黨報最合適的地方。在 1923 年北京大學進行的學生民意測驗中，《民國日報》在整體評價中僅次於北京《晨報》，位居第二在，女性投票者的評價中位居第一。

國民黨改組後，該報成爲國民黨的機關報。1925 年邵力子等革命左派因與葉楚傖等右派發生矛盾，離開報紙，報紙爲西山會議派（葉楚傖參加該會）把持，反對國共合作，成爲國民黨右派的報紙。在此期間，「被粵府正式否認。經費初極困難，賴辦事者之枵腹從公，維持至見忌於孫氏時，無已停刊二月」〔註26〕。國民黨佔領東南後，即復刊，由市黨部和總指揮部代宣佈爲黨的唯一正式機關報，「得政府大宗資助，益事擴充，規模彌大，復得法院特許之『訴訟廣告』，內容日新月異」，但在平常人看來「十數年來旗幟最鮮明，始終不變起旨之報紙也」〔註27〕。

《星期評論》，1919 年 6 月 8 日創刊於上海，在孫中山的支持下，由沈玄廬、戴季陶、孫棣主編。創辦宗旨是以「發揮五四、六五兩大運動的精神，來創造繼五四、六五兩大運動而起的人類運動」〔註28〕。開始時以資產階級民主主義爲宣傳內容，推崇歐美議會政治和英國的「階級退讓精神」；後來開始質疑歐美議會制度，並轉而發表大量介紹和研究社會主義思潮的文章，並最終在 45 號上全文發表蘇俄政府的對華聲明，表示對蘇俄革命的歡迎和同情。1920 年 5 月 1 日出版第 47 期後，因北洋政府禁止銷行，並截留寄給此刊的郵件，又因戴季陶離職赴粵，遂於同年 6 月 6 日停刊，共出版53 期。《星期評論》的發行量大約每期有 30000 份，隨上海《民國日報》免費派送。

《建設》雜誌，1919 年 8 月 1 日，孫中山指派朱執信、廖仲愷等在滬創辦黨的第二種期刊。每期的發行量有 13000 份。西方學者認爲，該雜誌名字叫《建設》，反映了孫中山的革命哲學模式。他堅持「建設」的名稱，是爲了反對胡漢民提出的「改造」，因爲在孫中山看來，建設是和革命連在一起，並且，他對革命的偏愛勝過改造。〔註29〕更確切的說，孫中山對破壞的偏愛勝過改造。他說，如果沒有建設這一補償性的內容，那麼革命更具有破壞性的方面也就沒有任何

〔註26〕 天廬通訊之一，《上海新聞雜話》，《新聞學全刊》，光新書局 1930 年，428 頁。
〔註27〕 黃天鵬《中國新聞界之鳥瞰》，《新聞學全刊》，光新書局 1930 年，69 頁。
〔註28〕 《星期評論半年來的努力》，《星期評論》，第 26 號，1919 年 11 月 30 日。
〔註29〕 這一時期孫中山的主要著作有《心理建設》、《物質建設》、《社會建設》。

意義。「建設是革命的惟一目的，如不存心建設，即不必有破壞，更不必言革命」
〔註30〕。他認爲中華民國建立 8 年來，國家依舊貧弱、問題不斷，主要的原因
在於「以革命破壞之後，而不能建設也」。原因是大家不知道該如何建設，「所
以不能者，以不知其道也」。所以刊發本雜誌，目的在於「以鼓吹建設之思潮，
展明建設之原理，籍廣傳吾黨建設之主義，成爲國民之常識，使人人知建設爲
今日之需要，使人人知建設爲易行之事功」〔註31〕。該刊物發表過孫中山的《實
業計劃》等重要著作，並收錄了朱執信、戴季陶、汪精衛等國民黨人早期的大
量政論文章與譯著。在大量的政論文章中，對馬克思學說的原理原著的翻譯和
介紹，是該刊的一大特點。《建設》、《星期評論》與上海馬克思主義研究會關係
密切，是五四時期宣傳馬克思主義的重要陣地。

　　《覺悟》是上海《民國日報》眾多副刊中最有聲望的，也是每天惟一隨
母報出版的副刊，邵力子主編（1919 年 6 月至 1925 年夏）。1919 年 6 月 16
日，《覺悟》以新穎版式首次亮相，開始時只占四開一版的大半頁，隨後幾年
發展迅速，1920 年初，增至四開兩頁，年中變成 4 頁，到 1924 年逐漸發展爲
16 頁。從 1920 年 7 月起，它還按月彙集成冊發行單行本，內容主要有社論，
演講報導，特約論文，譯文，詩歌和小說，還不定期開設社會問題和社會探
索欄目。1924 年 8 月起，《覺悟》每周出「非基督教特刊」（非基督教大同盟
機關刊）一次（1925 年 3 月停刊）；12 月起，每半月出「社會科學特刊」（武
昌師範大學歷史社會學研究會編輯）一次（1925 年 6 月停刊）。從 1921 年中
國共產黨成立到 1925 年五卅運動，宣傳重點爲國際共產主義運動，全力支持
蘇俄政府，無情批評基督教在華的「文化帝國主義」。但 1925 年 5 月，主編
邵力子與《民國日報》主編葉楚傖政見日趨對立，於是率部分編輯作者離開，
《覺悟》「右轉」。戴季陶發表關於中國共產黨和民族主義不可調和性的系列
文章，亦宣告該刊轉向。

　　《廣州民國日報》，國民黨在廣州地區發行的主要報紙，也是一直延續到
1928 年後爲數不多的國民黨黨報之一。該報 1923 年 10 月創刊，1924 年 7 月
由國民黨廣州特別市黨部接管，同年 10 月，又直屬國民黨中央宣傳部。國共
合作的第一次國內革命戰爭時期，曾積極宣傳孫中山的新三民主義，1927 年

〔註30〕　費約翰著，李恭忠、李里峰等譯　《喚醒中國》生活・讀書・新知三聯書店，
　　　　　2004 年，311 頁。
〔註31〕　《建設發刊詞》，孫文，1919 年 8 月 1 日。

後成為廣東地區國民黨的機關報。1937 年 1 月改名為《中山日報》。

另外，曾接受過國民黨津貼的還有廣州《新民國報》，1918 年創刊，1921年開始接受國民黨津貼，1923 年秋停刊，改出《民國日報》，經費由廣州市政廳出。1923 年冬，國民黨中央宣傳部將香港陷於困境的《香江晨報》加以改組，成為國民黨在香港的黨刊；同時在北京也創辦了自己的報刊。

黨刊的命運前途，孫中山個人的態度相當重要。但實際上他把創辦刊物看成一種實現政治目標的路徑和方法，而不是目的。《星期評論》的創辦就是因為孫中山認為五四運動的爆發是一些刊物宣傳的作用，幾個先知先覺的革命者振臂一呼，應者百萬。因此他仿傚《每周評論》創辦了《星期評論》。但很快，他發現這些刊物的「空言」並不能帶來實際的效果：

> 用文治感化來統一中國，就是要靠宣傳，若是空言的宣傳，是沒有真實的力量的。我們現在是要把廣東一省，切切實實的建設起來，拿來做一個模範，使各省有志改革的人，有一個見習的地方。守舊固執的人，也因此生出改革的興味，這個實際建設，就是極大的文化宣傳。〔註32〕

因此 1920 年當包括《星期評論》的許多國民黨機關刊物被北洋政府禁郵時，孫中山事先已經有所瞭解，並搶先作出反映，關閉了《星期評論》，還要求《建設》也停刊，《覺悟》因屬於上海《民國日報》普通商業性運作的一部分而得以幸免。1920 年夏，孫中山決定將報刊轉變為出版社，代替上海報章雜誌的「空言」。他試圖仿傚新文化運動的「啓蒙式」出版模式，在上海也成立一流的出版社「民智書局」，開展國民黨的宣傳工作。這個書局不僅是孫中山將五四運動的群眾教育方式吸收到南方政治實踐中來，而且也是他籌集資金的一種手段。他寫信給所有的海外支部，為出版社索要資金。「然後美國黨員給上海的國民黨本部匯來大約 10 萬美元。在當時來自海外的所有收入中，美國支部大約占 60%，因而可以設想，從其他支部也收到了 6 萬美元。但這筆財產的實際去向是個秘密：據我估計，最多只有 32000 美元真正撥給了民智書局。剩下的錢看來用於收買 1922 年和 1923 年把陳炯明趕出廣州的軍閥盟友了；無論如何，直到 20 年代末，這家出版社始終是個無關緊要的出版社」〔註33〕。

〔註32〕 孫中山，《統一中國須靠宣傳文化》，1920 年，《國父全集》，第 2 卷，臺北，近代中國出版社，1989 年，第 401～402 頁。

〔註33〕 費約翰著，李恭忠、李里峰等譯《喚醒中國》生活・讀書・新知三聯書店，

雖然孫中山先生的哲學思想基本為「知難行易」，他應該是重視宣傳工作的，但對他個人來講，對宣傳什麼，如何宣傳，也是有認識過程的。基於上文分析，筆者並不認為孫中山對宣傳工作的指示是經過成熟思考和始終如一的，而這對國民黨報刊宣傳的持久性和連續性有深刻的負面影響。

3、國共合作時期的報刊與宣傳

1924 年，國共合作，共產黨人可以個人身份加入國民黨，並在很多部門擔任要職。那些以國民黨名義出版，實際主持者為共產黨的報紙，我們稱之為統一戰線的報刊，將在共產黨的報刊章節中具體涉及。這個時期，國民黨黨刊整體上依然沒有成熟，雖然有完全屬於自己的黨刊出版，但沒有形成系統，而且由於宣傳管理的缺乏，表現出自由主義的傾向。不過在國民黨中央黨部所在地的廣州，因是國民黨左派的勢力範圍，故省宣傳部的工作開展得最為全面。

首先廣東省宣傳部於 1925 年 11 月接管了廣州市內的《國民新聞》，該報原是「义華堂」的政治團體編輯，主編甘乃光，原來比較傾向於國民黨右派，被省宣傳部收編後左轉，並獲得了中央黨部的支持和經濟資助。1926 年 4 月，該部開始發行一份官方月刊——《中國國民黨廣東省黨務月報》；1926 年 10 月又編輯出版了《國民周刊》，為國民黨左派刊物，1927 年春停刊。國民黨還創辦了《廣東青年》，國民黨廣東省執行委員會青年部機關刊物，大約 1926 年 4 月創刊，主要刊登有關青年運動、工人運動、婦女運動、農民運動等方面的理論文章，介紹各地青運、工運、婦運、農運概況，初為月刊，1926 年 5 月改為半月刊；出版壽命比較短暫，目前僅見 3 期。

其次，廣東省宣傳部支持地方性《民國日報》網絡的建立。1925 年 11 月 18 日，省宣傳部頒佈了一系列《關於舉辦黨報的規定》，指導創辦以《民國日報》為統一刊名的地方性正式黨報〔註 34〕。按照規定，各級黨部必須獲得省宣傳部的批准、授權才能獲得該報的名稱。到 1926 年 6 月，已經有 8 家《民國日報》允許出版——東江、欽廉、兩陽（陽江和陽春）、瓊崖、嶺東等；3

2004 年，290 頁。
〔註34〕 在 1928 年《中央日報》成為正式黨報之前，《民國日報》是國民黨正式黨報的統一刊名。廣東省在擴展其網絡期間，《民國日報》僅有兩個版本來自上海和廣州，北京版在 1925 年春，當孫中山到達北京時出版，但很快被北京政府下令關閉。

家正在申請當中——中山、江門和東莞。地方黨報網絡的建立主要有兩方面的障礙，一是國民黨內部的派系鬥爭和地方編輯與負責監督其工作的省黨部幹部之間的矛盾。二是北伐耗費了廣東省大量的財政收入，限制了《民國日報》網絡的發展〔註35〕。

其他國民黨比較重要的報刊還有：

《中國國民黨第二次全國代表大會日刊》，1925 年 12 月 30 日廣州創刊。主要內容是發表各代表關於國民黨建設的各種工作建設及組織意見，發表與此次大會有關的各方面來函，報導會議情況，並收錄一些代表有關孫中山思想的論述。是個暫時性的刊物，目前僅見 19 期。

《中國國民黨周刊》，1926 年 1 月創刊於上海，北伐戰爭中國民黨右派刊物，有論說、黨務專載、時事評論等欄目。

《漢聲周報》，國民黨漢口特別市黨部主辦的刊物。1926 年 10 月創刊於漢口。主要編輯與撰稿人有宛希儼、詹大悲、謝遠定、羅定驥等。所刊文章有對國內政治評述，對湖北和武漢地區一些問題和事件的看法以及對工農運動的態度，比較符合統一戰線的要求。1927 年 1 月停刊，共出 11 期。

除此之外，其他地區也有短暫的國民黨刊物出現。如成都，1925 年 9 月 1 日《中國國民黨成都黨刊》創刊，是成都中國國民黨中央執行委員會編輯出版的周刊，刊載行政命令及政論文章，不分欄目。在江西南昌，北京、福州、香港等也都有國民黨黨部的報刊。黃埔軍校出版了《黃埔潮》、《革命軍》、《青年軍人》等軍人刊物。據《政治周報》第 14 期統計，到 1926 年 6 月，國內不包括北京、廣東，其他 14 個省市國民黨出版的報刊有 66 種之多。另外一些國民黨個人也創辦刊物宣傳新思想〔註36〕，如 1924 年前後，江南蘇州吳江出現了以國民黨黨員為基本編輯隊伍的「新」字號報紙，流行一時。這類報紙以當地地名冠以報名，宣傳新文化，介紹新思想，影響遍及吳江各鄉鎮，有《新蘆墟》、《新黎里》、《新平望》、《新吳江》、《新同里》、《新震澤報》等。其中以柳亞子任總編輯、毛嘯岑為副總編輯的《新黎里》最為知名。共出 80 期，發行量多達 1120 份，遠至寄發南洋、美洲等地。該報當時十分風行，被

〔註35〕 費約翰著，李恭忠、李里峰等譯，《喚醒中國》生活‧讀書‧新知三聯書店，2004 年，409 頁，411 頁。

〔註36〕 這是國民黨黨報系統中的「民間黨報」部分，一直比較發達，又稱為「本黨報」、「準黨報」。

譽爲「福音」、「明燈」、「改革先鋒」。這些民間黨報成爲國民黨宣傳系統的重要補充。

　　長期以來，國民黨並沒有創辦出一種能夠完全代表該黨的報刊，在統一全黨思想上缺乏一個代表權威的宣傳武器。孫中山在世期間，「政黨、國家和民族的統一，曾經物化爲他自己」，彌補了這一缺陷，他死後，這就是個問題了。在 1925 年《政治周報》創刊前，沒有一種刊物的出版得到宣傳部的認可。連廣州的《民國日報》（當時宣傳部惟一的連續出版物）的編輯也宣稱，自己的報紙「不敢宣稱代表國民黨」。而上海《民國日報》，雖然在市場上擁有眾多的讀者，但由於葉楚傖的自由主義觀點，受到當時代理宣傳部長毛澤東的指責，認爲他是阻礙前進道路的中國資產階級反革命派的代表〔註37〕。「隨著孫中山的去世，毛澤東決心讓國民黨中央宣傳部用單一的聲音權威聲音說話，清除所有的派別，使國家成爲一個整體。」〔註38〕

　　國民黨第二次全國代表大會關於宣傳決議案中，提到必須「統一」中央和各省的宣傳；「欲實行宣傳的統一，中央及各省的宣傳部，須致力於目前政策的解釋，本黨所頒行的一切論文、雜誌、日報、傳單，布告，指導群眾集合的訓練和爲示威運動所擬訂的口號，都應集中於此目前的政策」。這一原則強調了宣傳的紀律性。那時主要的宣傳重點在「總理遺囑」上，口號的原則爲「總理遺囑的實現，就是中國解放的成功」。而對群眾工作的宣傳口號爲「依據民眾的需要，實現先總理所指示給我們的國民革命」。另外指示「凡是贊同中國農民的解放運動的，就是忠實的革命黨員，不然就是反革命派」的宣傳原則等。〔註39〕

　　但黨報違反紀律的情況很多。上海《民國日報》已經擁有一定讀者，並取得相當地位，並不容易改變其自由立場而成爲鼓吹國民革命的群眾政治工具。1924 年，葉楚傖拒絕服從中央黨部對報紙宣傳黨的政策方面的命令。葉離職後，其繼任者戴季陶也相信上海才是適合全國宣傳的中心。廣州《民國日報》的編輯曙風表示，報紙可以遵從黨的意志，但又不得不承認，報紙不

〔註37〕子任，《上海〈民國日報〉反動的原因及國民黨中央對該報的處置》，《政治周報》1925 年第一期。

〔註38〕費約翰著，李恭忠、李里峰等譯，《喚醒中國》，生活‧讀書‧新知三聯書店，2004 年，314 頁。

〔註39〕陳希豪著，《過去三十五年中之中國國民黨》，商務印書館 1929 年，152～154 頁。

容易服從革命所要求的那種紀律，以其當時的狀況，是絕對無法通過與市場上的其他報紙競爭來代表國民黨的。他認爲報紙無法承擔對國民革命和其他運動的指導，讓他們保持團結和紀律是有困難的〔註40〕。

在這一點上，共產黨的雜誌樹立了榜樣。於是他們仿照同盟者的做法，創辦了一份中央刊物，按照《新青年》的管理模式，來實現黨對刊物的絕對領導。這一新刊物，即《政治周報》，由毛澤東代表國民黨創辦和編輯。」〔註41〕刊物以發表國民黨和廣東革命政府的重要宣言、報告、決議爲主，同時刊載政治論文和少量通訊，強烈聲討西山會議派的背叛，團結國民黨左派力量。前4期爲毛澤東主編，後由沈雁冰、張秋人等先後主編。

四、國民黨宣傳機構對報刊的管理

國民黨對報刊工作的黨性認識是有個過程的。早期的報刊宣傳並沒有什麼紀律性可言。革命報刊的鼻祖，1900年的《中國日報》由陳少白主編，但當時黨組織中並沒有一個機構或部門來負責整個黨的出版機構和系統的建立。因此當鄭貫公被孫中山介紹加入到《中國日報》的編輯陣營後，兩個人竟因意見不合而爭吵，最後鄭離開，編輯或創辦了一系列具有革命性的報紙《世界公益報》、《廣州日報》和《有所謂報》。1905年《民報》的創刊，也並沒有將黨的意志貫徹始終，當蘇報案的英雄章太炎被接到日本主編該雜誌後，他和孫中山的矛盾最終導致了這份刊物的停辦〔註42〕。1920年宣傳部設立後，工作效率並不高；1924年國民黨改組後，才開始發揮宣傳部對報刊的管理。主要有以下手段：

1、津 貼

津貼是國民黨建立本黨宣傳的重要途徑。不僅直接出資創辦報刊，而且對主動請求津貼的民間報紙，在審覈其資格後也給予津貼。一般津貼額度從每月100元到2000元不等。從1926年4月16日到8月7日，國民黨中央執

〔註40〕 費約翰著，李恭忠、李里峰等譯，《喚醒中國》，生活·讀書·新知三聯書店，2004年，315頁。

〔註41〕 費約翰著，李恭忠、李里峰等譯，《喚醒中國》，生活·讀書·新知三聯書店，2004年，316頁。

〔註42〕 目前學界普遍認爲《民報》的停刊是因爲刊登了得罪唐紹儀的文章，而被日本方面停刊的。實際上是孫中山因章太炎對自己和革命黨的攻擊而拒絕支付刊物費用，使該刊無法支付日本政府的罰款而停刊的。

行委員會常委委員會會議記錄中，我們可以看到有報紙提出津貼請求的理由各種各樣，而宣傳部的回應也相當寬容：

4月27日第23次會議中，宣傳部提議的第四項爲「湖南省黨部開辦黨報，請每月津貼六百元案」。在決議中通過「第（四）項津貼湖南黨報六百元之經費，准於香港黨報存款下暫時支用，至香港黨報開辦時另行設法」。同時提議「上海特別市黨部請頂受上海國民通訊社案」。決議：「由宣傳部會同財務委員於宣傳費項下撥，擬頂受」〔註43〕。

5月25日第28次會議，報告事項第5項，「政治委員會之宣傳費一案，當經決議暫定爲五千元，由宣傳部現有之款開始請查照案」。討論事項第10項，「宣傳部提出浙江省黨部呈請津貼《浙江晨報》月費大洋一百元，已決定在宣傳部活動費項下支撥」。該項討論有「說明」：「杭州爲東南重鎮之一，其政治影響所及不但關係全浙，即蘇皖等處亦有連帶關係，故本黨之宣傳工作以應在杭加以注意。查杭州蓋日報紙均爲官僚政客所收買，對於本黨及國民政府之新聞殊難使之登載。茲有《浙江晨報》係新近組織，於本月十六日起發行，該報因不願接受官僚之津貼，故與省黨部接洽，願宣傳本黨主義及國民政府之一切政治消息與政策。省黨部查核後知，該報辦事人及編輯平日一切行爲及主張亦多傾向本黨，故決定給以津貼。」〔註44〕當時申請200元，宣傳部擬訂每月津貼100元。

6月11日第33次會議：新就任的中央宣傳部部長顧孟餘提出，香港《中華民報》經理來部請求津貼應否請公決案。該報並不是國民黨的報紙，自稱「旨在以獨立言論機關，爲中華民族謀解放與鼓吹，同時亦以抵制英人之假輿論而使愚弄我僑民之毒辣手段，不得所懲……正在民眾歡迎之中，竟有以經濟之缺乏而終頻於破產。雖亦曾向各方呼籲，但因爲黨國宣傳革命之故無處應命。查香港一地不能無黨報之設，民報之命雖終，而國民革命之宣傳則不可缺用。特向黨部作最後之呼籲，務懇給以實力之援助，庶民報能繼續爲國民革命勉效微勞也」。決議：「查《中華民報》平日言論尚稱妥善，應於宣傳部活動費項下，將廣州《民國日報》之津貼中，移撥一千元，至廣州《民

〔註43〕中國第二歷史檔案館，《中國國民黨中央執行委員會常務委員會會議記錄二》，廣西師範大學出版社，2000年，38頁。

〔註44〕中國第二歷史檔案館，《中國國民黨中央執行委員會常務委員會會議記錄二》，廣西師範大學出版社，2000年，188頁。

國日報》所缺之一千元則函國民政府補足撥給。」〔註45〕

除了津貼報刊外，在一些比較重要的運動或活動中，也有專項資金支持宣傳。比如北伐過程中，毛澤東曾在中央執行委員會會議中臨時動議「請令財政部自五月份起每月撥北伐特別宣傳黨費三千元」〔註46〕；以及指定專人負責編輯《民國運動叢書》，並給與一定的津貼和經費等。

由此可見，津貼是國民黨宣傳部對報刊的經常性支持手段。不過，用津貼來掌控報紙，使爲我用，是民國各派政治力量通常做法。但國民黨津貼報紙，條件之簡便、範圍之廣大，超過我們以往的設想。

2、宣傳大綱

「宣傳大綱」應該是毛澤東當上國民黨中宣部代理部長後，開始普遍運用的手段。大綱將現成的分析框架和既定口號，供其發佈機關管轄之下所有黨政軍機構採用。

目前能看到最早的宣傳大綱是 1925 年周恩來領導總政治部爲第二次東征設計的。11 月，東征結束後，毛澤東領導宣傳部改編出新的宣傳方式。11月 27 日，毛澤東提交給中央執行委員會第一份宣傳大綱，主題是華北的反奉戰爭。大綱分析了戰爭背後的原因，指出國民黨中央機構將要進行適當的準備工作，並提出 9 個口號，供所有相關宣傳工作採用。隨後，在 1925 年到 1926 年間，爲協調宣傳運動而建立的各種聯合委員會發佈了各種宣傳大綱。〔註47〕

在宣傳大綱的制定中，軍事部門遠比民事宣傳部門要詳細和精確的多。軍隊管理宣傳工作的最高政治當局──國民政府軍事委員會政治訓練部，設計了一套定期發佈宣傳大綱的制度。1926 年 3 月，出現了一個按月定期發佈的系列宣傳大綱的原型，不僅規定了哪天該說什麼，而且規定了在什麼時候說，從而在整整一個月前，就預先安排好了武裝部隊中的宣傳事務。無論身

〔註45〕 中國第二歷史檔案館，《中國國民黨中央執行委員會常務委員會會議記錄二》，廣西師範大學出版社，2000 年，270～271 頁。

〔註46〕 中國第二歷史檔案館，《中國國民黨中央執行委員會常務委員會會議記錄二》，廣西師範大學出版社，2000 年，160 頁

〔註47〕 《中國國民黨致反奉戰爭宣傳大綱》，1925 年《政治周報》第一期；另外還有1926 年 2 月 1 日的二七紀念協調處的宣傳大綱，刊於《政治工作日刊》，《中國國民黨中央執行委員會黨務月報》；以及《政治訓練部實施宣傳大綱彙編》1926 年編。

在何處，軍隊的士兵和附近的平民可以聽見同樣的聲音。而國民黨和共產黨的政府或黨務機構在多年後才出現類似的宣傳模式。

宣傳大綱是管理黨刊宣傳非常有效的手段，它對每一項細節的分析、對宣傳口徑的規定，成為黨刊發表評論和意見的框架。宣傳大綱的出現，徹底改變了國民黨宣傳上的自由無序狀態。國民黨在日後大量運用這種手段實現對黨刊和輿論的指導與把握，如 1928 年就先後發出各種宣傳大綱 40 種，包括定期紀念宣傳大綱，如《三八婦女節宣傳大綱》、《總理逝世三周紀念宣傳大綱》、《黃花崗七十二烈士殉難紀念宣傳大綱》21 項，以及臨時問題宣傳大綱，如《中央第四次全體會議宣言並決議案宣傳大綱》、《農民運動宣傳大綱》、《提倡國貨宣傳大綱》等 19 項，並擴展到每周宣傳要點共 30 項〔註 48〕。這是徹底將黨刊的宣傳納入管理體系中的最直接有效的手段。

3、整肅出版物

毛澤東到職時，該部開始有系統的清查黨內出版物，以找出那些不服從黨的決定，反對國民黨二大所定政策的刊物。毛澤東不定期的向中央執行委員會提出檢舉，並利用《政治周報》，對與國民黨內思想步調不一致的報刊雜誌加以申斥。

1925 年 3 月，中央執行委員會撤回了對其在香港的日報《香江晨報》的財政支持，主編被撤職，因為該報發表反共文章，不服從組織紀律。該報在雲南軍閥唐繼堯的支持下繼續出版了幾個月，最後關閉。中央宣傳部同時指責國民黨人馬素和江偉藩，他們發佈反共小冊子，隨即被開除出黨。6 月，陳孚木提出報告，認為「太平洋通訊社」向香港的報紙傳播錯誤謠言。中央宣傳部按照這份報告，要求（廣東）省政府起訴為私人通訊社服務的記者，並禁止冒犯性的報紙進入該省〔註 49〕。1926 年 2 月，該部對北京、上海兩地孫文主義學會，（廣東）深圳縣黨部第四支部以及兩份違背當時國民黨政策的刊物提出批評。

1928 年國民黨宣傳部的「審查及指導」功能完全建立，其中審查的對象包括各種工作報告、會議錄、定期刊物 747 種、非定期刊物 518 種、標語傳單圖書五大類。指導類包括指示、視察、集會、核准、解答、駁斥、糾正、

〔註 48〕　《中國國民黨中央執行委員會宣傳部十七年度部務一覽》，民國十八年四月，
　　　　　國民黨中央宣傳部編製。129～131 頁。
〔註 49〕　《請政府嚴禁華字、志繩等報入口案》，無出版日期，應是檔案。

警告、檢舉、查禁等 10 項內容，管理由軟到硬，對不同對象從指示、解答到糾正，警告、查禁等按由輕到重進行相應處理。當年查禁各種出版物 38 種，其中報刊 28 種；檢舉各新聞出版機構「記載失實」、「造謠」、「反動言論」等不當登載 125 件；警告各報刊「登載失實」、「言論荒謬」、「記載失當」等 31 項；糾正各種「錯誤」、「謬誤」、「失當」等 25 項；駁斥 5 項等〔註50〕。

4、為黨報培養宣傳方面的人才

國民黨宣傳部主要通過廣東省和地方的宣傳講習所來培養該黨所需要的宣傳人員，包括報人，以及到地方進行口頭和文字宣傳的人員。

宣傳講習所：宣傳講習所是為地方黨部培養宣傳人員的臨時學校。1925年後在廣東大量出現，其中有很多共產黨員在管理、講課。為了控制各地有點失控的宣傳講習所，省宣傳部規定，沒有其批准或參與，不能隨意設立宣傳人員講習所，並主動建立了一家宣傳講習所，以滿足地方黨部的需求。

地方宣傳事宜：講習所在假期派遣學生宣傳隊到省內最偏遠的角落進行宣傳，開辦圖書館和閱覽室，推動設立黨辦書店，視察學校，開設三民主義的課程，幾乎每個月都要印發數以千計的傳單、小冊子和圖片。婦女部、農民部、青年、勞工等各級部門也開展了類似工作。當他們注意到軍隊政治部關於二次東征的報告中提到，在激發農民對此次革命目的的認識上，圖片要比文字傳單更有效時，他們調整了宣傳材料的配備，將文字與圖片的比例由 3：1 調整為 1：3，以提高宣傳效果〔註51〕。

這一時期的國民黨報刊，整體上數量較少，質量較低，大部分報刊影響有限。主要原因在政治上受國民黨政治思想和路線的影響，宣傳工作並不是該黨工作的重心；在組織上，宣傳部前期職能的不完善和不成熟，對國民黨報刊的管理不力；而且，黨報受黨內派系鬥爭的影響，政治立場和思想並不穩定，宣傳內容受辦報者個人的思想影響甚大，報刊宣傳呈現出隨意性和不確定性的傾向，甚至在資金上也無完全保證。但從另一個方面說，報紙的自由度還是比較大的，有時為了經濟利益和社會影響，會抵制來自黨內的某些命令，這和國民黨的資產階級性質有一定關係。

〔註50〕《中國國民黨中央執行委員會宣傳部十七年度部務一覽》，民國十八年四月，國民黨中央宣傳部編製。158～164 頁。

〔註51〕費約翰著，李恭忠、李里峰等譯，《喚醒中國》生活‧讀書‧新知三聯書店，2004 年，404 頁。

第二節　共產黨的報刊宣傳

一、建黨前共產主義小組時期的報刊宣傳

雖然中國宣傳馬克思和共產主義的文章很早就在報刊上登載〔註 52〕，但屬於共產黨的刊物則是在早期共產主義組織成立後創辦的。1920 年 5 月共產國際派維經斯基來中國，發展共產黨組織。8 月上海建立第一個共產主義小組，成為中國最早的黨組織，選陳獨秀為書記，自此拉開共產主義組織在中國的序幕。1920 年 10 月北京共產主義小組成立，1920 年秋，武漢、濟南先後成立共產主義小組，冬，長沙共產主義小組成立。

在受到國民黨右翼的嚴酷鎮壓前，中共的活動和報刊宣傳緊密聯繫在一起，甚至還在報刊創辦的醞釀期，中共的締造者們已經為它的使命和形式作了重要規定。報刊不僅是黨的宣傳工具，也是黨的組織工具，接受黨組織的領導。最早對這一原則提出建議的是當時留學法國的蔡和森，他在 1920 年 7 月 13 日（上海共產主義小組成立前）和 8 月 16 日，先後兩次寫信給毛澤東，「請其注意組織共產黨」〔註 53〕，在第二封信中，更是明確建議組織共產黨

〔註52〕 馬克思主義和共產主義的宣傳是從中國關注俄國十月革命開始的。最早報導俄國十月革命的是 1917 年 11 月 10 日的上海《時事新報》和《民國日報》；進而開始對列寧的關注，1918 年 3 月《東方雜誌》刊登了《述俄國過激派領袖李寧（列寧）》。1918 年 3 月 20 日創刊的無政府主義刊物《勞動》月刊中也有研究俄國十月革命等世界社會主義運動的文章。李大釗的《法俄革命之比較觀》1918 年 7 月 1 日在《言治》上發表。被認為是正確解讀十月革命的首篇文章。同年 11 月 15 日發表的《庶民的勝利》和《布爾什維主義的勝利》「揭示了帝國主義戰爭和俄國十月革命的本質，表明中國先進知識分子已開始運用馬克思主義觀察國家和世界的命運，決心走俄國十月革命的路」。成為宣傳馬克思主義在中國的開始。而五四運動後，介紹社會主義的出版物那時比較著名的是《新青年》、《星期評論》和《解放與改造》（周佛海的《逃出了赤都武漢》，原載 1927 年 7 月 19 日《海淘》周刊第 10 期。轉自《黨史資料》叢刊 1980 年第 1 輯）。《星期評論》曾是和《新青年》一樣是社會主義宣傳的陣地，「此社為戴季陶、沈玄廬、李漢俊所組織，他們以前都是我們的同志，但現在完全反對我們而成為國民黨右派的首領或反革命派了」。（《吾黨產生的背景以其歷史使命》，蔡和森 1926 年，轉引自《「一大」前後的廣東黨組織》（內部刊物），1981 年 5 月，第 32、33 頁。）在 1920 年中國第一個五一節的時候，均出版了紀念專號，篇幅比平時增加了一倍（《新青年》）和 10 倍（《星期評論》）。

〔註53〕 《中國共產黨編年史》編委會，《中國共產黨編年史》，第一卷 1917～1926，山西人民出版社，中共黨史出版社，第 84 頁。

的步驟，第一步就是「應組織一個瞭解主義的『研究宣傳團體』，出版『一種有力的出版物』」〔註54〕，同時指出，「黨的組織為集權的組織，黨的紀律為鐵的紀律」，「黨的最高機關為中央委員會」，「無論報紙、議院、團體以及各種運動，絕對受中央委員會的指揮和監督。」〔註55〕第一次提出了共產黨的報刊對黨絕對服從的關係。因此，與國民黨報刊的散漫與自由相比，共產黨刊物在服從紀律上要遠勝一籌。

1、上海中共發起組的報刊

1920年9月1日，遷到上海出版的《新青年》開始出第8卷第1號，成為中國共產黨上海發起組〔註56〕的機關刊物，也成為中國共產黨的第一個刊物。其標誌有三：1、編輯部成員中新增加了李漢俊、陳望道、袁振英等具有共產主義思想的知識分子；2、內容新增添了《俄羅斯研究》專欄，刊載有關蘇俄的情況，各方面政策，關於列寧及其著作的介紹和資料等；3、《新青年》脫離與原來「群益書店」的關係，出版發行由新成立的「新青年社」負責，該社同時出版譯印《共產黨宣言》、《馬克思資本論入門》、《階級爭鬥》、《無產階級哲學——唯物論》等圖書及《共產黨》、《勞動者》等雜誌。總發行所設有門市服務部，用批發、郵購、代銷、代派等多種方式發行革命書刊。在各地馬克思主義小組和進步團體協助下，總發行所在許多城鄉學校、工礦、企業、機關中建有代銷處，並和長沙文化書社、武漢利群書社、南昌文化書社等早期革命書店及其他進步書店建立了交換代發業務。

《新青年》在建黨過程中意義重大〔註57〕。編輯部就是黨的活動中心，

〔註54〕《中國共產黨編年史》編委會，《中國共產黨編年史》，第一卷1917～1926，山西人民出版社，中共黨史出版社，第88頁。

〔註55〕《中國共產黨編年史》編委會，《中國共產黨編年史》，第一卷1917～1926，山西人民出版社，中共黨史出版社，第88頁。

〔註56〕通常我們將1921年前中國存在的六個共產主義小組通叫做「各地共產主義」小組，但實際上他們並不是平行的，上海的小組是中國共產黨的實際發起組織，肩負著建立起全國性的統一的共產黨組織的歷史使命。因此這裡將上海的「共產主義小組」稱為「中共上海發起組」比較合適。

〔註57〕中共第七次代表大會的預備會議上，主席毛澤東定論：他（指陳獨秀）是五四運動時期的總司令，整個運動實際上是他領導的。他與周圍的一群人，如李大釗同志等，是起了大作用的……我們是他們那一代人的學生。五四運動，替中國共產黨準備了幹部。那個時候有《新青年》雜誌，是陳獨秀主編的。被這個雜誌和五四運動警醒起來的人，後頭有一部分進了共產黨。這些人受陳獨秀和他周圍一群人的影響很大，可以說是由他集合起來，這才成立了黨。

陳獨秀自 1920 年初到上海後，居住在法租界環龍路老漁陽里 2 號，這幢房子樓上是陳獨秀的臥室，樓下就是《新青年》的編輯部和共產黨上海發起組經常開會的地方。1920 年 11 月 7 日，《共產黨》月刊創辦後，第 1、2 期，也是李達在這裡的一個亭子間編輯的。黨的一大召開後，中央局成立，這裡也就成了中央局機關所在地。

在艱苦環境下，短短不到半年的時間內，新青年社總發行所發行了大量馬克思列寧主義經典著作和通俗解釋經典著作的小冊子及革命報刊。後來，新青年社遷往廣州繼續出版發行工作。

同時小組創辦了面向工人的《勞動界》，1920 年 8 月 15 日創辦，由當時發起組的主要成員義務撰稿，李漢俊寫了發刊辭《我們為什麼印這個報》，要告訴中國工人為什麼比外國工人還要苦，啟發工人的鬥爭。陳獨秀等都為刊物撰寫過稿件。

《上海夥友》，1920 年 10 月 10 日出版，晚於《勞動界》兩個月，是在中共上海發起組的幫助下，以上海工商友誼會的名義創辦，以店員工人為對象的通俗刊物。版式與《勞動界》相同，為三十二開本，內容有調查、通訊、討論、評論、閒談和隨感等專欄，每周一冊，每冊 16 頁。目前存 11 冊（第 5 冊缺）。1921 年 1 月停刊，曾改名《夥友報》不定期繼續出版，現在僅見到第二冊。

黨領導的第一個工會，機器工會在 1920 年 11 月 21 日成立，出版了《機器工人》刊物。緊接著，黨又領導成立了上海印刷工會，「創辦了一個《友世畫報》，專為提倡勞工底生活增高，並為改造是社會為主旨的。該報底主筆和投稿，純由印刷局的工人擔任，決定下星期六出版。這個《友世畫報》和上海機器工會底《機器工人》，都是真正工人底出版品，也是我們勞動界底一線曙光」。〔註 58〕

2、廣州共產主義小組的報刊

1920 年 12 月，陳獨秀應邀來到廣州，1921 年 1 月廣州共產主義小組成立〔註 59〕，20 日以《廣東群報》為小組的公開宣傳機關，該報是譚平山、陳

〔註 58〕《勞動界》第 18 冊，1920 年 12 月 12 日。

〔註 59〕但當時小組內還有無政府主義的成員。在 1921 年 4 月份，經過幾次激烈爭論，陳獨秀等認為必須擺脫無政府主義者，無政府主義者也自動退出了黨組織。於是重新組成了以馬克思主義為指導思想的廣州共產黨小組，確定以《廣東

公博、譚植棠等在 1920 年 10 月 20 日廣州創辦的〔註 60〕。他們在《籌辦群報緣起》中申明，該報是新文化運動的宣傳機關，旨在促進新社會早日實現。陳獨秀在創刊號上發表了《敬告廣州青年》一文，殷切希望青年們「做貧苦勞動者的朋友，勿爲官僚資本家傭奴」，「切切實實研究社會實際問題的解決方法」〔註 61〕。創辦三天後，因廣州政變而停刊。不久陳雁聲和陳秋霖帶了陳炯明的每月三百元津貼支持復刊，此這二人成爲報紙的主力。報紙編輯人員的思想信仰十分複雜，正如蔡和森後來說的：「陳雁聲和陳秋霖始終沒有加入共產黨，雁聲是國民黨而不滿意陳炯明，秋霖是國民黨而同情陳炯明」。這種情況真實的反映了共產黨剛剛成立時人員在思想上的複雜性。但並不能因爲該報曾得到陳炯明的支持，而貶損它的價值，因爲中共承認「自『五四』運動後，陳不但贊成民主革命，並且日益贊成社會革命，學列寧，因此我們曾與他在短期間發生了關係，但到他反動時，即與他脫離關係，而且堅決的反對，當那時與陳聯合時曾辦了《閩星》、《群報》，這是對於黨有利益的。」〔註 62〕《廣東群報》先後開闢了《評論》、《研究》、《雜著》、《特別記載》、《工人消息》、《留法通訊》等專欄，大力傳播馬克思主義，介紹世界各國工人鬥爭的消息，針砭時弊。《廣東群報》還陸續發表了《共產主義與無政府主義及議會派比較》、《社會革命之商権》等文章，宣傳馬克思主義，對無政府主義進行系統揭露和批判，「但因稿件來源問題，可能有些無政府主義的文章，也登載，後來經過鬥爭，才逐步不登妨礙馬列主義宣傳的文章」〔註 63〕。《新青年》第九卷第 2 號上曾刊登了《群報》的廣告：「本報是中國南部文化運動的總樞紐，是介紹世界勞動消息的總機關，是在廣州資本制度下奮鬥的一個孤獨子，是廣東十年來惡濁沈霾空氣裏面的一線曙光」。陳炯明叛變〔註 64〕後，

群報》爲黨的機關報，開展革命宣傳活動。

〔註 60〕 該報的創立是直接受了五四運動的影響。陳公博曾詳細回憶過創辦該報的過程，說辦報的動機既不爲宣傳自己，也不在贏利，而的確是爲了介紹新文化。而新文化是什麼，他們並沒有抉擇，只是介紹各種未曾輸入廣東的學說。創辦時完全靠同學們的入股，以及陳等人的傾力支持（甚至典當衣物與首飾）。

〔註 61〕 《中共廣東黨史大事記（新民主主義革命時期）》，中共黨史出版社，1993 年，第 9 頁。

〔註 62〕 蔡和森，《吾黨產生的背景及其歷史使命》，《「一大」前後的廣東黨組織》，1981 年 5 月，內部資料，第 65 頁。

〔註 63〕 譚天度，《關於廣東黨組織成立的回憶》，《「一大」前後的廣東黨組織》，1981 年 5 月，內部資料，第 120 頁。

〔註 64〕 現在學術界對陳炯明叛變已經有不同的認識，但這裡不是作者討論的重點和

《群報》被當時的教育委員會委員長陳伯華強行收買而停刊。

1920 年 10 月 3 日，《勞動音》創辦。該刊發起者是 7，8 月間來廣州活動的蘇俄代表與一些無政府主義者，主編梁冰弦，編輯劉石心，經常撰稿的還有黃凌霜、薛劍耘、傅無悶等，出版發行由梁一餘負責，經費由蘇俄代表提供。該刊爲周刊，周日出版，但中間脫期一個半月，共出版 8 期停刊。內容與《勞動界》相似，值得注意的是它首次將歐仁・鮑狄埃的《勞動歌》即《國際歌》翻譯介紹給中國讀者。發行曾達到 3000 份。陳獨秀來廣州後，認爲共產黨必須擺脫無政府主義者，因此信奉無政府主義的編輯們離開，該報停刊〔註 65〕。

1921 年 2 月 13 日，《勞動與婦女》在廣州創刊。沈玄廬、陳獨秀、譚平山、陳公博等人爲該刊主要編輯和撰稿者。該刊與《新青年》、《廣東群報》，成爲當時廣東地區宣傳馬克思主義的重要喉舌。第一期《發刊大意》中指出：「階級制度有一日存在，勞動者和婦女就受一日的壓迫」，「我們眼前要解決的，是壓迫在勞動與婦女上面的階級制度所產生的經濟制度，這是勞動與婦女應該起來解決的共同點」。在第 2 期上，刊登過《根本解決》一文，提出解決社會制度問題的辦法是，「一，把各種產業完全收歸公有；二、把國家政權由工人收回執掌」〔註 66〕。該刊是宣傳婦女與勞動者的解放的刊物，在向廣大勞動群眾和被壓迫婦女進行宣傳教育方面，起了積極的作用。

值得注意的是陳炯明五四時期在閩南地區對馬克思主義的宣傳〔註 67〕。由於閩南地區一度也在陳炯明的治理之下，他採納孫中山的一些意見，順應當地人民的一些進步要求，在閩南護法區內提出「建設新社會」、「提倡新文化」的口號，開始實施「新政」，內容涉及市政、交通、社會、經濟、教育和文化等方面的措施。陳炯明的「新政」，一度聞名遐邇，前往參觀訪問的人，達官顯貴、學生學者，甚至僑領外賓絡繹不絕。當時北京的學生到漳州參觀訪問之後，撰文稱讚漳州是「閩南的俄羅斯」，「漳州成了中國革命青年和中

方向，因此暫時使用「叛變」一詞。
〔註65〕謝駿《廣州〈勞動者〉研究》，《廣東革命報刊研究》第一輯，中共廣東省委黨史資料徵集委員會、廣東省新聞學會、廣州市新聞學會，內部資料，1987年 10 月出版，第 23～28 頁。
〔註66〕張靜如等，《中國共產黨的創立》，河北人民出版社，1981 年，153～154 頁。
〔註67〕閩南地區的黨組織是在中共廣東區委領導下的，因此我們把閩南地區早期馬克思主義報刊活動列在廣東地區下。1926 年 2 月，羅揚才、李覺民、羅秋天三人在廈門大學囊螢樓成立了共產黨的第一個支部，羅揚才任支部書記。這是閩南地區的第一個，也是福建省的第一個黨支部。

國社會主義者的朝聖地」〔註68〕。陳炯明從廣東聘請陳秋霖到漳州，創辦了
《閩星》半周刊和《閩星日刊》（簡稱「《閩星》報」）這兩份作為閩南護法區
機關報的報紙，陳秋霖任總編輯，陳炯明兼任總主筆，都用白話文寫作，成
為當時閩南地區最早宣傳馬克思主義思想的報刊。《閩星》半周刊創刊時，陳
炯明署名發表了《發刊詞》，在宣揚「無國界、無種界、無人我界」社會的同
時，表示「（《閩星》社同人）發行半周刊，介紹世界新潮，闡明吾黨主義，
幫同社會上同志，為新文化運動，即為思想界的改造，使人人都隨著我們在
進化線上走去，知道世界的演進，中國是負了一個極重的責任。由是用經營
世界的精神，來創造中國的新生命。」它一方面大量登載由孫中山在上海創
辦的《建設》雜誌和《每周評論》關於三民主義和建國方略的文章，另一方
面用相當部分的篇幅來介紹馬克思列寧主義學說，宣傳蘇聯十月革命的勝
利。此外《閩星》報也刊文宣傳克魯泡特金的「互助論」和無政府主義思想。
〔註69〕

　　1920年6月，陳炯明的援閩粵軍奉孫中山之命調回廣東，《閩星》半周刊
先行停刊；《閩星日刊》則移交漳州當地人士陳懺真、陳家端、李紀堂、黃甲
登等人接辦，1923年皖系軍閥李厚基進駐漳州，被迫停刊。

3、山東共產主義小組的報刊

　　山東的共產黨小組成立後〔註70〕，在1921年5月，組織了勞動周刊社，
出版《濟南勞動周刊》，後來因經費不足而停刊，關於這個情況，1922年7月
9日《山東勞動周刊》第一號的《本刊出版宣言》有記載，「本刊的同人自去
年『五一』節後組織了一個濟南勞動周刊社。當時曾有一份簡單的宣言寫在
前頭。想來大家注意過的應當還能記的。嗣後因為經濟不繼，不得已宣告停
止」。由於宗旨不變，「所以這次本刊出版，也不用格外另作宣言，就把從先
的宣言再錄一遍」。「我們為什麼出這周刊呢？他的答案就是：我們出這個周
刊為的是促一般勞動者的覺悟，好向光明的路上去尋人的生活」〔註71〕。有
人評價其發刊詞比《勞動界》、《勞動音》、《勞動與婦女》等較為膚淺，沒有

〔註68〕陳再成主編：《漳州簡史》（初稿），1986年12月打印稿，第126頁；郭稼：《閩
　　　　南護法區與漳州〈閩星〉報》，載於《文史資料選輯》（第3輯）。
〔註69〕郭稼：《閩南護法區與漳州〈閩星〉報》，載於（漳州）《文史資料選輯》第3
　　　　輯。
〔註70〕具體時間，回憶者的說法不一，有的說1920年夏秋之際，有的說1921年春。
〔註71〕張靜如等，《中國共產黨的創立》，河北人民出版社，1981年，158頁。

揭示出勞動問題的要害。《濟南勞動周刊》發行後很受工人歡迎，不過它存在的時間太短，其作用和影響，不應估計過高。

4、北京共產主義小組的報刊

1920 年 10 月，李大釗、張申府、張國燾三名黨員成立了北京共產主義小組，11 月吸收無政府主義者參加。11 月 7 日創辦了《勞動音》周刊，由信奉無政府主義的黃淩霜、陳德容負責編輯發行，鄧中夏撰寫《發刊詞》，提倡勞動神聖，「排斥那班不勞而食的人」，強調該刊任務是「闡明眞理，增進一般勞動同胞的知識、研究方法，以指導一般勞動同胞的進行，解決不公平的事，改良社會的組織」〔註72〕。

1921 年上半年，該小組又創辦了《工人周刊》，該刊除介紹國內外勞動消息，報導各地工人被奴役的痛苦生活，啓發工人覺悟外，還大力提倡組織工會，號召工人團結。該刊出版後，影響巨大，發行超過 5000，最高達到 2 萬份。被《共產黨》稱讚爲「辦得很有精神」，雖被當局屢次通飭「嚴行禁止」出版發行，但還是在北京東安市場、勸業場等大商場的書店中銷售。

總之，在中共正式成立前，共產主義信奉者們嘗試性的出版了各種面向大眾、啓發覺悟的通俗讀物，這些雜誌雖理論粗淺，壽命不長，影響不大，但伴隨著這些刊物的出版，中共代表無產階級的政黨性質已經確立。

二、建黨後中共中央的宣傳機構與報刊

1、一大的宣傳計劃

共產黨報刊的成功創辦和發行是在中共二大召開後。一大雖然也選舉產生了中國共產黨中央局，但只有三人組成，其中陳獨秀爲書記，李達分管宣傳，張國燾管組織。宣傳任務主要負責編輯《新青年》、《共產黨》月刊和主編人民出版社的書籍。蔡和森後來的回憶也證實了當時共產黨組織的簡單：從 21 年 7 月到 22 年 6 月，「中央工作部只有三個人，以後只有兩個人，此外並無工作人員，只有宣傳方面雇了一個工人做包裝書籍和寄遞書籍的工作，中央工作部除了出版《新青年》、《共產黨》月刊和人民出版社的書籍以外，就是閱看各地組織的文件，並給予適當的指示」〔註73〕。

〔註72〕邵維正，《中國共產黨創建史》，解放軍出版社，1991 年 6 月，125 頁。
〔註73〕李達，《回憶老漁里二號和黨的「一大」、「二大」》，《黨史資料》叢刊 1980 年

1921 年 7 月，中共第一次全國代表大會通過了兩個文件，一個是黨綱，另一個是《關於當前實際工作的決議》，決議確立了黨與報刊等出版物的絕對管理權，具體規定如下：

二、宣傳

雜誌、日刊、百科全書和小冊子須由中央執行委員會或臨時中央執行委員會經辦。

各地可根據需要出版一種工會雜誌、日報、周報、小冊子和臨時通訊。

無論中央或地方的出版物均由黨員直接經辦和編輯。

任何中央或地方的出版物均不得刊登違背黨的方針、政策和決定的文章〔註74〕。

這一原則的確立非常重要，在 1927 年大革命失敗前，黨的報刊基本上遵循了這一規定。

種種迹象表明，一大召開後，中共的宣傳並未產生重要變化，《新青年》和《共產黨》月刊處於半地下狀態。於是黨決定以書籍出版帶動宣傳，成立了人民出版社，在 9 月 1 日就發出通告，並在《新青年》上登載出版重要書籍的廣告：馬克思全書 15 種，列寧全書 14 種，康民尼斯特叢書 11 種，其他 9 種，以上書籍有 10 種付印中，其餘準備在年底完全出版。1921 年 11 月，中共中央局就建立與發展黨團工會組織及宣傳工作的決議發出通告，其中第 4 點為：中央局宣傳部在 1922 年 7 月以前，必須出書（關於純粹的共產主義者）20 種以上。

報刊出版工作的萌芽狀態其實顯示出黨的工作還未進入正軌，中共雖誕生了，但還很稚嫩，正在尋找政治工作的目標和突破口。

2、二大後的報刊

1922 年中共二大召開，確定黨章和政治宣言，即打倒帝國主義和軍閥，實行國民革命。但「怎樣實現我們的政治主張呢？所以黨決定在北京辦一《遠東日報》（1922 年 8 月決定）」〔註75〕。這份報紙的任務就是專門宣傳國民革

第一輯，19～20 頁。

〔註74〕 因為是俄文譯稿，因此又被譯為《關於中國共產黨任務的第一個決議》。《黨史資料》1980 年第一輯。內部資料，第 8 頁。

〔註75〕 蔡和森，《吾黨產生的背景及其歷史使命》，《「一大」前後的廣東黨組織》，

命，但遭到國際代表馬林反對，理由是，「第一，本黨能力不足；第二，恐不久被封閉；第三，以爲當時黨不應該辦這樣大的機關報，只應辦一周刊等。」〔註 76〕於是決定將黨的秘密刊物《共產黨》月刊停辦，創辦出版黨的公開機關報《嚮導》周報，並由選舉產生主管宣傳的蔡和森親任主編。9 月 13 日該刊第一期發行。《嚮導》的發行「很引起一般人的注意」，當時研究係稱之爲「海外奇談」，「在第四期，帝國主義完全將《嚮導》翻譯在《字林西報》上登載」〔註 77〕，因此引起當局注意，上海工部局到總發行所進行搜查，嚴禁《嚮導》周刊出售，從第六期開始，該刊遷北京出版，後來又先後遷到上海、廣州、武漢等地堅持出版，1927 年 7 月 18 日停刊，共發行了 201 期。

　　《嚮導》周刊在黨內外都享有一定的聲望。撰寫文章最多的是陳獨秀和蔡和森，其餘作者也是黨的高級領導，如李大釗、張太雷、高君宇、張國燾、劉仁靜等，共產國際代表馬林也以「孫鐸」的署名發表過幾篇文章。黨中央對該刊有很強的領導，有迹象表明陳獨秀對《嚮導》內容進行直接審核，因此當時對黨內生活不滿的李漢俊還「因編《嚮導》周報和組織問題說獨秀是專制。」〔註 78〕該周刊存在期間，中共歷經了國共合作的建立和破裂，第一次大革命興起和失敗的整個過程，雖然當時黨內對統一戰線問題、農民運動問題有各種不同的意見，但周刊始終堅持黨中央的領導〔註 79〕。它忠實的記錄了當時黨的政策、方針，其對於反帝反封建民主革命綱領的宣傳、對建立統一戰線的政策和策略的宣傳，對於工農群眾運動的忠實報導和宣傳，以及對

　　　　　1981 年 5 月，内部資料，第 61 頁。

〔註 76〕蔡和森，《吾黨產生的背景及其歷史使命》，《「一大」前後的廣東黨組織》，
　　　　　1981 年 5 月，内部資料，第 61 頁。

〔註 77〕蔡和森，《吾黨產生的背景及其歷史使命》，《「一大」前後的廣東黨組織》，
　　　　　1981 年 5 月，内部資料，第 62 頁。

〔註 78〕蔡和森，《吾黨產生的背景及其歷史使命》，《「一大」前後的廣東黨組織》，
　　　　　1981 年 5 月，内部資料，第 66 頁。

〔註 79〕他們是如何對待當時黨内的不同意見呢？如 1927 年毛澤東的《湖南農民運動
　　　　　考察報告》出爐，駁斥黨内外責難農民運動的各種謬論，總結湖南農民運動
　　　　　的豐富經驗，提出解決中國民主革命的中心問題——農民問題的理論和政
　　　　　策，遭到陳獨秀、彭述之的反對，報告因論調不與中央精神相符合，因此《嚮
　　　　　導》並未發表。但瞿秋白認爲這篇報導很有價值，4 月 11 日，他將這個《報
　　　　　告》定名爲《湖南農民革命》，並親自寫序，以黨組織的名義交漢口長江書店
　　　　　公開出版。他在序言中明確提出「中國的革命家都要代表三萬萬九千農民說
　　　　　話做事」，號召「中國革命者個個都應當讀一讀毛澤東這本書」。

國民黨右派的鬥爭；但也忠實的反映了當時黨對政權問題——被目前學界和政界定性爲——錯誤的觀點。

《嚮導》的確成功宣傳了黨的政治主張，改變了很多人的思想，對一般知識分子、工人都產生了重要影響。蔡和森後來說，那時他們還沒有共產黨的政治觀念，「此報發出後，才把同志們的地方觀念打破，非黨觀念改變過來，所以《嚮導》是統一我黨的思想工具」；而且黨剛剛成立的時候，有兩個暫時的盟友，一個是「無政府主義」，一個是「李漢俊和戴季陶主義」，也是通過《嚮導》的宣傳，基本廓清了這些不同思想，將黨的主張越來越明確的表達出來。

《嚮導》的經費基本上來自共產國際提供的黨費：

> 黨的經費，幾乎完全是我們從共產國際得到的，黨員繳納的黨費很少。今年我們從共產國際得到的約有一萬五千，其中一千六百用在這次代表會議上。經費是分發給各個小組的，同時還用在中央委員會的工作上，用在聯絡上和用在出版周刊上。……杭州會議以後，我們間斷地出版了日報〔此處俄文稿爲「ежедневник」（日報），德文稿爲「DieWoe-chentlicheEcitungderPartei」（黨的周報）〕，這種間斷的情況是罷工造成的。報紙只出了二十八期，每期平均印五千至六千份。然而在初期我們的日報遭到了批評，現在它才得到同情。北京、湖北、廣州和上海等地也出版了周刊。關於京漢鐵路罷工事件，我們出版了小冊子，在很多場合，我們發表了宣言。《新青年》雜誌以前每月出版一次，現在改爲三個月出版一次。出版《前鋒》月刊，刊登有關中國政治經濟情況的一般性的文章和國際政治形勢問題的文章。〔註80〕

當時的蘇俄代表也因《嚮導》要擴大發行，向蘇俄提出增加經費的要求。1924年 12 月 7 日，維經斯基在和陳獨秀交談後〔註81〕給加拉罕寫信：「請從國民黨經費中撥給我們一定的數額用來爲實現國共兩黨提出的口號開展強大的宣傳運動……現在必須從國民黨那裡給黨撥出一定數額。我們能具體做些什麼呢？把《嚮導》周報的印數增加一到二倍……我請求爲了整個這項工作給我

〔註80〕 《陳獨秀在中國共產黨第三次全國代表大會上的報告》，引自新華網站：
　　　　http://news.xinhuanet.com/ziliao/2004～11/17/content_2228080.htm
〔註81〕 維經斯基上星期天到上海，以消除中共中央與鮑羅廷之間的誤會。

撥 1 萬盧布，由我負全責報賬。」維經斯基希望加拉罕「儘快就經費問題給我答覆……您可以分期撥出，而且可以從 1 萬盧布中拿出一定數額給北方局來做這項工作。」〔註82〕

從信中可以看出黨的經費十分緊張，並不能完全滿足報刊的出版發行〔註83〕。《嚮導》在第 15 期上甚至發表文章《敬告本報讀者》，公開向社會募集捐款，「本報出版才十五期，支出不下一千三百元，收入卻只一百五十元。……贊助本報的方法如下：（一）以金錢捐助本報。……（二）請直接向發行通訊處定閱本報。……（三）為本報宣傳，務使本報銷路推廣，定閱人數增加，並自動的勸人捐助本報」〔註84〕。

周報編輯人員很少，第一任中共江浙（上海）區委書記徐梅坤被中央指定為兼管周報的出版發行工作。當時他的公開身份是印刷工人，在光明印刷廠當排字工人，這是一家位於公共租界梅白克路（今新昌路）的小印刷廠，《嚮導》就是在這裡印刷的。因為給的錢比較多，老闆不太管內容是什麼。後來該廠破產，於是轉到另一家比較大的明星印刷廠，老闆徐尚珍，為同情中共的黨外人士，他同時還承印《中國青年》、《解放周刊》等刊物，徐本人也因此被罰過錢，甚至一度被捕坐過牢。最後該廠被查封，徐就到河南一家印刷廠去了。

《嚮導》最初發行量不大，約在 1 千份左右，後增加到 3、4 千份，每期按照規定數目送到指定地點，當時在上海、武漢、廣州、北京、杭州等地發行。根據規定，該刊前 100 期贈閱為主，和其他的黨報類似〔註85〕；從 101

〔註82〕 朱洪，《陳獨秀風雨人生》，湖北人民出版社，電子圖書，網址為：
　　　　http://book.sina.com.cn/nzt/cha/chenduxiu/70.shtml
〔註83〕 其實早在《嚮導》出版前這一問題就已經出現。1921 年 2 月初，法租界巡捕局查封了《新青年》社，沒收了已編好的《新青年》8 卷 6 號，罰款 5000 元，並勒令不准再在上海出版發行。不久前，李漢俊來信說，上海黨組織每月需要 200 元活動經費，黨員大多數沒有職業，他想每個月從《新青年》社撥 200 元。陳獨秀不同意，《新青年》的經費本來就緊張，無法按月出版，還欠了陳望道 100 元編輯費。
〔註84〕 《敬告本報讀者》，《嚮導》，1922 年 12 月 27 日。
〔註85〕 根據中央檔案館油印稿（1924 年 9 月 25 日發）規定，《黨報》凡正式黨員均贈閱一份，《嚮導》無論正式候補黨員均贈閱一份，但每份必須擔任推銷五份以上，《新青年》每組贈閱一份，每組擔任推銷三份以上，《中國工人》每組贈閱一份。轉引自中國社會科學院新聞研究所編，《中國共產黨新聞工作文件彙編》（上卷），北京新華出版社，1980 年，第 15 頁。

號開始不再贈閱，但四期後，從 105 期開始，部分恢復贈閱，每支部一份，每個黨員至少須購閱一份，如不能，還須組織批准。1925 年 1 月 10 日在《中共中央出版部通告第四號 —— 黨內停止贈送《嚮導》和《新青年》》中規定，「《嚮導》夙來經濟獨立，自實行贈送同志加印以後（87 期〜90 期加印 3000 份，筆者注），經濟很受影響；同時，各地同志均不能照中央規定推銷，致使經費不能周轉，長此以往，前途難於支持。本部有鑒於此，決議從一百期起，同志一律停止贈送，以後規定每同志均應自行定閱一份（有特別情形不能訂閱者例外），以引起同志對於本校機關報的責任心」等；同年 3 月 6 日，又發佈《各地方分配及推銷中央機關報辦法》，提出，「《嚮導》從 105 期起，每支部仍贈送一份」。〔註 86〕北京的《嚮導》是有專人帶過去，杭州的每期發行 200 份，由兩個專人拿過去賣，也曾數次被捕。其他地方由郵局發送，但官方的郵政系統不給郵遞這類的印刷品，所以就通過民辦郵政，民信局發行。黨的三大召開前，黨中央一度遷往廣州，《嚮導》隨著中央機關也遷到廣州出版發行。徐梅坤作發行工作兩年後由張伯簡接替。報頭是徐梅坤的一個小說家朋友寫的〔註 87〕。

中央機關遷到廣州後，1923 年 6 月《新青年》雜誌改版爲季刊在廣州復刊。7 月 1 日，中共中央的另一機關刊物《前鋒》在廣州創刊，月刊，瞿秋白主編，注重對國內現狀的分析和國際問題，一般文章篇幅比較長，每期刊登 10 篇左右的論文，並有「寸鐵」小品文專欄。如第一期刊登的《中國國民運動之過去及將來》、《現代中國的國會制度與軍閥》、《中國之資產階級的發展》、《帝國主義侵略中國的各種方式》,《中國農民問題》、《中國最近婦女運動》等九篇長篇文章，只出了三期。

1923 年 11 月 30 日，黨內不定期刊物《中國共產黨黨報》在上海出版，到 1924 年 4、5 月間，每期印數 500 份。這是中共第一個黨內機關刊物，內容登載黨內文件，報告爲主，曾刊登過中共三屆第一次和第三次中央執行委員會會議文件。

1925 年 10 月 22 日，《中共中央通告第十一號　中央常委決議》，決定出

〔註 86〕中國社會科學院新聞研究所編，《中國共產黨新聞工作文件彙編》（上卷），北京新華出版社，1980 年，第 15 頁。

〔註 87〕以上資料來自徐梅坤的回憶《回憶〈嚮導〉的出版發行》，內部資料《黨史資料叢刊》1980 年第三輯，63〜65 頁。

版中央機關報《布爾塞維克》周刊，詳細規定了該報的性質、目的、負責人，欄目設置、發行和推銷辦法等。

1926 年 9 月，中共第三次中央擴大執行委員會議決案中《關於宣傳部工作議決案》中，提出「中央通俗的機關報——《勞農》（或《工農》），亟須添設，先辦月刊，以後設法改爲周刊。這一機關報應當給工農群眾讀者以關政治的指導，須能搜集全國工農狀況及其政治經濟鬥爭的消息，登載各地方的工農通訊。這種機關報的目的是使工農群眾能明瞭全國革命鬥爭的狀況和意義，並充分表現實際的工農生活及其鬥爭」〔註 88〕。

在五卅運動時期，中共出版了黨報歷史上的第一個日報《熱血日報》。雖然五卅運動實際上從 5 月 15 日共產黨工人顧正紅被日本人槍殺開始，共產黨就有計劃的領導上海無產階級和各種力量進行抗議，但那時並沒有建立起有效的宣傳機構，一直依靠商業民營報紙的報導。5 月 30 日五卅慘案發生後，上海《申報》、《新民報》、《時事新報》、《民國日報》等幾家民營大報，反應冷淡，個別報紙僅僅作了簡單的報導，輿論一片沉寂。這種情況迫切需要有一份日報來及時加強宣傳鼓動、指導組織和推動運動的發展。爲配合當時革命運動形勢，更好地領導人民進行反帝鬥爭，中共中央召開緊急會議研討對策。會議決定由蔡和森、李立三、劉少奇、劉華和瞿秋白等組成行動委員，展開反帝鬥爭，同時還決定出版一份日報，由瞿秋白負責主編，並從中央宣傳部、上海《民國日報》抽調了鄭超麟、沈澤民、何味辛等人組成編輯委員會。《熱血日報》於 6 月 4 日在上海創刊。

《熱血日報》是中國共產黨領導「五卅運動」的機關報，也是中國共產黨第一張日報。編輯所設在上海市寶山路某里的一個客堂裏。瞿秋白親書「熱血日報」作報頭。該報爲四開一張，設有社論、要聞、國內要聞、國際要聞、緊要消息等欄目，另外，還設立了副刊《呼聲》。報紙的內容以新聞報導爲主，具有強烈的政治鼓動性和鮮明的革命態度。五卅運動期間，它曾大量報導工商學各界的群眾鬥爭，猛烈揭露帝國主義的暴行，熱情傳播國際無產階級支持中國人民的消息，表現了徹底反對帝國主義的革命精神。陳獨秀爲報紙寫了發刊詞，熱烈激情的語言，對五卅運動進行報導、對政府、資產階級和帝國主義進行抨擊，對群眾進行引導。

〔註 88〕中國社會科學院新聞研究所編，《中國共產黨新聞工作文件彙編》（上卷），北京新華出版社，1980 年，第 30 頁。

《熱血日報》用短時間內吸引了大量的讀者，出版 10 期，銷數即達 3 萬，投稿、通信與親來接洽者日以百計。6 月 28 日該報被查封，共出 24 期。

3、中共報刊的管理

中國共產黨相當重視黨報的出版和發行工作，從行政和經營兩個方面同時進行。

首先，黨在機構的設置上充分保證對黨報黨刊的管理。中共一大到三大前，黨組織處於創建階段，中共中央未設有專事某項工作的工作機構。各委員分工管全面工作、組織工作、宣傳工作，出版工作和黨刊工作。

1923 年 10 月 15 日，中共中央和團中央決定組織教育宣傳委員會，隸屬中共中央，其職責「在於研究並實行團體以內之政治上的主義上的教育工作以及團體以外的宣傳鼓動」〔註 89〕，下設編輯部、函授部、通訊部、印行部和圖書館五個部門，其中編輯部中包括 7 種固定出版物，顯示了當時中央對報刊宣傳工作的整體要求：

1、《新青年》季刊——學理的馬克思主義的研究宣傳機關（C.P.）。

2、《前鋒》月刊——中國及世界的政治經濟的研究宣傳機關（C.P.）。

3、《嚮導》周刊——國內外時事的批評宣傳機關（C.P.）。

4、《黨報》（不定期刊）——黨內問題討略及發表正式的決議案報告等機關（C.P.）。

5、《青年工人》月刊——青年工人運動的機關（S.Y.）。

6、《中國青年》周刊——一般青年運動的機關（S.Y.）。

7、《團鐫》（不定期刊）——團內問題及發表正式文件（議決案及報告）之機關（S.Y.）。

以上每一種刊物均有一專門負責之人。

8、小冊子——尤其是爲工人農民之通俗刊物爲最要緊。

編輯部設二主任，一管 C.P.刊物材料之分配，一管 S.Y.刊物材料之分配〔註 90〕。

〔註 89〕 中國社會科學院新聞研究所編，《中國共產黨新聞工作文件彙編》（上卷），北京新華出版社，1980 年，第 7 頁。

〔註 90〕 中國社會科學院新聞研究所編，《中國共產黨新聞工作文件彙編》（上卷），北京新華出版社，1980 年，第 7 頁。其中 C.P.是中國共產黨的簡稱，S.Y.是中國社會主義青年團的簡稱。

　　三大後，由於黨員發展迅速，因此中央開始設立工作機構。中共第三屆中央執行委員會共成立 13 個機構，其中每個報刊就是一個獨立部門，即顯示了當時黨組織的簡單，也顯示了黨對報刊出版工作的重視。具體如下：

　　宣傳報刊部（1924 年 5 月～1925 年 1 月），主任羅章龍；

　　出版部（1924 年 5 月～1925 年 1 月），書記洪鴻（張伯簡 1924 年 11 月～1925 年 1 月）；

　　《嚮導》周報（1923 年 6 月～1925 年 1 月），主編蔡和森；

　　《新青年》雜誌（1923 年 6 月～1925 年 1 月），主編瞿秋白；

　　《前鋒》（1923 年 6 月～1925 年 1 月），主編瞿秋白；

　　《中國共產黨黨報》（1923～1924），主編陳獨秀（1923 年 11 月～1924 年 2 月）。

　　第四屆中央執行委員會工作機構中與宣傳和報刊有關的機構有：

　　宣傳部（1925 年 1 月～1927 年 5 月），主任彭述之，委員蔡和森、瞿秋白；

　　出版部（1925 年 5 月～10 月），主任蔡和森；

　　《嚮導》周報（1925 年 1 月～1927 年 5 月），主編蔡和森。

　　第五屆中央委員會工作機構中，相關部門有：

　　宣傳部（1927 年 5 月～7 月），部長瞿秋白（一說是蔡和森）〔註91〕，

　　黨報委員會（1925 年 5 月～7 月），書記瞿秋白。

　　可見，報刊工作是由黨的主要領導者直接負責，保證了報刊言論最直接反映中共的主張和政策，在內容上不致出現大的疵漏。

　　其次，黨經常發佈各種宣傳的決議案，指導黨報黨刊的宣傳重點。如1922 年發佈的《教育宣傳問題決議案》中，分政治、勞動、農民、文化四方面提出了具體的宣傳方針〔註92〕；1923 年又發佈了《黨內組織及宣傳教育問

〔註91〕　《中國共產黨組織史資料》第一卷 1921，7～1927，7 中共黨史出版社 2000年，43 頁注解。

〔註92〕　中國社會科學院新聞研究所編，《中國共產黨新聞工作文件彙編》（上卷），北京新華出版社，1980 年，第 2 頁。其中政治方面有 10 點，分別是「反對英美帝國主義之各方面的宣傳」、「中俄親善及承認蘇聯」、「國民黨之改組」、「反對曹吳及外交系」、「反對研究系～憲法派」、「各省的現實政治之批評」、「地方自治之實際建設」、「五權憲法的研究」、「其他各殖民地及半殖民地的革命運動之宣傳及介紹」、「近時德國革命形式之論述」；勞動方面為 5 點，分別為「經濟鬥爭」、「經濟鬥爭與政治及外交之關係」、「自然及社會科學之常識，

題決議案　擴大執行委員會決議》，在這個決議中，提出「中央的各部之間應當特別注意宣傳部和工農部」，並提出「中央必須特別設一個編輯委員會（主持中央一切機關報的編輯委員會）」〔註93〕；1924年9月和11月，1925年1月和3月，分別就黨報在各地的分配和推銷工作做出具體的辦法；1925年1月在中共第四次全國大會議決案《對於宣傳工作之議決案》中更指出了當時黨的宣傳工作的三點不足，提出批評和12項改進的具體要求、指示。1925年12月、1926年9月和1927年8月，都分別再提出要求，具體指導當時的宣傳工作，切實保證黨刊黨報宣傳圍繞黨的中心工作。

第三，在生產印刷上，中共也積極建立自己的印刷廠，保證文字出版的安全性。國共合作後，需要印刷的文件和書刊越來越多，就不能再找印刷廠代印了，必須建立自己的印刷所。從五卅運動開始，黨決定建立地下印刷廠。第一個地下印刷所開設在上海北站附近的中興路西會文路一條弄堂裏，兩上兩下石庫門房子，用會文堂印書局的招牌作掩護。廠的設備有：兩部對開機，一部圓盤機（腳踏架），一部切紙機（刀架），一隻澆字搖爐、一幅老五號宋體銅模和三、四號頭子鉛字等。廠的具體負責人是倪憂天，當時黨外的身份是中華書局機器房的工人，廠工會秘書長、上海印刷總工會總務科副主任，黨內身份是廠的黨支部書記，工會黨團書記，兼任滬西共青團區委委員。工廠工人並不多，但工作熱情很高。印刷廠辦了三個來月，上海總工會被反動當局查封，來取紙型的一位同志被捕，工廠有可能暴露，於是組織上決定停產關廠，人員全部撤離。第一個印刷廠就暫時中斷。

第二個印刷廠是在青龍橋，1925年8月底、9月初的時候建立的。那時印《嚮導》周報和《新青年》是最經常的任務，先用薄型紙按照稿件印六份毛坯，交給領導發送至北京、天津、鄭州、廣州、武漢，可能還有重慶，供那些大城市組織翻印出版，然後自己打紙型印刷，印數不多，約有2、3千份。

共產主義之淺釋」、「普通集會組織的方法」、「世界勞動運動史略及現勢」；農民方面指出，「農民間之宣傳大致與工人中相等，但材料當取之於農民生活；尤其要指明農民與政治的關係，爲具體的經濟改良建設之宣傳，如協作社、水利改良等，盡可以同外國譯語，只求實質能推廣農民運動」；文化上注重5點，分別爲「反對東方文化派」、「文學的及科學的宣傳主義」、「反對宗法社會之舊教義」、「反對基督教的教義及其組織」、「健全的唯物主義的宇宙觀及『集體主義』的人生觀」等。

〔註93〕中國社會科學院新聞研究所編，《中國共產黨新聞工作文件彙編》（上卷），北京新華出版社，1980年，第14頁。

但後來這個印刷廠也暴露了，1926 年夏秋之際，轉移到別處，並掛牌國華印書館。

1926 年初春，在青龍橋印刷廠出事前，黨決定再辦一個印刷廠，地點在租界鬧市區泥城橋鴻祥里一幢石庫門房子，並添置「大英架子」印刷機，掛牌中興印刷所，規模很小，前後總共 6、7 個人。這個廠是印全張報紙，印的份數也比較多。

兩個印刷廠的負責人都是倪憂天，毛齊華具體經辦，工人一共 20 多個，骨幹力量多數是黨員和團員，學徒工來自領導幹部的子弟，政治條件比較好，政治熱情高、工作熱情高，組織性紀律性也比較強。為了保密，全體同志都不與親友來往，並注意每一張廢紙不流散到外面。

1926 年 10 月，北伐軍佔領武漢，共產黨決定在武漢建立印刷廠，1927 年初，長江印刷廠在漢口濟生三馬路成立，半公開性質，規模比上海的大，有工人 60～70 人，那時印刷《嚮導》1 萬份，後增加到 2 萬份，還是供不應求。

這些印刷廠在大革命失敗後都被迫解散了〔註 94〕。

三、地方黨組織的刊物

地方黨組織〔註 95〕的刊物：

武漢地區：1921 年 1 月 2 日，《武漢星期評論》創刊。該刊由惲代英、黃負生、劉子通等創辦，「以改進湖北教育及社會為宗旨」，旋作為馬克思學說研究會的公開出版物。不久，由於黃負生、劉子通相繼加入武漢共產主義小組，該刊成為武漢共產主義小組直接領導的黨刊〔註 96〕。中共中央成立後，1921 年 11 月，按照中央決定，武漢地委改組成中共武漢區執行委員會，包惠僧任書記，黃負生為宣傳委員。區委成立後，正式接辦《武漢星期評論》作為區委領導下開始改造湖北教育運動的言論機關，由黃負生、李書渠、陳潭秋相繼任編輯，1923 年春停刊。1922 年，中共武漢區委和青年團武漢地委根

〔註94〕 徐梅坤，《回憶〈嚮導〉的出版發行》，內部資料《黨史資料叢刊》1980 年第三輯，63～65 頁。

〔註95〕 1927 年前中共在全國範圍內建立個各級分支黨委 73 個。（數據來自《中國共產黨組織史資料》第一卷 1921，7～1927，7 中共黨史出版社 2000 年）。

〔註96〕 《中國共產黨湖北歷史大事記 1919，5～1949，10》，湖北人民出版社，1992 年，第 12 頁。

據一年來的經驗，決定「佔領輿論機關」。11 月在《江聲日刊》等 3 家報館中，已有共產黨員、青年團員擔任編輯，並「能夠負完全責任。」〔註 97〕《江聲日刊》曾在 1923 年 10 月 10 日和 11 月 1 日先後出版《青年旬刊》和《婦女旬刊》，宣傳馬克思主義的文章，報導中國共產黨和社會青年團的活動。1926 年 10 月中旬，以彭澤湘爲書記的中共湖北區委全體成員集中武昌辦公，分工明確，其中林育南任宣傳部主任。11 月 1 日，區委創辦機關刊物《群眾》週刊。

北京地區委員會：1924 年 4 月創刊的《政治生活》，主編先後有劉仁靜（1924 年 4 月開始），高君宇、趙世炎、范鴻劫。

南口地方執行委員會，1925 年底創辦了《南口工人》爲機關刊物，王盡臣爲主編。

保定支部（1925 年春～1926 年 9 月）曾創辦《晨鐘》機關刊物。

哈爾濱支部──哈爾濱特支──北滿地執委（1925 年春～1926 年 10 月）曾於 1925 年 8 月 15 日創刊《東北早報》。地址在哈爾濱道里中國十四道街（西十四道街）路北。該報是中國共產黨地下黨組織在哈爾濱創辦的第一家公開發行的報紙，4 開 4 版，每周 6 刊，總編輯張晉（張昭德），辦報人員由中共黨員和國民黨左派組成。《東北早報》連續刊登了郭松齡起兵反奉的消息，引起當局的注意。12 月底，中共哈爾濱黨組織遭破壞，任國楨、陳晦生等中共黨員被捕，《東北早報》被迫終刊。1926 年 6 月 8 日創辦《哈爾濱日報》，吳麗石（也是支部的書記）主編，由國民黨人穆景周出面申請創辦並任社長。每周 6 刊，對開 2 大版（內書頁式副刊一張）。是國共兩黨合作時期，用國民黨哈爾濱市黨部名義出版的一家大型日報。每期發行 1200 份。地址在道外昇平二道街神州大戲院樓上。並辦有《哈爾濱日報副刊》共計 48 期（53 號至 102 號，中缺 68 號、82 號）。所存 48 期副刊，共刊載各種體裁文章約 250 多篇。由於《哈爾濱日報》經常刊登一些革命文章，引起地方當局的注意。1926 年 10 月 24 日，濱江警察廳以「哈爾濱日報社出版副刊，有宣傳赤化性質」爲由，查封了報社。

共產黨成立後，廣東《群報》成爲黨在廣州的機關報，廣東區委還創辦了《人民周刊》。豫陝區委在 25 年 8 月創辦《中州評論》，蕭楚女負責。湖南區委創辦《戰士》等。

〔註 97〕 《中國共產黨湖北歷史大事記 1919，5～1949，10》，湖北人民出版社，1992 年，第 22 頁。

受北洋政府查禁赤化、民眾和知識分子對蘇俄的認識以及對中俄關係的態度、黨的經費等諸多因素的影響，中共黨刊有影響的並不多，但能做到少而精，力保中央機關刊物的持續發行，使黨的聲音不斷；同時在情況允許之下，盡量配合形式要求，出版時效性強、壽命短暫的配合時局型刊物。在所有黨辦刊物的內容編輯上，黨的領導人付起重要職責，也爲中共留下了「政治家辦報」的傳統，顯示了中共報刊在組織紀律上的嚴格規範。

四、團　刊

中國第一個社會主義青年團組織是 1920 年 8 月 22 日成立的上海社會主義青年團（在上海共產主義小組的領導下），鑒於當時全國尚無青年團組織，於是上海社會主義青年團承擔聯絡各地建團的責任。1921 年 3 月中國社會主義青年團臨時中央委員會在上海成立。但由於當時經費缺乏，成員複雜，人員變動等，到 1921 年 5 月前後，上海和一些地方的團組織停止活動。中國共產黨成立後，中央局開始恢復和加強青年團工作。

1922 年 1 月 15 日，北京社會主義青年團首先創辦《先驅》半月刊，出版三期後被北京政府禁止。1922 年 4 月，中共中央決定，上海地方社會主義青年團代理中國社會主義青年團臨時中央局的職權，《先驅》半月刊移到上海轉歸社會主義青年團臨時中央局出版，鄧中夏主編。

《先驅》每期四開四版一張，原定半月刊，但時常不能按時出版。第 4 期後遷上海出版。1922 年 5 月，中國社會主義青年團在廣州召開第一次全國代表大會會後，從第 8 期開始轉歸團中央執行委員會出版。《先驅》前後出版 25 期，1923 年 8 月 15 日停刊。之後團中央決定出版《中國青年》周刊，作爲中國社會主義青年團的機關刊物。據有關人士回憶，在北京期間，該刊由鄧中夏主編；遷到上海後，由施存統主編，蔡和森、高尚德等也參加過編輯工作。那時，青年團經費困難，《先驅》的出版工作，從約稿、寫稿、校對、跑印刷廠，均由編輯人員自己承擔，而且大多是義務的。鑒於當時反赤化和反共產主義的嚴酷環境，出版發行人及編輯部地址均未署名。第一期發行後，即有讀者詢問，編輯部在報上刊登啓事：「本刊向未覓定地位，愛閱諸君請就近與該處代派人訂購可也」，可以看出該刊是主要通過各地團組織秘密發行的〔註98〕。

〔註98〕周尚文、賀世友《〈先驅〉半月刊》，《黨史資料》叢刊，1981 年第 2 輯，第

　　1922 年 5 月 5 日到 10 日，中國社會主義青年團第一次全國代表大會在廣州召開，並選出第一屆中央執行委員，下設經濟部和宣傳部，宣傳部主任蔡和森（1922 年 5 月～12 月），張太雷（1922 年 12 月～1923 年 8 月）；1923年 9 月 29 日，團第二屆中央執行委員會召開第一次全體會議，並決定於 10月 20 日在上海創辦《中國青年》周刊，作爲團中央的機關刊物，由當時負責團宣傳工作的惲代英等在上海編輯出版。該刊爲三十二開本，每期通常是16 頁，約 1 萬字左右，從第 100 期開始，篇幅曾有所增加。

　　該周刊所負使命「是爲革命的青年做革命的指導」，具體說來，一是指導青年爲自己的利益參加各種革命運動；二是系統介紹科學的社會主義之研究，幫助青年研究社會科學；三是介紹各界青年之活動，以供從事國民革命的青年觀摩，砥礪，交流經驗；四是引導青年擺脫反動思想的影響，廓清一般文化界濕熱、濃蒙之迷霧，走上正確的革命之途〔註 99〕。主編是惲代英，後爲劉仁靜、李求實，參加編輯的有蕭楚女、鄧中夏、張太雷、林育南、任弼時、李求實等。《中國青年》編輯部同時也是團中央宣傳部的秘密機關，在上海南市一間狹隘的房子裏，大家在一起開會、讀書、寫文章、編輯、校對。

　　該刊在黨的秘密印刷所裏印刷；發行上，根據「中華郵政特准掛號」，半公開發行，即一部分經過黨的秘密發行機關、青年團的各級組織發行，一部分經過郵局公開發行。後來，由於軍閥勢力的壓迫，該刊屢遭查禁，不得不全轉爲秘密發行。五卅運動後，該刊影響越來越大，發行量也不斷增加，上海一地發行 3000 多份。1926 年 2 月，孫傳芳以「煽動工團，妨害治安」的罪名加於《中國青年》，封閉了上海書店，但周刊的發行反而增加到 1 萬份。1927年「四·一二」反革命政變後，黨中央和團中央遷到武漢，周刊也遷到武漢出版，堅持到 1927 年 10 月 10 日。

　　該刊在黨的直接領導下，積極宣傳馬克思列寧主義，批判國家主義派和國民黨右派，鼓勵青年進行革命鬥爭；《中國青年》的一個很顯著特點，就是聯繫青年實際問題，關心青年的切身利益，結合青年的思想特點，回答和解決當時青年和青年運動中遇到的各種理論問題和實際問題，幫助他們尋求正確的答案，涉及工作問題，修養問題，讀書問題，家庭問題，戀愛問題，婦女問題，文學思想等等；並刊登各地青年大量的來稿和通訊，報導他們從事

173 頁。
〔註 99〕《一百期以後的本刊》，《中國青年》第 101 期。

工運、農運、學生、婦女等方面的工作情況和經驗。

1924 年 8 月 30 日，青年團中央局決定發行《少年國際》季刊，9 月 25 日，在團中央宣傳部之下，組建編輯部，負責編輯《中國青年》和供給《團刊》、《平民之友》稿件，林育南任總編輯。

1925 年 1 月到 1927 年 5 月，團中央第三屆中央執行委員會期間，團中央的刊物中除了《中國青年》周刊外，還有《團刊》，編輯張太雷，《平民之友》編輯賀昌（未到職）、張伯簡（代理）、《非基督教運動》〔註100〕，編輯張秋人，會計張太雷。五卅運動後，由於青年團團員人數迅速增長（1926 年 7 月的人數是 1925 年 1 月時的 6 倍），地方團刊獲得新的發展。1926 年新創辦的有上海《少年通訊》、廣州的《少年先鋒》、北京的《烈火》、湖南的《湖南青年》和《中國共產主義青年團》。

海外，1922 年 6 月，趙世炎、周恩來、陳延年在巴黎成立青年團組織「中國少年共產黨」，兩個月後，出版《少年》月刊，1924 年 2 月改名《赤光》。

五、工人及革命派刊物

共產黨成立後，積極開展工人運動，創辦了一系列的工人刊物。

中國勞動組合書記部，1921 年 8 月 11 日成立，是中國共產黨領導工人運動的公開合法機構，出版了機關刊物《勞動周刊》，主編先後為張國燾、董鋤平，編輯為包惠僧、李震瀛、李啓漢和董鋤平。1922 年 6 月，該部書記被逮捕，《勞動周刊》被查封，接著該部也被查封，於是 8 月中國勞動組合書記部遷到北京並改為總部，上海設分部。將北京中共組織創辦的《工人周刊》改為書記部的機關刊物。

同時各地勞動分部也紛紛出版自己的刊物，如武漢分部出《勞動周刊》、山東分部出《山東勞動周刊》。

1922 年 10 月 10 日，全國最早的全省性地方總工會，湖南全省工團聯合會成立，並出版其機關報《眞理》。

1922 年 10 月，中國勞動組合書記部廣東（南方）分部牽頭聯合廣東總工會屬下的油業工會、輪船工會、革履工會、機織工會等工人團體，組織「愛群通訊社」，作為指導工人運動的公開合法機構，並出版《星期報》作為宣傳

〔註100〕後三刊，現國內各大圖書館並未見收藏，僅在《中國共產黨組織史資料》中有記載。

陣地。

1922 年 12 月，中國勞動組合書記部武漢分部機關刊物《勞動周刊》創刊。該刊以通俗的文字大量報導全國及世界各地工人階級鬥爭情況，闡明勞動創造世界和工人團結奮鬥求解放的道理，在提高群眾覺悟，鼓舞工人鬥志方面發揮了重要作用。

1925 年 5 月中華全國總工會成立，將 1924 年 10 月創刊於上海《中國工人》改為機關報，鄧中夏、劉少奇等任主要撰稿人。

1925 年 5 月 10 日，廣東婦女解放協會在廣州正式成立，該會是中共廣東區委領導下的革命婦女組織，出版了《婦女解放協會會刊》，曾改名為《光明》，後又改名為《婦女生活》，由王一知擔任主編。

另外還有《工人之路特號》，省港大罷工中出版的省港罷工委員會機關報，鄧中夏兼任主編。它是大革命時期工人報刊中出版最久的一張日報。

農民刊物主要有《中國農民》、《犁頭》、《鋤頭》等。

婦女團體的刊物主要有上海《婦女聲》、天津《女星》，1923 年 8 月，上海《民國日報》副刊之一的《婦女周報》創刊，向警予主編。天津《婦女日報》創刊，向警予發表《中國婦女宣傳活動的新紀元》一文，歡呼該報的出版「是中國沉沉女界報曉的第一聲」，希望它「成為全國婦女思想改造的養成所」等等。

六、統一戰線性質的刊物

在中國共產黨和蘇聯顧問的具體幫助下，孫中山在 1923 年底完成了國民黨改組的一切準備工作。1924 年 1 月 20 日至 30 日，國民黨第一次全國代表大會在廣州國立高等師範學校禮堂召開。共產黨人李大釗、毛澤東、以及蘇聯顧問也參加了大會。大會通過了《中國國民黨第一次全國代表大會宣言》，宣言確立了聯俄、聯共、扶助農工三大政策，重新解釋了三民主義。此後，以中共黨員主持，以國民黨名義創辦的統一戰線性質的刊物開始出現。但由於國共合作中出現的諸多矛盾和問題，因此統一戰線的刊物體現了不同時期對國民黨右派的鬥爭情況。其中以國民黨中央宣傳部出版的《政治周報》最具代表。

《政治周報》，1925.12.5～1926.6 國民黨中央機關報，創刊於廣州，由毛澤東籌辦並任第一任主編，並撰寫發刊詞《〈政治周報〉發刊理由》。第 5 期

起，沈雁冰、張秋人接任主編。注重用事實說話，通過大量事實報導和評論，揭露國民黨右派勾結帝國主義和軍閥勢力的陰謀活動，揭示右派分裂的必然性，反擊敵對新聞工具的反革命宣傳，為維護國共合作的統一戰線和鞏固廣東民主革命基地，發揮了重要作用。每期發行數達 4 萬份。共出 14 期。

毛澤東在給第一期撰寫的《〈政治周報〉發刊理由》中，對擊敗國民黨右派的宣傳策略是，「我們現在不能再放任了。我們要開始向他們反攻。」「我們反攻敵人的方法，並不多用辯論，只是忠實地報告我們革命工作的事實」，「《政治周報》的體裁，十分之九是實際事實之敘述，只有十分之一是對於反革命派宣傳的辯論。」文章中提出的「為了革命」辦報的理論和方法，是體現毛澤東新聞思想的重要論著之一。

在中共的幫助下，國民黨中央其他各部都創辦了自己的報刊。農民部有《中國農民》、《農民運動》、青年部有《革命青年》、《青年工作》、軍人部有《軍人周報》、婦女部有《婦女之聲》等。

國民黨各省市黨部也出版了很多報刊。1924 年 4 月，董必武主持籌建的國民黨湖北臨時委員會成立，10 月 11 日，省臨時黨部機關報《武漢評論》創辦，由共產黨員錢介磐任主編。

1925 年 5 月 21 日，以劉伯垂為首，有向忠發、譚芝仙等共產黨員參加的國民黨漢口特別市臨時執行委員會成立，直屬國民黨中央領導，管轄漢口、漢陽和武昌徐家棚的國民黨黨務。該黨部成立後，創立了《武漢工人》。1925 年 11 月，青年團創辦了《湖北農民》。

1926 年 3 月 24 日，國民黨湖北省黨部機關報《楚光日報》創刊，董必武任經理，主筆宛希儼和多數工作人員都是共產黨員。由於大量反映工農和學生群眾的願望和要求，不斷揭露軍閥的反動統治，宣傳中共的路線方針，該報實際成立中共湖北地方組織宣傳和發動群眾的公開日報，曾兩次遭到漢口警察廳查封。同年秋，由國民黨漢口特別市黨部接辦。

1926 年 11 月 20 日，以國民黨中央和國民政府的名義，由國民黨湖北省黨部、漢口特別市黨部和國民革命軍總司令部政治部共同籌辦的《漢口民國日報》創刊，董必武任經理。共產黨員郭沫若、宛希儼、高語罕、沈雁冰先後任主筆，還挑選了一批共產黨員擔任編輯。該報由於直接受中共中央宣傳部的領導，旗幟鮮明的宣傳中國共產黨的路線、方針和政策，大量報導群眾運動的消息，實際成了大革命高潮中共產黨的喉舌，及時地指導並推動了湖

北以及周圍省份的人民革命鬥爭，成爲統一戰線報紙中比較重要的成員。創辦初期日發行 4000 份左右，迅速增加到 8000～9000 份，最高達到 1 萬多份。

《湖南民報》，中國國民黨湖南省黨部機關報，1926 年 7 月創刊，主編謝覺哉，日報，每期 8 版，有社論、短評、新聞、黨務消息、農運消息、北伐消息、先驅等欄目。尤其關注湖南農民運動發展狀況的報導，曾刊登毛澤東的《湖南農民運動考察報告》。

1925 年 7 月，中共廣東區委通過國民黨中央宣傳部，派遣共青團員龍啓炎到廣西梧州任《民國日報》總編輯，進行革命宣傳和建團活動。11 月龍轉爲黨員，到 1925 年年底，廣西的黨組織已建立了梧州工聯社，梧州《民國日報》社，國民黨梧州市黨部 3 個中共支部，共有黨員 30 餘人。

七、中共新聞思想的誕生和初步發展

在實踐中，中國共產黨誕生了最早的一批宣傳家，也初步誕生了中國無產階級新聞思想理論體系。中國共產黨的新聞思想，主要有三個方面的來源，一是汲取近代中國近代要求變革革命的進步新聞思想，如康有爲、梁啓超「時務、知新」、「變法自強」思想以及孫中山推翻封建社會等；二是吸收西方新聞學的知識，中共早期的重要成員如毛澤東、高君宇、羅章龍等參加過北京大學新聞學研究會，該學會的教育內容多以西方新聞學思想和主張爲教材；三是共產國際、俄共（布）的馬克思主義新聞思想，中共誕生以後，不僅有共產國際和俄共代表來到中國指導中共的各項活動，而且他們直接在資金、內容上幫助中國創辦報刊，對中國無產階級和共產黨新聞思想的誕生起到直接影響作用。

在汲取了以上新聞思想後，中國共產黨結合自身的實踐，形成了中共早期的新聞思想。「這一新型的新聞思想，具有鮮明的無產階級的階級性與黨性，廣泛的民主性與群眾性，務實求眞的科學性，以及符合新聞規律的創造性。同時也存在一定的局限性與不足」。〔註101〕其主要包括以下內容：

1、新聞宣傳事業是黨的事業的重要組成部分，必須完全聽從黨的領導；
2、報紙是有階級性的，中共領導創辦的報紙是代表工人和廣大無產階級利益，並爲之服務的；

〔註101〕鄭保衛主編，《中國共產黨新聞思想史》，福建人民出版社，2004 年 12 月，第 25 頁。

3、黨報不僅是集體的宣傳員和集體的鼓動者，而且是集體的組織者；

4、黨報的宣傳要以事實爲基礎，堅持馬克思主義的指導思想，重視輿論導向，並堅持通俗易懂、淺顯樸實的大眾化文風；

5、黨報工作者必須忠誠黨的事業，具有深刻的理論功底，並能聯繫群眾和實際。

　　早期中共新聞思想不夠全面系統，主要散見在早期政治家辦刊活動的一些論斷中〔註102〕，比較片面，分散，但它開創了中國新聞思想和理論重要的內容，它奠定了中國共產黨黨報思想的理論基礎，是無產階級新聞思想的源頭。這一理論經過大革命、十年內戰、抗日戰爭、解放戰爭，而越來越全面、系統。

　　雖然這段時間是共產黨誕生和初步發展的時期，但從報刊活動來看，黨對報刊的管理和出版相當重視，黨的重要領導直接爲報刊寫作，甚至具體負責報刊的編撰。那時黨的主要工作就是組織宣傳，因此報紙工作成爲當時黨的工作的重要組成部分，黨的活動經費中，出版報刊佔了相當比例；不僅出版黨報，而且指導團報、工人報刊和其他民眾團體報刊的出版。在內容上，報刊的立場鮮明，黨性和階級性突出，這一點比國民黨報刊突出。但因辦報目的在於宣傳和擴大黨的影響，因此並不十分注意報紙經營。雖然共產黨的報刊在這一階段受到各種條件的制約，但還是較成功的宣傳了黨的政策方針，使很多人的思想發生轉變。另外，雖然從黨史角度看，國共合作後期黨的路線出現偏差，但從報刊史的角度看，黨報黨刊所確立的原則還是正確的，保證了黨對報刊的絕對領導，這種高度的組織性和紀律性一直被保持下來，成爲中國共產黨報刊的一大特徵。但這也使黨內的不同聲音難以在報紙上反

〔註102〕如陳獨秀：《談政治》、《共產黨》月刊第一號《短言》、《夥友 發刊詞》、《嚮導》發刊詞《本報宣言》、《本報（嚮導）三年來革命政策之概觀》、《前鋒露布》、《熱血日報 發刊詞》等，《勞動界》發刊詞《我們爲什麼印這個報？》（漢俊）、《勞動周刊 發刊詞》、《我們爲什麼出版這個〈勞動者〉呢？》（心美），《中國青年 發刊詞》；李大釗：《在北大新聞記者同志會成立大會上的演說詞》、《報與史》、《新聞的侵略》等；蔡和森：《敬告本報（嚮導）讀者》、《中國共產黨史的發展（提綱）》等；瞿秋白：《〈新青年〉之新宣言》；毛澤東《政治周報〉發刊理由》、在國民黨「二大」上的《宣傳報告》等；惲代英：《怎樣做一個宣傳家》、《革命之障礙》、《組織群眾與煽動群眾》等；向警予：《中國婦女宣傳運動的新紀元》；張太雷：《言論自由與檢查黨報》等。轉引自鄭保衛主編《中國共產黨新聞思想史》第24～25頁，福建人民出版社，2004年。

映出來，客觀上對黨的民主建設不利，對報刊本身的發展也有消極作用。

政黨報刊在清末曾經是中國報刊家族中最重要和最有影響的成員，民國初年，其經歷了輝煌的頂峰——即民國初年短暫的「黃金時代」，但在袁世凱鎮壓下，「癸丑報災」後，政黨報刊的影響稍遜從前，商業報紙崛起成為報刊家族的中堅。

這和西方政黨報紙發展軌迹極為相似，當便士報興起後，以政治宣傳為重要特點的黨派報紙則慢慢退出了歷史舞臺。但由於當時中國半殖民地半封建社會的地位和救亡圖存的時代特色，因此中國的政黨報刊並沒有消失，而是身兼救亡宣傳和愛國宣傳的重責，一直在社會上發揮重要影響，到 1949 年前都是中國報紙的主體之一〔註 103〕。

所不同的是，中國政黨報紙隨各政黨的歷史和性質的不同，呈現出不同的特點。就報紙本身而言，由改良派演變而來的進步黨、研究係報紙，因辦報歷史悠久，經驗豐富，雖政黨勢力已衰弱，但報紙卻有聲有色，甚至很多業務領域走在商業報紙的前面。國民黨報紙則魚龍混雜，良莠不齊，即有全國範圍內影響顯著、歷史比較長久的上海《民國日報》，以及《建設》、《覺悟》這樣風靡一時的優秀刊物，也有大量的雇傭刊物，拿點津貼，說點好話。當時國民黨內部意見不一，整個政黨的主要目標是爭奪政權，因此黨對報刊的管理並不成熟，就報刊而言，國民黨並沒有表現出一貫的熱情和穩定的政策，這種情況直到 1928 年才改觀。共產黨雖然剛剛成立，但在報刊宣傳上卻表現出十足的政黨報紙特色，從組織紀律到發佈內容、創辦人員都有嚴格的政治要求，從這一點看，是政黨報紙中最成熟的角色。

〔註 103〕童兵，《比較新聞傳播學》，北京，中國人民大學出版社，2002 年 5 月，72 頁。

第四章　商業報紙

第一節　商業報紙的界定

　　商業報紙是西方報紙發展歷史中出現的報紙形態，以企業化經營爲目標，新聞報導上採用客觀、公正、中立的標準，是相對於官方報紙和政黨報紙而言的，從時間上看出現在這兩類報紙之後。《新聞學大辭典》的定義爲「美國早期資產階級報紙的一種，主要刊登商業、企業、金融等方面的新聞，爲資產階級的經濟活動提供信息。如政府發佈的各種通告，股票的買賣情況，船舶航運、陸路交通以及某些工業新聞。後來演變爲資本主義國家中報紙的主要組成部分。這些報紙以盈利作爲追求目標，報上所刊內容多以能否吸引眾多讀者、迎合多數人的需求爲標準，並大量刊登各種商業廣告。」〔註1〕因此，嚴格意義上的商業報紙，是指報紙自身爲商業企業性質，以商業經營爲目的，運行費用完全依靠自身的力量，不仰仗政治勢力或其他團體有目的之贊助，報紙也不爲各政治團體或組織服務。但如果按照這樣的界定，中國的商業報紙只有寥寥數家。因此本書在界定商業報紙時，採用以下限定，即報紙自稱爲商業或獨立機構，以營業爲目的，不屬於某個黨派、機關、團體，其在發展過程中追求發行、廣告或其他商業性行爲的收入，言論基本獨立，即爲商業報紙〔註2〕。

〔註1〕甘惜分主編，《新聞學大辭典》，河南人民出版社，1993年5月，第66頁。
〔註2〕考慮到中國報紙在這一階段接受津貼的普遍性，因此無法完全使用嚴格意義上的商業報紙的界定。參考後文中「報紙的資金來源」部分。

　　包括以下幾種情形：如雖然在創辦過程中接受津貼，但在其後的經營中逐漸擺脫政黨等的津貼和控制，並開始有獨立的商業意識的報紙，如成舍我創辦的《世界晚報》、《世界日報》等；再如，報紙老闆曾秘密接受過軍閥政客的個人饋贈，對報社本身沒有太大影響，其饋贈並不能完全取代報紙經營的，如上海《申報》、《商報》等；甚至自稱爲商業獨立報紙，但長期接受政府津貼的，如邊遠省區雲南，1926 年出版的 9 種報刊，除《民眾日報》爲三十八軍各師合辦之機關報，《警鐘日報》爲市政府警戒之機關報外，其他各報爲商辦之營業報紙，而受省政府津貼者，均視爲商業報紙。

　　但我們要區別商業報紙和報紙的商業性行爲之不同。當時很多報紙都具有商業性行爲，如政黨報紙、宗教報紙、甚至政府公報，他們在報紙的經營過程都有發行收入和廣告收入，但這只是報紙的商業性行爲，不能改變他們政黨報紙或宗教報紙或政府公報的性質。即使其商業性再突出，營業再好，社會影響力再大，我們也不視其爲商業報紙，如天津天主教報刊《益世報》、國民黨的上海《民國日報》、研究係的上海《時事新報》、北京《晨報》等。

第二節　商業報紙的初步繁榮

　　中國商業報紙的鼎盛時期是 1928 年到 1938 年抗戰爆發前十年，在北洋政府統治時，中國商業報紙開始成爲主流並初現繁榮。

　　商業報紙誕生於清末，但直到民初並不是中國報業主流。清朝末年中國報紙的主流是政論報紙，其特徵主要有二，一是「執筆者大都懷著憂慮國家之心，目睹棟折榱崩的阽危，因此感傷之情與奮鬥之氣，自然流露於字裏行間，所以感人最深，發生影響也最速」；二是「一則是多數報紙都是以捐款創辦的，非以牟利爲目的；二則是各報都有鮮明的主張，能聚精會神以赴之」〔註3〕。政論報紙的評價標準並不是報紙新聞的多少與質量，也不是報紙廣告的收入與效果，而是以言論取勝，以文章傲人。它們迎合當時知識階層對「文人議政」的執著與追求，成爲社會歷史發展的一個強勁的符號。在探討如何富國強民、抵禦外辱的特殊歷史時期，商業報紙、報紙的商業行爲並不爲中國士人階層和文化精英所重視。商業報紙的產生是「依託中國近代工商業環

〔註 3〕　胡道靜，《上海新聞事業之史的發展》，《上海新聞事業史料輯要》，天一出版社，956 頁。

境和文化市場機制，」「最初的發動是由於外商推廣商業而起的」〔註4〕。如早年《上海新報》的讀者大部分是各洋行商號、華商，而不是普通市民。它是中國商業報紙的早期代表，因爲「不能準確把握上海市民社會、市民文化的向度」，所以在與後來英國商人美查創辦的《申報》的競爭中停刊。《申報》則在發展中，越來越具商業報紙的特點，成爲此類報紙的代表。

到民國成立，中國報紙迎來了新的繁盛期，但報紙的主流則是繼承了政論報紙特點而發展起來的政黨報紙。當時大小政黨有 300 多個，其中比較重要的是同盟會——國民黨和由共和黨、民主黨、統一黨以及其他一些小黨派聯合組成的進步黨，創辦報紙成爲各個政黨的首要任務，彷彿沒有報紙就沒有喉舌一樣。在政黨報紙極度繁榮的大環境下，一些比較著名的商業報紙，也趕時髦一樣的貼上政黨標籤。如上海《申報》「民國元年共和黨系，同二年中立派，同五年中立派」，《新聞報》「民國元年中立，同二年中立派，同五年實業派」，《時報》「民國元年共和黨，同二年中立派，同五年中立派」，《神州日報》「民國元年共和黨系，二年袁派，同五年安徽派」，《時事新報》「民國元年共和黨系，同二年袁派，同五年梁啓超派」〔註5〕。商業報紙的短暫迷失，並沒有阻礙商業報紙發展的腳步，特別是 1916 年開始，由於歐戰爆發，國內民族資產階級和國內經濟在這一時期迅速發展，商業報紙獲得了珍貴的發展機遇。而政黨報紙卻因爲政局的變革、政治壓迫和報業基礎薄弱，在二次革命中，大批倒閉。

1916 年後，中國新聞業再度復興。在此期間，以「營業爲本位」的商業報紙爲越來越多。如上海地區的幾大商業報紙，再次轉回商業本位。除了一般的商業日報外，在不同地區，晚報和小報分別成爲商業報紙中的新軍。一些政黨報紙在宣傳政策主義的同時，也加強了報紙發佈新聞的功能，重視廣告、發行等經營，顯示了商業性對報紙的重要。如上海國民黨的《民國日報》，研究係的《時事新報》、北京《晨報》等，廣告、發行等經營上頗有成績。

這一時期也出現了一味追求商業化的報紙，爲業界所擔憂，「近來的報紙有大抵過於商業化，……報紙過於商業化，從銷數上講，一味企圖多賣，不

〔註4〕李楠著，《晚清、民國時期上海小報研究》，人民文學出版社，2005 年 9 月，第 33 頁。

〔註5〕佐田弘治郎，南滿株式會社調查課《上海新聞雜誌及通信機構》，大正 15 年 7 月，第 21～22 頁。當然後兩種報紙應該算是政黨報紙，但其所屬也有變化，因此一併列出。

免要迎合群眾心理。求所以引人注意之法，對社會忽略了忠誠的責任，等於欺詐取材一樣；從廣告上講，一味推廣招攬，不免要逢迎資產階級，求所以維持雇主之道，忽視了言論公正的天職，等於受變相的津貼，甚至以虛偽之告白，幫同奸商壞人，欺騙公眾」〔註6〕。報紙過於商業化帶來很多弊病，但從世界新聞業發展歷史看，各國均不能幸免這一過程，也許這是新聞業走向理性的必然階段。

商業報紙在這個時期發達的原因主要有以下幾點：

首先，經濟發展、商業發達是商業報紙繁榮最根本的因素，如果沒有商業的發達，就不會有豐富的廣告，沒有活躍的市場經濟，就不會有健康穩固的商業報紙，而1916年後歐戰期間被普遍認為是中國民族資本主義崛起的時期，這樣的經濟環境直接帶動了商業報紙的繁榮。這也就是為什麼在商業經濟發達的上海，集中了中國最發達的商業報紙的原因；同樣當時的廣州、天津等商業經濟比較活躍的地方，都有比較著名的商業報紙存在；而其他的大城市，哪怕是北京這樣的政治中心，商業報紙的影響力卻很有限。

其次，商業報紙必須有相當的發行量，現代印刷技術的普及為大批量報紙複製提供了可能。從平板印報機到輪轉印報機的出現，表面上看是報紙發展的結果——報紙發行量大，因此需要設備更新，但深層次也是報紙發展的動力和原因。因為先進的技術設備直接降低報紙的人員成本，如《申報》第一次使用自動機械印刷時，人力就節約了13名；同時印刷的高效率也使截稿時間也大為延後，使深夜到達的新聞專電成為報紙間爭奪讀者的關鍵內容，編輯值夜班的習慣就是在自動印刷機出現後慢慢開始的。

第三，政治局勢的錯綜複雜使商業報紙獲得政治上的發展空間。在上海租界的報紙，受到租界的保護，可以對北洋政府或其他地區的情況進行比較自由的報導，但對上海租界內發生的事情則避諱起來。如《申報》等對1926年的林白水和邵飄萍被害發表詳細文章，但在1919年開始的《取締印刷品條例》風波中，只能仰仗外國報紙對言論自由的爭取，本身鮮有作為；在1925年五卅運動的時候，更刊登出公共租界工部局的「誠言」廣告，遭國人抗議抵制。上海的商業報紙也可以對日本統治下的東北地區進行報導，如《新聞報》曾組織過一次重要的報導。異地批評，似乎成為當時報紙發表言論批評

〔註6〕 胡政之，《新聞記者最需要有責任心》，選自王文彬主編《報人之路》，三江書店發行，民國27年6月，第9頁。

的潛規則。

第三節　商業報紙的地域分配

根據各地區商業文化發達的程度不同，商業報紙的繁榮程度亦有所不同。從地域上講，南方比北方發達，沿海比內地發達。就城市看，上海最為發達，集中了中國當時發行最大的幾家報紙，是中國實際上的新聞中心。除上海外，還有北京、天津、南京、武漢、廣州、瀋陽、西安也是中國城市中商業比較發達，新聞業比較集中之地，它們和上海一道，被稱為中國抗戰前的「八大城市」〔註7〕。

一、異彩分呈的上海商業報紙經營之路

上海的商業報紙主要有老字號的《申報》、《新聞報》。1926前後，《申報》的「廣告收入，月在十萬左右，聞每年常獲二十萬之紅利」；《新聞報》「銷路以中下級社會最占勢力，月可有十一二萬進款」。〔註8〕它們是中國商業報紙的代表和領軍報刊。

上海雖是中國商業報紙的集中之地，但商業報紙的經營之路卻不盡相同。

《申報》老闆史量才，不僅經營報紙，而且在諸多領域進行投資。早在1904年他建立女子桑蠶學校，就初步顯示了商業上的才幹。經營《申報》後，他也同時投資錢莊、金號和米行等商業，但開始時效果並不好。20年代開始，他投資的商業開始成功，其中比較重要的有五洲大藥房。五洲大藥房原是《申報》重要的廣告客戶，每年在報上刊登大量廣告，但因為該藥房投資研發國產肥皂，資金周轉困難，一時欠下《申報》5萬元廣告費（當時申報一個月的廣告費才5、6千元），因此經過協商，《申報》將這5萬元作為股本投資該藥房，史量才成為該藥房股東。1928年藥房盈利，5萬元股本變成50萬元，成為史比較成功的一次投資。

1921年史量才受南洋華僑黃弈柱的委託，成立中南銀行，他雖然名為普通董事，但實際上權利很大，從總經理到銀行董事會的董事長都是他來延聘的。中南銀行當時投資額為500萬元，黃弈柱原擬單獨出資1000萬元，後聽

〔註7〕 王文彬編著，《中國現代報史資料彙輯》，重慶出版社，1996年，25頁。
〔註8〕 黃天鵬，《中國新聞界之鳥瞰》，《新聞學刊全集》，光新書局，1930年版。

取了總經理胡筆江的意見，改爲招股合資 2000 萬元，開業時先收 500 萬元，由黃認股 70%，即 350 萬元，其餘由胡招股，胡與史量才等多人都參與投資。這樣的規模在當時的商業資本銀行中是絕無僅有的。投資中南銀行爲史量才帶來巨大利潤，短短數月間，他就賺了 40 萬鉅額收入。

在《申報》經營比較成功後，《申報》開始涉足社會文化領域。1921 年開始籌劃出版《申報》五十週年紀念刊物，經過一年多精心準備和海內外廣泛約稿，終於在 1922 年出版《最近之五十年》的巨帙，分上、中、下三篇，上篇爲《近五十年之世界》，記述世界大勢的興衰變遷，中篇爲《近五十年來之中國》，記述中國國是的興伏得失，下篇爲《近五十年來之申報》，記述《申報》自創辦以來的經歷和全報館各部門業務的改進與發展。此次文化巨卷的出版，成爲申報涉足社會文化領域的開始，1932 年當《申報》六十週年的時候，出版了中國分省地圖、《申報年鑒》（1933 年出版）和足以與商務印書館的《東方雜誌》相媲美的《申報月刊》，後兩種重要出版物都在史量才被暗殺後停刊。

《申報》的商業經營模式，比較類似於西方的報業托拉斯行爲，即經營報紙的同時，也涉足其他商業領域，如銀行業、化工業等，成爲一個多種經營並存的大企業。這和《申報》的傳統比較吻合，當年美查在經營申報的同時，也開辦點石齋石印書局、圖書集成鉛印書局，燮昌火柴廠、江蘇藥水廠等企業，成就了以《申報》爲核心的規模宏大、實力雄厚的現代企業集團。

《新聞報》的經營則比較單純，1899 年汪漢溪被福開森聘爲經理後，一心爲報紙的發展殫精竭慮，費盡周折，「二十餘年，未嘗稍懈。故中國報紙的能夠經濟獨立的，以新聞報爲最早」〔註 9〕。其經營範圍沒有離開報業本身，比如對白報紙的儲備和買賣，利用自身的印刷設備和其他技術做一點補充的經營等。報紙的發展大部分來自自身的廣告和發行，在上海地區銷售一直保持前列，《申報》雖多方競爭，始終未能勝過。《新聞報》號稱「櫃檯報」，即每有店鋪櫃檯銷售之處，就有賣《新聞報》的。該報是中國第一家使用輪轉印刷機的報館，時值 1914 年，此後在印刷設備的更新上基本處於中國報業領先地位。在通訊方面則備有無線電機和信鴿兩種。無線電臺是在 1922 年冬裝置的，「內設最新式收電機 4 部，其中兩部是長波機，專收國外

〔註 9〕 胡道靜，《上海的日報》，《上海新聞事業史料輯要》，天一出版社，254 頁。

新聞；兩部是短波機，專收國內新聞」〔註10〕。信鴿則是在 1929 年秋開始飼養的，品種為歐美進口的優質信鴿，請專家錢承緒等指導。到 1933 年秋，有 80 只信鴿為《新聞報》服務，在 1932 年「一二八」戰事期間和 1933 年南京舉辦全國運動會期間，曾用它們傳遞消息。

狄楚青在經營《時報》的同時，辦過有正書局，出版《小說時報》、《婦女時報》和《佛學叢報》等。總體說來，書局的營業要好於報紙的經營。1921 年狄楚青因生活打擊，無心報業，遂將報紙轉讓給黃伯惠經營，自己則專心經營書店。

《神州日報》的經營特點在以報養報。辛亥革命成功後，《神州日報》的變化比較大，1912 年該報當時的主持汪彭年北京作議員後，由革命派轉向共和黨，報務由汪允宗主持言論比較緩和；1915 年該報賣給鼓吹帝制的孫鍾，1916 年復辟帝制失敗後，孫又將報紙出讓給錢芥塵，一年後，該報難以維持，1918 年又讓給余大雄。余為了振興該報，在 1919 年創辦三日刊《晶報》，專載幹煉小品文字，除單獨發行外，還隨《神州日報》奉送。余大雄本意是讓《晶報》帶活《神州日報》，沒想到該報的出版發行逐日增加，竟超過了母報，而《神州日報》還是萎靡不振，最終於 1927 年春，革命軍北閥到達上海後，該報將全部機器設備轉讓給蔣裕泉，改組為《國民日報》。而《晶報》不僅存活，還開創了小報的新路，帶動了中國 20、30 年代上海小報的繁榮。

《時事新報》注重經營是從 1926 年 11 月，革命軍北閥攻克江西後開始的，該報經理林炎夫改變方針，使報紙脫離政治關係，1927 年 8 月，上海報界中人組織合記公司，接管該報，該報遂改為股份公司經營。「1928 年後，營業收入，差足自己」〔註11〕。當時資產已經近 20 萬，因以往有研究係的支持，20 年間辦報所耗大約超過 60 萬元，因此基礎還是比較雄厚的；雖然報紙致力於營業，但「邁進精神一如往昔」〔註12〕。

《商報》是 20 年代上海新聞界中「突起之異軍」。1921 年 1 月創辦，日刊，12 頁，發行量大約 4000 份左右；出資人是湯節之、虞洽卿等實業人士。該報編輯部陣容強大，總編輯：陳屺懷；編輯主任：陳布雷；電訊編輯：潘

〔註10〕 胡道靜，《上海的日報》，《上海新聞事業史料輯要》，天一出版社，255 頁。但筆者認為其記錄有誤，按照技術規定，短波應是收國際新聞的，長波是收國內新聞的。

〔註11〕 胡道靜，《上海的日報》，《上海新聞事業史料輯要》，天一出版社，275 頁。

〔註12〕 同上。

公展；本埠新聞主編：前爲沈仲華，後爲朱宗良。潘公展用最新、最經濟的編輯法，有條不紊的分列要聞與電訊，有系統的處理新聞，版面醒人耳目。該報內容中本埠新聞很多，爲滬市讀者喜閱。闢「商業金融」欄，由潘更生、馮柳堂主編，內容較《時事新報》之「工商之友」充實，除刊價目表外，每日有關於商業金融評論，介紹新經濟思想的專稿。上至國際金融，匯兌貿易，下至商品買賣，貨物價格，無不詳載。此外《商報》駐外特派員王新命、龔德柏，均爲一時之選。惟一缺點爲副刊「商餘」落伍，不及《時事新報》副刊「學燈」、《民國日報》副刊「覺悟」。或許是湯節之以爲《商報》讀者商界人多，商人忙做生意，無閒看如小型報的消閒副刊，因此不予重視，該副刊與新聞言論版殊不調和。因此，《商報》的讀者商界少，反而知識分子與青年人多。《商報》有人才，有特色，故頗招同業之嫉視，多方百計，加以阻礙。上海《新聞報》於《商報》出版後，曾派人全部收購，沉之黃浦江。後爲湯節之偵知，遂製搪磁《商報》招牌數十面，豎於各香煙攤上，各攤每日送報若干份，聽其銷售，於是《商報》之名大噪，銷路打開。

　　《商報》引起公眾重視的還靠陳布雷的社論，這些社論常常爲各報轉載，如共產黨的《嚮導》上曾轉載他的文章，共產黨還曾希望他能爲黨服務，但因陳的思想與共產主義相差較遠，未能如願。其社論不僅對國人影響巨大，外國人也十分重視。當時上海公共租界工部局和巡警頭領等每天必讀《商報》文章，看是否有批評當局的言論；而日本報紙上海《日日新聞》和《每日新聞》也常常翻譯該報社論，如果有反日言論，必撰文反駁，英國的《字林西報》也有類似反映。

　　《商報》雖然著名，但經營卻不甚得法。1926 年元旦，《商報》創刊五週年，發行數達 12000 份，上海之讀者爲多。「然報社經濟拮据，欠薪常達 3 個月以上，時或紙張不繼，窮困異常，但社中上下，振奮團結，甘苦相共。某日，無紙印報，陳布雷與營業部某君各出 30 元，機器房工頭某亦罄其餘囊 20 元，湊集紙款，臨時購買，次日仍照常出版」〔註13〕。《商報》後因人事更迭，經濟支持不力，陳布雷和潘公展的辭職，又價值大跌，最終於 1927 年 12 月底終刊。

〔註13〕 王泰棟，《陳布雷大傳》，團結出版社，
　　　　http://book.sina.com.cn/nzt/cha/chenbuleidazhuan/57.shtml。

　　除了以上比較發達的商業大報外，上海地區的小報經營得十分紅火，它們一般以發行取勝，發行量比較大，雖報價昂貴，但因發行為報販掌握，收入並不可靠，報紙經濟能自己的不多。新聞方面側重政治方面，專揭社會黑幕，筆觸尖銳，滑稽諷刺，因此比普通日報顯得生動活潑，很受各界歡迎。小報自 1919 年《晶報》誕生後，直到 1929 年，發展穩定而迅速，特別是 1925 年到 1929 年「是小報最活躍的一段時間，先後出版的各種小報，竟有七百多種，有時一天就會有數十種小報問世」〔註14〕。

　　上海的晚報出現比較晚，1921 年出版的《中國晚報》，社長沈卓吾，主筆張冥飛。發行量大約 2000 份，1926 年 12 月 31 日一度休刊。《中南晚報》，1926 年 8 月創辦，發行量 3000 左右，由吳蒼和蔣裕泉出資創辦，借日本人山田純三郎的名義出版。總體上看，上海晚報繁盛期開始於 30 年代，比同期的北京發展要遲，主要因為，上海地區夜生活文化與北京地區並不相同，上海地區到晚上，大世界等歌舞、表演娛樂中心非常繁榮，這種環境並不適於讀報。但北京則不同，夜幕降臨後，後海、中央公園等地區茶肆林立，大家駐而品茗，閒談國是，讀報成為很好的消遣。因此北京的晚報在這時是多於上海的。

　　上海地區商業報紙之間的競爭相當激烈。《申報》在史量才接管後，為了挖到《時報》主筆陳景韓，而動用政界、商界名流張謇、趙鳳昌等對《時報》狄楚青施壓，最後雖挖來陳景韓，但與狄楚青結怨，直到史量才被刺殺，狄楚青都不肯原諒他。而《新聞報》、《申報》之間的競爭就更為激烈，《新聞報》汪仲韋在晚年回憶文章中，還對當年張竹平帶領洋人不經允許私闖《新聞報》印刷重地耿耿於懷〔註15〕。雖然 1929 年《新聞報》被史量才收購，但受《新聞報》上下聯合抵制的程度，大大出乎史量才的意料，最後《新聞報》雖然被收購，但史量才並沒有獲得對《新聞報》的絕對領導權，一切仍在汪氏兄弟手中。上文亦提到，《商報》創辦後，發行上也曾受到汪漢溪等的暗算，據說他派人將報紙買來，上文亦提到，全部沉入黃埔江。上海地區商業報紙的經營競爭手段比較複雜，從一個側面也證明了該地區商業報紙發達的程度。

〔註14〕祝君宙，《上海小報的歷史沿革》，《新聞研究資料》第 42 輯。轉引自李楠著，《晚清、民國時期上海小報研究》，人民文學出版社，2005 年 9 月，第 43 頁。
〔註15〕汪仲韋，《新聞報發展過程拾零》，《新聞與傳播研究》，1984 年第一期，195頁。

二、華北地區的商業報紙

華北地區商業報紙發達程度依次為天津、北京、山東的青島和煙臺，其次為山西，河南等地。

天津是華北的商業中心，報紙創辦雖然沒有北京早，但因廣告眾多，交通便利，其進步之快，勢頭之猛是北京報紙所無法比擬。天津各報紙中發行量最大的是《益世報》，雖是宗教報紙，但因為創辦早，牌子老，因此廣告和銷量都比其他報紙要好。其次是《大公報》和《庸報》，注重報紙編輯精良和廣告的延攬，商業經營上並無其他特別之處。此外比較著名的商業報紙還有《大中華商報》，1920 年創辦，日刊，發行數量 1000，記載市場情況，材料豐富。

天津的小報比較多，主要有《旭日報》、《白話評報》、《實聞報》、《國光報》、《國強報》、《天津中報》、《平民教育白話報》、《新天津報》、《天津新聞》、《亞明報》、《白話晨午晚報》和兩份晚報《大同晚報》（天津版）、《大北晚報》以及《北洋畫報》〔註 16〕。以上小報以市井新聞為主，多用白話文。比較有特色的是《白話晨午晚報》，其中晚報創立最早為 1911 年，晨報創立於 1912 年，午報創立於 1916 年，都是小型四頁報紙，晨、午各刊 2000 份，晚報發行 5000 份，讀者多為青年、學徒和工人。

北京地區的大報為《順天時報》、《京報》和北京《晨報》，但它們並不以商業性著稱。孫伏園在《回憶五四當年》〔註17〕中，回憶了北京報界的情況：

> 中文報紙雖有幾十種，記得起來的不過三五種：《國民公報》和《晨報》都是梁啟超系統的知識分子所辦，但發行數都不過三五千份。《北京日報》和《京報》都是職業報紙，前者歷史較久，思想舊，技術低，後者是一位新聞職業青年所辦，對新聞技術不講究，但也談不上有什麼見解。《益世報》是基督教會所辦，原則上是守舊的。《公言報》是安福系的機關報，無論在思想上或行動上，都是十分反動的，它是統治階級以致一切惡劣和腐敗分子的代言人。
>
> 這些中文報紙的形式和內容都是很可憐的。文字是低劣的文言，既不古雅，也不通俗。評論也好，新聞也好，不但沒有標點，竟是沒有句讀，從頭到尾像鋼鐵索般的若干條，還帶著惡劣的油墨

〔註 16〕 詳見附錄。
〔註 17〕 《人民文學》，1954 年 5 月號。

臭味和錯誤的字句。形式上的美麗絲毫也談不上。內容是貧乏得很。社論當然不能常有，有也不值一讀。因為陷在當時的政治環境裏，即使十分努力探索，每天有一篇報導政治新聞的「本報訊」就了不得了，但這個政治的本身就骯髒惡臭，報導了也引不起讀者的重視。國際新聞的不被重視，編者和讀者都一樣。來源是英國的路透社和日本同盟社等。外國通訊社的稿費都貴，因為不重視，也就不訂購。記得那時路透社的中文稿就要每月二十元，材料比英文稿要減少幾乎一半，如訂英文稿就要每月五十元。日本稿又不願意訂。路透社中文稿很不認真，記者也不當一回事，因為常出錯誤。於是國際新聞鬧得烏糟了。

北京報紙不發達，與北京地區的文化傳統有關係，邵飄萍曾總結到，報紙不發達，除了教育不發達，看報的人少之外，還有幾點和北方地區文化傳統有關，一是「社會麻木，任你的報辦得怎樣好，刺激性如何大，社會都不起反映」；還有一點是「惰性大，人都懶得很，不肯看報，見或有人去看報，明知自己訂閱的報紙不好，懶得更換」；「一國的社會，對於政治、外交不注意，也是不好銷售」〔註18〕。北京地區的文化特點在張國燾在向共產國際進行報告中講的非常中肯：

> 北京是中國北方的政治中心，近 500 年來，又是中國的首都。在清朝時，有許多滿族人居住在那裡，他們利用與帝王的關係，一直保持著不成體統的生活方式。現在還有將近 20 萬這樣的居民，他們非常忠順，他們仍然不從事任何固定的職業。除了這些懶漢以外，還要加上大大小小的文武官員，以及簇擁在他們周圍的各種寄生蟲，此外，還有他們的家屬，再就是還有約 3 萬幹著各種各樣可疑職業的人。北京的人口不超過 93 萬，可以大膽地說，有一半以上是游手好閒的人。的確可以說，北京是世界上最奇怪的城市。

> 正如我們已經談到的，北京是公認的所謂政治中心，因此，似乎當地居民應該關心一切政治問題，可是，實際上遠遠不是這樣。當中國存在著君主政體時，人們把政治看作是帝王個人的事情。革命以後，則把政治看作是軍人個人的事情，即高級將領和普通軍官

〔註18〕邵飄萍，《中國新聞學不發達之原因及其事業之要點》，黃天鵬編，《新聞學名論集》，上海聯合書店 1930 年，53 頁。

個人的事情，看作是那些在爭奪各種特權的鬥爭中只追求個人目的的各種政客的事情。因此，政治問題仍然不被重視。

爲什麼北京居民抱有這種消極態度呢？首先，北京人銘記古代哲學家所說的「搞政治不是下等的人事」，這種宿命思想深深刻印在他們的腦海裏。其次，幾千年來，他們處於暴政壓制之下，俯首聽命和從屬依附的情感深深地紮根在他們的心坎上。最後，工業尚處於初級發展階段，工人中極端利己主義盛行，他們沒有集體生活習慣，浸透了保守的傳統精神，在茶館或是飯館裏，常常碰到「莫談國事」的告示。這種對國家政治問題的一切談論都加以禁止的做法，好像是對下層階級設置的社會監督。拿起任何一張報紙，即使是軍閥們出版的報紙，都可以找到通篇是各種混亂思想同民主主義、基爾特社會主義和無政府主義等學說的大雜燴的文章。當然，這種運動所使用的手段是不會達到目的的。〔註19〕

地域文化特點對報紙商業性進程的影響還是相當大的，在這樣的環境下，少有報紙能完全做到經濟獨立。

1920 年《京報》復刊後，邵飄萍全面刷新報紙內容，並進行版面和內容的改革。幾年之內，從報社的機構設置，到排字印刷，版面內容全面進行改造，《京報》商業性大爲提升，建立自行印刷的昭明印刷局，還在津、滬、航等地設立了分館或派駐訪員。1925 年 10 月 26 日，《京報》遷入位於宣武門外騾馬市大街魏染胡同的二層灰磚樓，終於有了自建館舍，顯示較強的經濟實力。

北京地區經濟能獨立的大部分是面向下層民眾的小報，如《群強報》、《小小報》、《實事白話報》、《北京白話報》、《北京報》、《平報》等等。北京地區的小報和上海的很不相同，上海的小報以新聞取勝，常常刊登普通大報上不敢或不屑刊登的新聞，寫作自成風格，一時成爲風尚。但北京的小報，「實無新聞可看，每日所載者均抄昨日大報，此外則戲單，小說充斥滿幅，文字淺白，爲下流社會所樂觀。價又甚賤，每份僅售二枚至四枚，亦暢銷之一大原因。」這種現象以《群強報》爲典型。這些報紙的發行巨大，非一般

〔註19〕中共駐共產國際代表團檔案，轉引自散木，《亂世飄萍》，南方日報出版社，2006 年，第 177～178 頁。

普通報紙所能及〔註20〕。因爲沒有多少採編新聞的成本，紙張又少，成本低廉，因此還有收入。「蓋華北報紙，除小報尚能經濟獨立外，鮮有不靠津貼過活者，然各家均能競爭，往新聞正途進行，亦可喜者也。」〔註21〕

北京地區的晚報比較發達。其中比較著名的有成舍我創立的《世界晚報》，1924 年創刊，是成氏世界報系的基礎。之所以從晚報開始，也是因爲辦晚報的成本低，只要四開一張的報紙就可以了。《世界晚報》發行大約 4000份左右。1925 年創刊的《大同晚報》後來居上，超過《世界晚報》而成爲當時北京發行最大的晚報。該報創刊時期發行大約 2000 份，極力反共，筆鋒明快銳利，一年後發行量即超過 1 萬份，社長龔德柏，主筆羅介邱。同時期存在的其他晚報還有《新晚報》、《北京晚報》（1911 年創刊，發行 5 千份）、《正言晚報》、《國民晚報》（1925 年創刊，發行 3000 份）、《心聲晚報》（1925 年創刊，發行 2000 份）、《五點鐘晚報》（1923 年創刊，發行 2000 份）。

三、其他幾處商業報紙的管窺

山西的報紙，北洋政府時期主要有 1916 年創辦的《并州新報》、《唐風報》，1917 年創辦的《政法五日報》、《桐封報》，規模比較大的《山西日報》在 1918 年創辦，1922 年《晉商日報》和《曉報》創辦，1923 年有《山右覺世報》、《新華報》和《新民日報》相繼創刊，1927 年《民話報》和《革命日報》成立，1928 年誕生了《山西黨報》和《山西政報》；另外還有《影時畫報》和《醒世畫報》，以圖畫的形式介紹新聞。這些報紙中，到 1926 年前後還存在的有《晉陽日報》，該報 1914 年創辦，其歷史可以追溯到清末的《晉陽白話報》，後改名爲《晉陽公報》，二次革命後一度停刊，1914 年復刊時改名爲《晉陽日報》；每天刊行一大張又一小張，「持論公正，消息迅速，兼有在山西最久之歷史，甚受各界歡迎。」〔註22〕《并州新聞報》日刊，一大張又一小張，在社會上有相當之地位。《山西日報》刊行兩大張，在社會上有相當之地位。《山西日報》，刊行兩大張，規模宏大，《新民日報》刊行一大張，《民話報》，不屈不撓，頗爲社會所稱道，刊行一大張。《革命軍日報》，刊行四開

〔註20〕各報具體情況詳見附錄。
〔註21〕張一葦，《華北新聞界》，《報學月刊》，第一卷第 2 期，73 頁，1929 年。
〔註22〕報迷，《中國報界兩極觀蠡》，《報學月刊》，第一卷第三期，1929 年，30～32頁。

報紙一張，又附八開報紙一張。《政報》，隔日出版，每次刊行一張。《山西黨報》，省黨務指導委員會主辦，刊行四開報紙一樣。「山西新聞事業自民國三年後，頗有長足之進步，晉陽山西等報，在平滬寧各處，均有特約專訪，以介紹新聞為職責，不似民元以前之山西各報，專以文章自豪也」。〔註 23〕

湖北地區新聞業發達，自民國以來，政黨報紙尤其繁盛，也帶動了商業報紙的發展。民國期間，商業報紙以王華軒和他創辦的《漢口中西報》、《漢口中西晚報》、《漢口日報》最為成功和著名。《漢口中西報》原為德國商人經營，1906 年 8 月王華軒接辦，他以「開通風氣，提倡商務學務」為主旨，注重「世界知識，把國際要聞列在重要篇幅，以喚起國人注意」。重視經營文藝副刊，大登言情小說，特闢「花事」專欄，最早開闢報中插畫等以招攬讀者。該報在辛亥革命中一度停刊，1913 年復刊，並創辦《漢口中西晚報》（1920年停刊），1917 年又創辦《漢口日報》（1918 年停刊），三報並存，王氏報業達到高峰。其創辦報紙以商業為主，自稱「純粹商辦性質」，「無黨無偏」，「超然於政黨之外」，極力避免捲入政治漩渦；經濟上以營業為目的，大登廣告，印刷書籍，拒絕任何方面、任何私人的收買和津貼。「北洋軍閥蕭耀南、國民黨軍政要員徐源泉等，皆與王同鄉，先後以金錢、鄉誼為手段，多方籠絡，王均不為其所動」〔註 24〕。

在經營上，他首先以社養報。王華軒是清末秀才，曾在湖北官書居任職，戊戌變法期間在漢口開設維新印書館。在《中西報》發刊初期，報紙一時難以自我維持，全靠維新印書館的盈餘養報，度過最困難的時期，把報紙延續下來。其次，王華軒的廣告和商業信息做得比較好。這得益於他和工商界良好的人脈關係，華商總會的大買辦周星棠是他的好朋友，擔任撰述的王民僕也在商界有很多朋友，當時媒體界刊登廣告還要看報刊主人的面子，並不是說，報紙好，發行多，廣告就多。王華軒在工商界的人脈讓報紙在招攬廣告，採訪商業上的獨家新聞方面都有很多方便。當時漢口的大商戶成為報社長期客戶的很多，如泰和裕、怡和匹頭店、南洋煙草公司，以及外商美最時、安利洋行、各輪船公司等。報紙廣告占篇幅的一半以上，收益很好。第三，王華軒在節約成本上也很下功夫。他在印刷機器等大宗支出、印刷用紙等日常消耗品上直接和製造商打交道，降低成本；對待稿費支出也煞費苦心，當時

〔註 23〕 報迷，《中國報界兩極觀蠡》，《報學月刊》，第一卷第三期，1929 年，32 頁。
〔註 24〕 《湖北省報業志》，新華出版社，1996 年 12 月，443 頁。

報館一搬以行計字，因此很多投稿者在段落上作文章，三四句話就另起一段，甚至三五個字乃至一聲歎息也是一段。王華軒於是自定新規矩，以純字數為計量單位，也節約了不少稿費開支。第四，在延攬人才方面也很有計算，他用平常報館 1.5 倍的薪水招聘有才幹者，讓他擔任起普通報館兩三個人的職責，決不濫用一人。對待報館頂梁柱，則用優厚待遇和特殊照顧給予留任。如對總主筆鳳竹蓀，特將其家眷從蘇州接到漢口，節假之時，常給與津貼補助。

在他的苦心經營下，《漢口中西報》歷經清末、辛亥革命、軍閥混戰、大革命、國民黨統治等各個動盪時期，直到 1937 年 12 月武漢淪陷終刊。1936年 11 月 28 日，適逢其出滿一萬號，報館特出《漢口中西報萬號紀念刊》。該報是湖北地區甚至華中地區民國期間歷時最長的一家頗有影響的商業報紙。王華軒也以獨有的經營才幹，從事報業長達 35 年之久，是民國時期重要報人之一。

雲南的報紙。自民國以來，新出版的報紙也不下 20 多種，到 1926 年仍在出版的有 9 種，《均報》、《復旦報》、《義聲報》、《雲南新報》、《大無畏報》、《西南日報》、《社會新報》、《民眾日報》、《警鐘日報》。其中《民眾日報》為三十八軍各師合辦之機關報，《警鐘日報》為市政府警戒之機關報，其他各報為商辦之營業報紙，而受省政府津貼者，至於黨辦之報，則無有也。

成熟的商業報紙是現代媒體的重要指標，是媒體現代化過程中的里程碑，甚至通過商業報紙的成熟程度和發展程度，可以窺測出中國媒體業整體的現代化程度。北洋軍閥統治時期的商業報紙，是中國新聞業的中堅力量，數量眾多，個別報刊的發展質量很好。雖然受地域發展限制，不同地區的商業報紙發展良莠不齊，差距甚大，但其中的佼佼者已經具備現代商業報紙的很多特徵，發展比較成熟。報紙發展所需的物質基礎，報館的組織結構，經營管理，都具相當規模〔註 25〕，商業報紙已經取代政論或政黨報紙，成為對社會發展影響最大的媒體。

〔註25〕在本書後面幾章中有詳細論述。

第五章　宗教報紙

　　自 1815 年 8 月 15 日，基督教傳教士馬禮遜、米憐在馬六甲創辦《察世俗每月統記傳》，不僅開創了中國宗教刊物的歷史，更開啓了中國近代報刊的歷史。隨著報刊業的發展，宗教報刊逐步分化成純粹的宗教類報刊和傳教士主辦的涉及中國問題的時政類報刊。

　　民國後，除基督教外，天主教、佛教、回教、甚至中國的道教、儒教等都創辦了自己的報刊。雖然在政論報刊和商業報刊等對社會影響巨大的媒體面前，它們的地位、影響十分有限，但種類繁多，壽命不一的宗教報刊也是中國報刊史的重要組成部分；繼清末基督教的《萬國公報》後，這一時期誕生的天主教《益世報》，成爲在中國現代史上影響重大的報紙。

第一節　天主教報刊

　　天主教在中國歷史悠久，唐朝最先傳入，13 世紀再傳中國，元朝後幾乎滅迹，16 世紀三度傳入中國。清末是天主教發展比較迅速的時期，「從一九〇一年到一九一〇年僅十年功夫，天主教徒從原來的七十萬人激增到一百三十萬人，幾乎增加一倍；到一九一八年，天主教徒已增加到約一百九十萬人，前後不到二十年，教徒淨增一百二十萬。這是天主教在華傳教史上發展最迅速的一個時期」。〔註 1〕但歷史悠久的天主教並沒有首先利用報刊進行教義宣傳，他們是在 19 世紀末的時候開始嘗試這種新的傳播方式。

〔註 1〕顧長聲著，《傳教士與近代中國》，上海人民出版社，1981 年，第 249 頁。

一、天主教報刊的概況

1、天主教報刊在中國的開端及發展的三個階段

耶穌會傳教士是出版天主教期刊的領頭羊。中國最早的天主教期刊 Bulletin des observation meteorologiques （《萬象觀察公報》），地點在上海的徐家匯，不定期出版，創刊日期不詳，目前發現最早的一期是在 1872 年〔註2〕，該刊一直堅持到 1938 年還在出刊。有西方學者認為 1877 年在香港出版的《香港天主教記錄》是該教的第一個定期刊物〔註3〕，內容涉及中、日和香港的新聞。創辦後很快從兩周刊變為周刊，顯示了它比較強勁的發展勢頭和日益擴大的影響。

該會在民國前創辦的另一家比較有影響的報刊是 1879 年在上海徐家匯出版的《益聞錄》，1898 年李問漁任主編後改名字為《彙報》，同時也改變了它的風格，擴大了報導內容，將宮廷政令、政治新聞、科技文章代替宗教內容成為報導的主角。《彙報》立刻獲得成功，發行上昇到 3000 份。1911 年隨著創辦者的去世，報紙也隨即停刊；再度復刊時，已經改頭換面了。

1928 年南京國民政府成立前，天主教報刊在中國的發展經歷了 3 個階段。

第一階段為 1912 年前，為天主教報刊的啟蒙階段，共創辦了 16 家報刊，其中有 3 家創刊於 1900 年前。

第二個階段是 1912 年到 1922 年，為天主教報刊的初步發展階段，第一次世界大戰期間，該類報刊迎來了第一個出版高潮，期間有 14 家新的天主教報刊問世。

第三個階段是以 1922 年 6 月、剛恒毅（Celso Costantini，1876～1958，意大利人）作為教宗比約十一世派任宗座駐華代表來到中國，協助全國各主教開展教務為起點，直到 1928 年，為天主教報刊的勃興期。1924 年在他的主持下，第一次全國天主教主教會議在上海召開，決定迅速建立一個中國化的天主教會。在這一宗旨的推動下，到 1927 年，有超過 21 家新的天主教報刊出版。其中 1922 年有 6 家、1924 年有 7 家報刊出版，創下這一時期的歷史新高〔註4〕。

〔註 2〕 The Religious Periodical Press in China《中國宗教期刊》，by Rudolf Lowenthal Reprinted by CHINESE MATERIALS CENTER, INC. San Francisco 1978，5 頁。
〔註 3〕 The Religious Periodical Press in China《中國宗教期刊》，by Rudolf Lowenthal Reprinted by CHINESE MATERIALS CENTER, INC. San Francisco 1978，5 頁。
〔註 4〕 解放前中國天主教刊物創辦的最高時期是 1932～1935 年，這三年分別有 9、

1928 年南京國民政府成立後，天主教報刊開始了新的發展階段〔註5〕。

2、北洋政府時期的天主教報刊（東北地區除外）

北洋政府時期的天主教報刊發展比較穩定，每年都有一定數量的新報刊出現，詳見下表：

表 5-1　北洋政府時期天主教報刊發展統計表〔註6〕

	1912	1913	1914	1915	1916	1917	1918	1919	1920	1922	1923	1924	1925	1926	1927	1928
日報				1												
周報					2					1						
旬刊																
半月刊		1				1						1				2
月刊	1	1	4		1	2	1		2	3	1				1	3
一年十次														1		1
一年八次														1		
雙月刊												1			1	1
季刊												3	2			
一年三次																
半年刊									1							
年刊						1	1			1		2				1
不定期								1							1	
總計	1	2	4	1	4	4	1	1	2	6	1	7	2	1	4	8

在這些刊物中，月刊最多，有 20 種之多，占所有刊物種類的 41%。其次是年刊、季刊、半月刊，分別有 6 種、5 種和 5 種。惟一的日報是 1915 年在天津創辦的《益世報》，也是天主教刊物中影響最大的刊物。

北洋政府時期，天主教報刊的發展和剛恒毅對中國天主教的促進發展分不開。他來華後，極力避免與列強有政治上的瓜葛〔註7〕，並在 1924 年召開

15、19 家報刊創辦。

〔註5〕　實際上，自 28 年到 33 年年底（剛恒毅離開中國），是該類報刊的第四個階段，64 種期刊創辦。33 年新的教宗代表蔡寧（Maria Zanin）來到中國，開始了新的天主教報刊的發展高潮，到 39 年 4 月，至少有 53 種新的報刊出現。

〔註6〕　數據來自 The Religious Periodical Press in China　by Rudolf Lowenthal Reprinted by CHINESE MATERIALS CENTER, INC. San Francisco 1978，第 9 頁。

〔註7〕　他否認法國的保教權。1844 年簽訂的《中法黃埔條約》中規定了准許傳教自

了中國第一屆天主教全國性教務會議，積極促成設立本籍教區，培育本籍神職人員，到 1926 年選拔出中國籍主教 6 名，同時大力發展修道院、學校和報刊宣傳。他在中國的 11 年間，共新出版了各種天主教報刊 64 種。這些報刊有中文、法文、葡萄牙文、英文和拉丁文等。

3、東北的天主教報刊

據 1934 年數據顯示，東北地區有居民 32.9 百萬，其中 216，000 是天主教徒，占 0.66%，教職人員 828 人。

這裡最早的天主教報刊創辦於 1922 年，到 27 年爲止，先後有 8 家報刊出版，倒閉了 3 家。到 1936 年共有 14 家報刊出版，其中 6 家到 1938 年時已經倒閉。存活下來的 8 家中，奉天（瀋陽的舊稱）、哈爾濱各有 2 家，撫順、松樹嘴子，延吉和齊齊哈爾各一家。其中 3 家爲中文，餘爲英文、法中、朝鮮文、波蘭和俄文各一家。其發行量如下：

表 5-2　東北地區天主教報刊發行量表（前面數字爲報刊的種數，後面的數字爲發行量）〔註8〕

	周　刊	半月刊	月　刊	雙月刊	季　刊	年　刊
中文		1：1000	1：1700		1：260	
英文				1：5000		
法中雙語						1：755

由、設立教堂自由，從此解除了百年教禁，而法國也取代葡萄牙獲得在華保教權。1858 年的中法《天津條約》更規定所有中國天主教徒均受到法國保護。羅馬教廷無法直接管理中國天主教事務，而是必須通過法國領事館中轉。剛恒毅到中國後，沒有先去拜訪法國領事，後來他見到法國領事時這樣表明他的態度：「傳教純粹是超性工作。耶穌建立了一個至公的教會。在法國是法國人的，在美國是美國人的，在中國是中國人的。」「我不願向中國人民要求可惡的特權，只要求自由傳教和興學，以得保障教會產權就可以了。」他爲了避免與列強之間的瓜葛，沒有把宗座代表公署設在東交民巷使館界，而是設在什刹海附近的遜位榮王乃玆府。即使遇到危險時也不願躲進使館區。他拜訪當時外交總長顧維鈞申明教會與列強不同的立場，教會旨在使人們認清人生眞諦及信仰，別無他圖。（摘自維基百科：http://zh.wikipedia.org/wiki/%E5%88%9A%E6%81%92%E6%AF%85）

〔註 8〕數據來自 The Religious Periodical Press in China　by Rudolf　Lowenthal Reprinted by CHINESE MATERIALS CENTER, INC. San Francisco 1978，第 64 頁。左邊的數字爲期刊的數目，而右邊的數字爲總發行數；*標誌爲不完全統計的數字；下同。

朝鮮文			1：5000			
波蘭	1：1300					
俄文			1：500			
總計	1：1300	1：1000	3：7200	1：5000	1：260	1：755

奉天出版的兩份刊物分別爲 1934 年開始出版的《滿洲帝國天主公教教務年鑒》，以及 1935 年創刊的《滿洲公教月刊》，均由巴黎海外傳教公會創辦。

撫順的是 1927 年出版的 Manchu～Knoller（奉天撫順天主教堂創辦），英文。創辦人是 Marryknoll 的傳教士 Msgr. Lane，這份雙月刊的宗旨是爲了聯繫教會的教職人員和他們的家人以及朋友，是發行最大的一份刊物，實際上，整個 5000 份雜誌都被發往國外，它印刷精美，有一半的內容是生動的圖片和地方事件。

齊齊哈爾出版的兩份雜誌是 1933 年 7 月出版的《沙龍公教月刊》，以及 1936 年 7 月出版《鐸聲》。

在哈而濱出版的《波蘭天主教星期日報》，1922 年 4 月創辦，是波蘭在滿洲里的第一份雜誌，周刊，星期日發行，雜誌發行範圍僅在波蘭人的社區中，語言也是波蘭語。出版者是哈爾濱 Stanislas 大街的 Parish 教堂。內容爲給波蘭人社區發佈的宗教信息，以及與他們相關的或感興趣的事件信息。該報爲 4 頁小報，發行大約 1300 份，其中 800 份在滿洲里以外的地區。

從 1923 年到 1930 年，該報還發行了 4 份年鑒性質的年刊，標題分別是 Kalendarz Harbinski 或者 Calendar （And Almanac）for Harbin 即哈爾濱年鑒，哈爾濱日曆等等。1925 到 1926 年間又出版了不定期的副刊《遠東》，主要有貿易，工業，科學和文化，只出版了 4 期。另外在 1923 年 7 月到 1924 年 1 月還出版過七期獨立的《基督教社會運動》月刊，主編是《波蘭天主教星期日報》的主編兼任，Rev. Wladyslaw Ostrowski, 發行大約 1000 份，主要報導社區的宗教和社會生活。

哈爾濱出版的俄文天主教報刊是 1925 年 5 月 10 日創刊的《聯合》（UNITY），該刊從 1925 年開始的時候籌辦，主辦者 Easter Rite of Prince St. Vladimir，只出了一期，就因爲無法獲得充分的報導材料而停刊。

二、天主教報刊的主要創辦機構

　　天主教報刊主要由各國在中國的宣教機構創辦，辦得最多的是耶穌會（Jesuits），到 1939 年共創辦了 38 家報刊；其次是方濟各會（Franciscans），創辦了 20 家報刊；第三位是巴黎外國傳教會，共有 17 家報刊；第四位是遣使會（Lazarists），有 10 份報刊。具體見表 5-3。

表 5-3　天主教各教派在中國創辦報刊表〔註 9〕

傳教機構	中　文		外　語		雙語和多語		合　計		總計
	宗教類	非宗教類	宗教類	非宗教類	宗教類	非宗教類	宗教類	非宗教類	
耶穌會	9	4	7	9	2	7	18	20	38
方濟各會	4	4	10		1	1	15	5	20
巴黎外方傳道會	6	2	6	1	2		14	3	17
遣使會	2	2	4	1	1		7	3	10
中國遣使會	1						1		1
國家公教進行會	3	4					3	4	7
新加坡公進會			1				1		1
聖言會	2	1		1		2	2	4	6
中國天主教主教委員會	1	2			1	1	2	3	5
教區司鐸	1		2				3		3
中國教區司鐸	2	2					2	2	4
慈幼會	1	2	1				2	2	4
瑪利諾海外傳教會	1		2				3		3
加普新會	1		1				2		2
多明我會	2						2		2
米蘭海外布道會	1		1				2		2
聖母聖心會	2						2		2
特拉普派天主教			1		1		2		2
舊金山中國布道會						2		2	2

〔註 9〕數據來自 The Religious Periodical Press in China　by Rudolf　Lowenthal Reprinted by CHINESE MATERIALS CENTER, INC. San Francisco 1978，第 29 頁。

奧斯定會			1				1		1
重整思定會			1				1		1
本篤會修士			1				1		1
本篤會海外布道會	1						1		1
方濟住院會			1				1		1
聖馬麗修女會 （Marian Clerks）			1				1		1
Scarboro 海外布道會			1				1		1
世俗機構	1	10	2		1		4	10	14
合計	41	33	44	12	9	13	94	58	152
總計	74		56		22		152		

　　應該說，天主教報刊是當時中國數量較大的宗教報刊種類，不僅因爲它擁有龐大的神職人員，更因爲有眾多的信徒。1920 年在中國的歐洲神甫有 1,500～2,000 人，中國神甫有 1,000 人，還有 1,000 名外國修女、1,900 名中國修女、200 萬的受聖餐者，13,000 名中國傳道師和教師，以及 18 萬在天主教學院就讀的學生〔註10〕。這些人是天主教報刊的主要讀者和支持者。

三、天主教報刊的種類與規模

　　天主教報刊從內容看，有宗教類和非宗教類兩種，一般由天主教專業傳教機構創辦；從語言上，有中外文之分，如英文、法文、葡萄牙文等〔註11〕。其發行量非宗教類的刊物一般要超過宗教類，但在語言方面，中文並不見得佔有絕對優勢，一些外文的報刊發行量也很大。我們從 1939 年的一份統計可以看出這一特點，從而推測出 1928 年前的一些狀況。如下圖：

〔註10〕在 1901 年，中國有 1,075 名外國神甫，約有 500 名中國神甫和 72.1 萬的受聖餐者。

〔註11〕如 1917 年有 22 家天主教期刊，其中耶穌會士 6 家，天主教遣使會 6 家，爲創辦最多的機構。從語言上看，中文 13 家，法文 5 家，葡萄牙文 2 家，英文和拉丁文各一家，但 1922 年這一數字下降到 15 家，中文僅剩 3 家，法文上升爲 9 家，其餘文字各一家。從地域上看，上海最多，有 6 家，其次爲北平有 5 家，天津 3 家，香港兩家，其餘如寧波，青島、重慶、澳門、南寧、煙臺各一家。

表 5-4：1939 年中國天主教報刊發行量明細表〔註 12〕

	中　文		外　文		雙語或多語種		合　計		總　計
	宗教類	非宗教	宗教類	非宗教	宗教類	非宗教	宗教類	非宗教	
日報		2:31500		1:110				3:31610	3:31610
周報	2:1125	5:19350	5:6500	1:850	1:325	1:2000	8:7950	7:22200	15:30150
旬報	1:2450	2:3640					1:2450	2:3640	3:6090
半月刊	5:9400		2:1520	1:200			7:10920	1:200	8:11120
月刊	19:36350*	7:1725*	20:16235*	3:14400	3:2650*	2:200	42:55235*	11:16325*	53:71560*
年十刊	4:2400	2:4100				2:1350	4:2400	4:5450	8:7850
年8刊		1:400						1:400	1:400
雙月刊			5:8900		1:900		6:9800		6:9800
季刊	5:3060*	5:2220	7:2900*			1: -----	12:5960*	6:2220*	18:8180
年三刊			1: -----				1: -----		1:-----
半年刊	1:1400	4:3100		2:500	1:500	4:2150	2:1700	10:5950	12:7650
年刊	3:1100	1:400	1:1000	2:475	2:1655	3:1850	6:3755	6:2725	12:6480
不定期	1:250	2: -----	1: -----	2:630		1:100	2:250*	5:730*	7:980*
刊期不詳		2:200*	2: -----		1:5000		3:5260*	2:200*	4:5460*
合計	41	33	44	12	9	13	94	58	152
總計	74		56		22		152		

　　從圖表可以看出，在 94 種正在發行的天主教期刊中，超過 61%爲純宗教刊物，內容爲傳教和宗教方面的信息與報導，其中 41 種爲中文，44 種爲外文，9 種爲雙語或多語種印行。58 種爲非宗教刊物，約占總數的 38%，但他們至少都間接宣佈忠誠於羅馬天主教，其中的 26 種報紙刊登社會、教育和文化題材的文章，其中也有一些婦女刊物。另外 32 種可以分爲三類，一類爲科學性的出版物，主要內容爲大氣、天文、科技、醫學以及類似的學科，主要由耶

〔註 12〕數據來自 The Religious Periodical Press in China by Rudolf Lowenthal Reprinted by CHINESE MATERIALS CENTER, INC. San Francisco 1978，第 11 頁。左邊的數字爲期刊的數目，而右邊的數字爲總發行數；*標誌爲不完全統計的數字。

穌會士出版；另外的 11 種提供一般意義上的新聞，而最後 10 種則以學校和學生雜誌爲主。

在出版語言上，152 種報刊用了 11 種語言，其中 74 種，50%爲中文，56 爲外文，法語爲 23 種，英語 14 種，意大利 3 種，葡萄牙 3 種，西班牙 3 種，拉丁文 3 種，德語、波蘭、俄語以及朝鮮語各 1 種。雙語或多語出版的 22 種。中文中絕大部分爲白話文，雖然有時有個別文章使用文言。

發行量上，有 47 種發行低於 500 份，36 種發行介於 500～999 之間，31 種在 1000 到 2999 之間，8 種在 3000 到 4999 之間，4 種超過 5000，超過 10000 的有 4 種。

四、《益世報》等比較重要的報刊

和所有宗教刊物一樣，天主教刊物一般也分爲嚴格意義上的以刊登教義爲主的報刊和以刊登社會新聞言論爲主的普通刊物，其中後者的影響一般要超過前者。該時期出版的一些比較有影響的報刊有：

天津《益世報》，創刊於 1915 年 10 月 10 日，日報。創辦人爲比利時籍天主教教士雷鳴遠和中國天主教徒劉守榮、杜竹萱。雷鳴遠原籍比利時，1900 年被派到中國來傳教，1910 年到天津，到天津後他創辦了一所小學和一所師範學校，還辦了一個宣講所，向教外人宣傳天主教，同時也講「救國」的道理。後來，雷鳴遠的教徒彙集他的講演詞，出版了一個小冊子，名爲《救國》。不久，他創辦了一個名爲《廣益錄》周刊，後改爲《益世主日報》，是天津《益世報》的前身。

天津《益世報》最初設在天津南市榮業大街，兩年後遷到東門外小洋貨街。1924 年直奉戰爭的時候，遷移至意大利租界。是天主教報刊中發行量最大的，穩定時期在 3 萬份左右。但也有不穩定的時候，如 1927 年發行量只有 7000 份左右，九一八事變發生後，一度衝刺到 5 萬份，而報社的工作人員從 30～40 人增加到超過 300 人，成爲繼《大公報》之後的北方第二大報紙。

雖然報紙的目的是爲了宣揚天主教義，但在內容上也照顧了非天主教人士，刊發的信息既有天主教的也有非天主教的。在 1935 年出版的一份小冊子中〔註 13〕，顯示了該報在編輯思想上對非宗教信息的重視：

〔註 13〕 《天津益世報與中華公教》，1935 年 8 月，中英文版。

A、宣揚天主教教義：

1、反對將孔教作爲國教（opposition to confucianism as the state religion）；

2、爲宗教崇拜自由而鬥爭（struggle for freedom in religious worship）；

3、出版宗教的增刊、文章等（publication of religious supplements, articles，etc）；

B、1、爲社區提供服務（services rendered to the community）；

2、發行社會服務版（issuing of the social service edition）；

3、建立三個救濟基金運動：1931 年的長江水災期間、1932 年上海戰爭期間和 1935 年的長江水災期間（three campaigns for relief funds：（1）during the yangtze river flood in 1931，（2）during the shanghai war in 1932，（3）during the yangtze river flood in 1935）。

《益世報》雖爲天主教報刊，但宗教意味並不濃厚，在非宗教讀者中的認知程度也很高，在整個中文報刊世界中出類拔萃。該報創刊後，就面臨日本向我國提出二十一條，雷鳴遠即以喚起我民眾抗日爲己任。袁世凱稱帝期間，該報發表反對言論，初被當局禁止郵遞，繼而被迫停版多日。但《益世報》聲譽反而增高。1916 年，法國駐華公使向我國提出要求，想擴展天津的法租界，《益世報》也發表文章論說反對，使外交界爲之震動。五四運動期間，《益世報》報導迅速，詳細披露具體情況，對學生的愛國行動給以興論支持，在知識界引起極大的反響；而此時的《大公報》受安福系控制，對學生運動不支持。《益世報》的堅決態度受到愛國人士和知識界的讚許，社會聲譽頗佳。1920 年，雷鳴遠前赴歐洲，爲我國留法勤工儉學學生服務，便將報紙託付天津教友主持。

但報紙畢竟是歷史環境下的產物，有其局限性。1923 年曹錕賄選總統時，劉濬卿以直隸省議員的身份對其大爲支持，被直隸省長曹銳委任爲天津電報局長。不久曹家下臺，劉被拘捕，報社也一度被奉系接管。1925 年春，北洋軍閥覬覦該報資產，藉故拘捕該社總經理，劉濬卿再次入獄 7 個月，軍人勢力支配報社，使報館聲譽頓然低落。1926 年 4 月 21 日，該報又遭天津警廳禁止發售，「本報緊要啓示：本報自二十一日起 突被警廳傳令禁止發售並派警察多人在義租界兩端（即特別二三區交界處）把守阻止運送究竟何因觸犯禁忌本報亦未接到正式公文 除已函電軍民各長官分別請示外 對於非

租界地閱報諸君　未能按日遞送深爲抱歉　一俟辦有結果再行補送尙希　鑒原是幸」〔註14〕。數天之後，才解禁。

1928 年夏，國民革命軍北伐成功，《益世報》恢復自主。當時雷鳴遠已回到天津，重新主持報館後，擴充報館規模，增招新股，資本金額由 1 萬元增加到 4 萬元，並盡量補充各種印刷機器及設備。其後報紙銷路日廣，到 1933 年，採用德國新式輪轉印刷機，以應付發行量的上昇。1934 年因爲報導招致地方軍事勢力的不滿，又被黃郛禁郵兩個月。

1936 年主編劉俊卿因健康原因辭職後，報紙進行了重組。一年以後，新主編因爲對報館事業的財政控制權與上層發生糾紛，導致報館一度混亂，最後，由宗座駐華代表出面，發表了支持管理委員會的聲明，報館欲再度重組。1937 年 6 月，雷鳴遠委派生寶堂爲《益世報》經理，以便整理報務，並執行評論政策，該年 7 月 7 日，蘆溝橋事變爆發，日軍侵略華北，佔領天津華界，因報紙是法租界出版，因此仍主張抗日，不遺餘力。8 月中旬，生寶堂被敵人綁架，報紙被迫停刊。

其後雷鳴遠隨軍撤退山西，組織衛生隊，擔任戰地服務工作，而將《益世報》內遷復刊的重任交給當時由歐美歸國的南京主教於斌。於斌在 1938 年 10 月 10 日在昆明先出版了《益世周報》，以楊慕事繼任社長。1938 年 12 月 8 日報紙在昆明復刊，1940 年 3 月轉移重慶出版，抗戰期間，報社經常遭到轟炸，再加上經濟困難只支持了兩年再告停刊。直到抗戰勝利，天津《益世報》於 45 年 12 月復刊，由劉豁軒主持。同時，該報分別在北平和南京設立分版，自成一報業系統。縱觀該報歷史，除了前文提到的《益世報》的前身，1912 年的宗教周刊《益世主日報》（大約發行 5000 份），38 年的《益世周報》外；出版的報刊還有：《益世晚報》，1939 年 1 月 16 日創辦，很多學生閱讀，該報增加了天主教教義、歷史、教育、文學方面的內容，而且增加了涉及婦女和青年問題的社論與欄目，發行量 5000 多份；《世光月刊》，1936 年 1 月創辦的四頁畫報月刊，主要刊登國際天主教新聞和致力於市民教育，39 年停刊；北京《益世報》還出過《眞理晚報》，〔註15〕後被查封。另外除天津外，昆明、重慶、西安、北平、上海均有過報館，「各報獨立，互

〔註14〕天津《益世報》1926 年 4 月 23 日，第二版。

〔註15〕劉時平，《從海外來鴻想起北平益世報》，《新聞研究資料》第 29 輯，中國新聞出版社，1985 年 2 月。第 219 頁。

不相關，對外，於斌自稱董事長」〔註16〕，該報報系也算龐大。

天津版《益世報》復刊時曾做過如下自我鑒定：「本於愛真理，愛人類，愛國家的精神，與惡濁環境鬥爭，三十年如一日。廿六年（1937，筆者注）七月，天津淪陷，本報於意租界繼續出版，傳達抗戰消息，口誅筆伐，堅持到底，倍受敵軍封鎖，威嚇，誘迫、摧殘，始終不屈。因之本報經理生寶堂君為敵捕殺，挖眼割舌，死事最慘，為抗戰中新聞界犧牲之第一人，而報販的慘遭殺戮的也不少，卒之不得不於9月5日被迫停刊。二十七年，雷神甫以奉政府令，主持戰地服務團，無暇兼顧，商請於斌主教接辦，以是年冬（1938年10月10日，筆者注）移昆明復刊，廿九年三月又移重慶出版，去年（44年）四月創刊西安版，敵人投降以後，又於九一八復刊北平版，十二月一日天津版亦復刊，今者復與上海人士相見。……」〔註17〕作為一份外國傳教士創辦的報紙，能將自己和中國的命運聯繫在一起，五遷報館，不計得失，犧牲生命，實在是中國報業的楷模。

北京《益世報》1916年5月創辦，當時是天津的分支，當時「雷（鳴遠，筆者注）杜竹萱、楊紹清在北京宣武門外辦了一個北京《益世報》，受北京西什庫天主教堂監督。經理為張翰如，總經理為彭雲超」〔註18〕。1936年該報徹底賣給對天主教有興趣的個人張翰如先生。他既是報紙的主人也是編輯，雖然他和教會勢力沒有直接聯繫，但也發表關於天主教教義的文章。北京版基本上沒有繁榮起來，一般的發行量在1500份左右，1939年5月5日，被地方當局封閉。1945年復刊時，社長為馬在天。記者編輯中有很多中共地下黨員。

《益世報》不是由天主教專業傳教機構直接出版管理，是屬於機構外的天主教「世俗」〔註19〕部分，可能和該刊創辦者的比利時籍有關（當時中國

〔註16〕劉時平，《從海外來鴻想起北平益世報》，《新聞研究資料》第29輯，中國新聞出版社，1985年2月。第219頁。

〔註17〕上海《益世報》1946年6月15日《發刊詞》，轉引自《益世報言論集》，無版權頁，疑為該社自己出版。

〔註18〕俞志厚，《一九二七年至抗戰前天津新聞界概況》，《新聞研究資料》，總第十四輯，中國展望出版社，1982年8月，183頁。

〔註19〕原文為「Secular」，從字面上理解是「世俗的」、「修道院外的」意思，聯想到雷鳴遠的比利時國籍，不屬於勢力最大的法國傳教機構，可以理解為天主教的世俗機構。

天主教勢力最大的是法國），1939 年前在中國共有 14 份天主教刊物屬於這種類型，其中有非宗教刊物 10 份，全部為中文，宗教刊物 4 份，其中一份為中文。

其他比較重要的天主教報刊有：

《聖心報》，耶穌會士機構出版的中文月刊，1887 年 6 月創刊。30 年代末一度成為當時最古老的天主教報刊，每期大約出版 4450 份，在眾多的該類報刊中是比較突出的。主筆李杕逝世後，由潘谷聲、丁汝仁、王昌祉等任正副主編。內容除發表傳教文章，報導宗教活動外，每期刊首刊載教皇「欽准」的祈禱意向並作注釋，如 1932 年 2 月，教皇庇護十一「欽准」的祈禱文，竟是「熄滅中華國內共產黨」。該報還發表反共的注釋文字。1949 年 7 月，改名《祈禱宗會》、《心聲》，半月刊，1949 年 5 月停刊。耶穌會士機構還出版過短命的《聖教雜誌》，發行在 3500 份左右；以及《聖體軍月刊》大約發行在 1100份。

《教區新聞》，又譯《史報》，Nourclles da la Mission 法文雙周刊，徐家匯耶穌會經院出版，1873 年創刊。初為石印，1949 年停刊。

《全國性天主教年鑒（Annuaire de Leglise en china）》，中文刊名《中華全國教務統計》，法文。1903 年創刊，徐家匯光啟社編輯出版，1950 年停刊。

《聖教雜誌》，月刊，1912 年 1 月創刊。潘谷聲、孔明道、楊維時、徐宗澤先後主編。反對中國愛國青年教徒的「五四運動」，在 11 月發表「特別聲明」，攻擊天津愛國教徒的正義行動，並重申「迭次表示反對此次學潮」，教徒「如有違反，應得神罰處分」〔註20〕。1927 年以後，受南京國民政府反對中國共產黨的影響，刊物上出現誣稱共產黨為難天主教的報導，發表教皇反對共產主義的文獻，以及持上述立場的文章。1938 年 8 月停刊。

《光啟社資料（Renseighements du Bureau Sinologique）》，法文。包括現代中國的政治、宗教、社會、文化、教育等方面的文章和資料，由徐家匯光啟社出版。1927 年創刊，1951 年停刊。

另外，還有 DIVINE WORD SOCIETY（神語會）從 1917 年開始在山東出版的兩份刊物，青島的《實益年刊》發行 1000 份左右，和兗州的《天主公教白話報》，半月刊，大約發行 2800 份。

〔註20〕上海《聖教雜誌》1919 年 11 月。

五、傳教機構對天主教報刊的新聞檢查

　　天主教傳教機構創辦的報刊，接受來自世俗和傳教機構兩方面的管理，即服從國家法律的同時，也要服從教會管理，這是他們的行規。在 1935 年出版的英文《天主教公報》〔註 21〕中提到，在長期事務中，世俗權威具有至高性，這意味著，中國的天主教報刊必須遵守中國的出版法，除非該區域處於外國的管理權限範圍內，即租界。除了接受世俗權力的檢查，天主教報刊同樣必須通過教會勢力的檢查。所有內容在刊佈之前必須接受主教委任的新聞檢查官的檢查，主教可能會禁止他認為不適宜刊登的內容在報紙上出現。在報告中，作者 Bonaventure Péloquin 為了強調來自教會檢查的重要性，還特別引用了教皇聖碧岳十世（1903～1914 年為教宗）的格言：

> 　　天主教所編輯的報紙和雜誌，如果可能，應該有一個新聞檢查官。其任務是閱讀報刊中所刊出每個數字（在刊登前就更為及時了），如果有任何危險的東西被刊登出來，他應該儘快糾正其錯誤，即使檢查官自己檢查不出刊登內容有任何危險，主教也應該在更高的情況下保留這一權利。〔註 22〕

　　被檢查和禁止的內容一般有：

　　1、違背宗教信仰的內容，

　　2、違背良好道德的內容，以及

　　3、不合適宜的，毫無意義的內容，可能由於對教會的部分規定或人員有不良或錯誤理解、意願，而對教會產生惡劣影響的內容。

　　總之，這一時期天主教報刊在數量上並不佔優勢，大部分報刊刊載內容局限於宗教方面，但因為天津《益世報》大量刊登關於中國社會方面的信息，而且以雷鳴遠為代表的辦報者心繫中國，言論比較公正客觀，影響較大，因此天主教報刊無意中取代了清末時期的基督教報刊，成為宗教報刊中對中國影響最大的派別。

〔註 21〕 Bonaventure Péloquin, O.F.M.: La presse catholique en chine.（Bulletin catholique de Pekin, Peiping.22:226. October 1935,p 520～541 ）-The English text was printed for private circulation only.

〔註 22〕 The Religious Periodical Press in China　by Rudolf　Lowenthal　Reprinted by CHINESE MATERIALS CENTER, INC. San Francisco 1978，56 頁。

第二節　基督教報刊

一、民初基督教在中國的發展

民國後，基督教在中國有長足的發展，到 1919 年爲止，「中國關內及滿洲的 1，704 個縣中，除 106 個外，都有基督教會的傳教活動」。〔註 23〕1923年中國有人口 4 億 3 千 6 百萬，其前一年的基督教教徒數目爲 40 萬 2539 人；1927 年中國人口 4 億 8 千 5 百萬，有教徒 45 萬人，比 1915 年的 26 萬 8252人增長了一倍多，詳見下表。

表 5-5　基督教在民國初年的狀況〔註 24〕

年　份	中國人口（百萬）	年　份	領聖餐者數目	年　份	報刊數
1902 年	440	1906 年	178 251	1890	15
1910 年	438	1915 年	268 252	1907	13
1923 年	436	1922 年	402 539	1921	57〔註 25〕
1927 年	485	1927 年	450 000	1933	211
1932 年	478	1932 年	488 536	1938	258

從數量上看，1921 年到 1933 年基督教報刊有巨大發展。

二、基督教報刊在民初的發展

由於基督教在民初廣布傳教機構，1919 年在華基督教傳教士有 6,636名，分佈在全國 693 個地方，共有布道站 1,037 個，教堂 6,391 座，和 8,886個福音中心。其中有 18 個團體比較大，他們成爲創辦報刊的主力。如下圖。

〔註 23〕費正清主編，《劍橋中國史》，第十二冊，民國篇（上），臺灣 南天書局有限公司，1999 年 6 月，第 202 頁。

〔註 24〕數據來自 The Religious Periodical Press in China by Rudolf Lowenthal Reprinted by CHINESE MATERIALS CENTER, INC. San Francisco 1978，75 頁，79 頁。

〔註 25〕1921 年的 57 種，只是中文的數字，估計只占全部基督教報刊的 2/3。

表 5-6　1919年新教各大傳教團體一覽表〔註26〕

	國籍	傳教士數	布道站數	布　道　範　圍
中華內地布道會及公會	國際性	960	246	安徽、浙江、直隸、河北、湖南、湖北、甘肅、江西、江蘇、貴州、山西、陝西、山東、四川、雲南、滿洲、新疆
北美長老會	美國	502	36	安徽、浙江、直隸、湖南、江蘇、山東、廣東、雲南
美以美、監理會海外布道會	美國	419	28	安徽、浙江、福建、江西、江蘇、山東、四川
中華聖公會	英國	353	58	浙江、福建、湖南、江蘇、廣西、廣東、四川、雲南
中華聖公會	美國	202	15	安徽、湖南、湖北、江西、江蘇
公理會	美國	198	14	浙江、福建、山西、山東、廣東
青年會	國際性	192	24	各大城市
浸禮會（海外布道會）	美國	188	19	浙江、江蘇、江西、廣東、四川
美道會	英國	184	10	四川
南浸禮會海外布道會	美國	175	24	安徽、河北、江蘇、廣西、廣東、山東
美國長老會（南部）	美國	146	15	浙江、江蘇、山東
倫敦布道會	英國	145	17	直隸、福建、湖北、江蘇、廣東
基督復臨安息日會	美國	138	21	浙江、直隸、福建、河北、湖南、湖北、江蘇、陝西、廣西、山東、四川、廣東、滿洲
浸禮會布道會（英國）	英國	123	11	陝西、山西、山東
監理公會布道會（南部）	美國	118	6	浙江、江蘇
循道會（韋師禮英國會）	英國	118	19	湖南、湖北、廣西、廣東

　　從民國成立到1928年，中國基督教報刊發展以一戰結束爲界，基本呈穩定的上昇趨勢，一共有98家報刊先後誕生，如下表。

〔註26〕　費正清主編，《劍橋中國史》，第十二冊，民國篇（上），臺灣 南天書局有限公司，1999年6月，209頁。

表 5-7　基督教報刊在民初的創辦明細表〔註27〕

	日報	周刊	旬刊	半月刊	月刊	年十刊	雙月刊	季刊	半年刊	年刊	不定期	無法考察	總計
1911					1					1			2
1912			1		2							1	4
1913	1	2	1		1								5
1914					1					1			2
1915		1											1
1916					1		1	1					3
1917								1					1
1918					3		1						4
1919					2			1					3
1920				1	4		1				1		7
1921		2		1	3		1						7
1922					3		1				1	2	7
1923		1			2			2	1				6
1924			1	1	3								5
1925		1			2		1	1			1		6
1926		1			5		1	1					8
1927		1			6			3					10
1928					3		1				1	1	6
1929					5			4	1	1			11
總計	1	8	3	4	47		8	14	2	4	5	2	98

　　在這些刊物中，與天主教一樣，月刊占相當比例，爲全部基督教刊物的48%，其次爲季刊，日刊只有一份，即 1913 年出版的影響不大的《大光日報》。1920 年以後，基督教報刊發展明顯加快，除了得益於一戰結束，中國社會整體復興外，中國基督教各傳教機構的聯合行動也產生一定效果。自 1913 年到 1922 年間，基督教各教派之間的聯合行動，使新教在中國的影響越來越大。從一戰結束到 1931 年底，可以說是基督教在中國發展的快速期，期間有 102 種報刊誕生，僅 1931 年，就有 16 種；這一勢頭一直延續到 1936 年抗戰爆發前，從 1932 年到 1936 年年均創辦的新基督教報刊有 11、12 種。

〔註27〕數據來自 The Religious Periodical Press in China by Rudolf Lowenthal Reprinted by CHINESE MATERIALS CENTER, INC. San Francisco 1978，84 頁。

　　基督教報刊在中國大部分省都有出版，但各地的分佈並不均衡，如下表：

表 5-8　　中國基督教刊物的地區和數量分配表〔註28〕

	1913 年前	1914～1937	總計	1937 年存在的報刊細分		
				宗教新聞	非宗教新聞	總　計
安徽		4	4	3		3
浙江	1	20	21	3	4	7
福建	12	35	47	15	13	28
河南		2	2	3		3
河北	2	36	38	12	8	20
湖南		11	11	1	2	3
湖北	8	20	28	14	1	15
江西	1	3	4	1		1
江蘇	36	124	160	73	22	95
廣西	1	10	11	2	1	3
廣東（含香港）	17	115	132	44	11	55
滿洲里		14	14			
寧夏		1	1			
山西		11	11	5	2	7
山東	1	20	21	6	5	11
陝西		1	1			
四川	1	13	14	3	2	5
雲南		5	5			
海外	6	5	11			
不知道	1	3	4			
總計	87	453	540	185	71	256

　　從上表可以看出，有 70%的報刊分佈在四個省份，其中江蘇占 30%，廣東 24%，福建 8.7%，河北 7%。而有 60%的報刊分佈在 7 個主要城市，其中上海最多，占 23.5%，廣州 79 份，占 13%。如下表。

〔註28〕數據根據 The Religious Periodical Press in China　by Rudolf　Lowenthal Reprinted by CHINESE MATERIALS CENTER, INC. San Francisco 1978，80～91 頁整理而成。

表 5-9　基督教報刊發行量最大的七個城市的分配情況〔註 29〕

	1815～1890	1891～1913	1914～1937	總　計
上海	15	18	94	127
南京		2	15	17
廣州	5	6	59	70
香港	1	3	18	22
北京	1	1	29	31
福州	3	3	19	25
漢口	2	3	16	21
總計	27	36	250	313

1938 年的數據顯示當時報刊的發行量如下：

表 5-10　1938 年前基督教報刊發行種類及數量對比表〔註 30〕

	中　文		外　文		雙語或多語種		合　計		總　計
	宗教類	非宗教	宗教類	非宗教	宗教類	非宗教	宗教類	非宗教	
日報	1：	1：2500					1：	1：2500	2：2500*
周報	13：26000	6：6900	1：——	2：2275		1:300	14：26000*	9：9475	23：35475*
旬報	2：2250	2:3000					2：2250	3：3000	4：5250
半月刊	5:8800	5：14400					5：8800	5：14400	10：23200
月刊	77：100 760*	11：86 800*	9：1425*	2：150*	2：10800*		88：112 985*	13：86950*	101：199935*
年十刊		1：5000						1：5000	1：5000
雙月刊	10：20000	4：2800	2：1420			1：——	12：21420	5：2800*	17：24200*

〔註29〕數據來自 The Religious Periodical Press in China　by Rudolf　Lowenthal Reprinted by CHINESE MATERIALS CENTER, INC. San Francisco 1978，81 頁。

〔註30〕數據來自 The Religious Periodical Press in China　by Rudolf　Lowenthal Reprinted by CHINESE MATERIALS CENTER, INC. San Francisco 1978，85 頁。

季刊	27：41750*	8：2515*	1：400	4：1000*	3：──	2：4300	31：42150*	14：7815*	45：49965*
半年刊	3：2000	3：──		1：500	1：──	1：1000	4：2000*	5：1000*	9：3000*
年刊	7：1100*	1：600	1：500	1：──		2：1500	8：1600*	4：2100*	13：3700*
不定期	7：7400*	2：1000	4：6200	1：──			11：13600*	3：1000*	14：14600*
不詳	6：──	9：1000*	4：──		1：3500		11：3500*	9：1000*	20：4500

　　上表各報發行超過 10000 份的有 6 家，其中 4 家爲月刊，唯一的一份日報發行量在 2000～3000 之間。發行量最大的中文基督教報刊是上海的《時兆月報》，達 70000 份，漢口的《福音月刊》也達到 30000 份。

　　這一時期主要的傳教機構以及他們創辦的報刊有：

　　1、中華全國基督教協進會 N.C.C.（NATIONAL CHRISTIAN COUNCIL），1922 年成立，出版了以下刊物：

　　《中華全國基督教協進會公報》，不定期發行，英文，發行量 4200 份；

　　《中國基督教年鑒》英文和《中國基督教會年鑒》中文，主要內容爲基督教生活的文章和其他與政府相關事件，發行量不大，絕大部分送到學校和圖書館。

　　《中華歸主》，中外發行，據報告的發行量有 8000 份，有關於宗教題材的社評，宗教事物的新聞等。經常刊發一些與世俗相關的討論，如宗教和鄉村教育問題，青年運動，鴉片戰爭以及類似的題目。

　　2、中華基督教教育協會 C.C.E.A（CHINA CHRISTIAN EDUCATIONAL ASSOCIATION），主要出版如下刊物：

　　《教育季刊》發行 1000 份，《小學教育的通訊》，以及《華東教育》。

　　3、基督教青年會（1876 年傳入中國）。出版的主要刊物《青年進步》，1917 年由兩份刊物合併而成，一個是 1902 年出版的《學生青年報》（由早期出版的《學塾月刊》改名二來），一個是後來出版的《進步月刊》。主編謝洪賚，後由范子美主編，到 1932 年停刊。《女青年報》1917 年發起，由女青年會創辦，初爲季刊，後爲月刊。

三、比較重要的基督教報刊

　　與清末時期影響巨大的基督教報刊，如《遐邇貫珍》、《六合叢談》，特別是《萬國公報》相比，民國後的基督教報刊影響已遠不如從前。當時基督教報刊依然有宗教性和非宗教性兩種，宗教性內容的報刊占 72.5%，非宗教性內容〔註31〕的報刊占 27.5%，但相對發行量和對社會的影響都大於宗教性內容的報刊。比較重要的有：

　　1、《時兆月報》，其前身為 1905 年基督復臨安息日會（Seventh Day Adventists）在河南出版《福音宣報》月刊。創刊初期只有鄉民二、三十人閱讀。創辦者是來華宣傳的美國外科醫生米勒耳，他自言當時最大的問題是沒有印刷工人，於是醫生本人就在一部小的手搖印刷機的幫助下，開始艱難的編輯、印刷和發行報紙。當時他們創辦刊物的目的就是「解釋預言，並描繪今日的世界狀況，使人知道那正是在應驗上帝那永不落空的話」〔註32〕。1908年遷來上海，改為該名；原在有恒路（今餘杭路），後遷寧國路出版。傅憶文（L·E·Froom）、蘇清心（H·D·Swartout）、李寶貴、徐華先後主編。發行一度高達 7 萬份，被認為是基督教雜誌中最傑出的代表。雜誌封皮上印有「日報述新聞，時兆月報述新聞的實義」〔註33〕，為該報定位為解釋性報導和深度報導。該雜誌內容廣泛，材料豐富，一般包括以下幾個欄目：「要聞日誌」、「工商進化」、「時事釋義」、「現代真光」、「注音字母」、「五洲雜誌」、「婦女運動」、「衛生揭要」等欄目。其中除了「現代真光」是關於基督教教義解釋性文字外〔註34〕，其餘的都是包括世俗信息的文章。但對這些世俗新聞的詮釋，該刊顯示出嚴謹而深刻的神學思想。

　　該報印刷清晰，圖片精美，管理有效。如在 1926 年正月號上《中國的工廠》的報導中，就附有中國各地鐵廠、造船廠、電燈廠、麵粉廠、廿五萬錠的紗廠等工廠分佈圖，以及為了說明紗廠應有之硬件的圖片三幅，其中一幅配有如下文字，「上海某處的紗廠，諸君可見這屋窗戶太少，屋中光線不甚充

〔註31〕內容主要有社會，經濟，文化，教育、農業、健康和婦女問題等。
〔註32〕米勒耳，《三十年前的回憶》，該報第 30 卷第 11 期，6 頁。
〔註33〕據中國人民大學圖書館的收藏，該報 1926 年上有此廣告，但 1936 年之後就沒有了。
〔註34〕這個欄目的字號比其他欄目的大，顯示其重要性，但實際上在刊物的篇幅上並不佔優勢。

足，使工人工作甚費眼力」。〔註35〕另外兩幅則顯示是窗戶比較大，比較多，屋中光線比較充足，整個報導圖文並茂，精美清晰。在這一號上，還刊登有精美的時代人物相片和簡介，如黎元洪、林長民、周作民、李思浩、王士珍、汪大燮和羅馬教皇駐京代表等。到30年代，該報增加「家庭樂園」、「農村問題」、「中外趣聞」等欄目，闡述基督教教義的欄目改爲「論壇」，且字號與其他欄目無異。該報20年代在國內的長沙、漢口、北京、西安、鼓浪嶼、重慶等地，在海外的朝鮮、新加坡、暹羅等地設有分銷處；到30年代，該報國內外分銷處均有增加。

從一份廣告中可以看出這份雜誌對社會世俗問題的關注，「你要曉得爲什麼各處都有戰爭麼？你要曉得爲什麼勞資常起衝突麼？你要曉得爲什麼不法之事是日在增加麼？你要曉得爲什麼天災人禍是有增無減麼？你要曉得爲什麼現代有許多奇巧的發明麼？你要曉得爲什麼現代家庭是日漸衰落麼？時兆月報能回答這些問題和其他種種的問題，它是國內唯一解釋時事意義的定期刊物。」〔註36〕從中可以看出，這份基督教雜誌在形式已經很世俗化，報導內容似乎和一般的新聞綜合雜誌沒有什麼區別。但翻閱該刊，卻明顯感到編輯們在新聞選擇和報導上，是以該刊負責機構「基督復臨安息日會」的教義爲編輯指南的，在世俗新聞和對神的「見證」上達到一種較高的協調，編輯方針和手段比較成熟，因而在社會上影響一直比較大。

該報由上海時兆月報出版社出版，該出版社還出版其他六種期刊，發行量在2000～4000份不等，以及一些傳單，小冊子和書籍。1941年11月該報停刊，1943年1月遷重慶復刊，抗戰勝利後遷回上海復刊，1951年後停刊，後一度在新加坡復刊〔註37〕；現在臺灣依然出版。

2、《大光報》，創刊於1913年2月8日，又名《大光日報》。是基督教最早、也是有據可考的唯一的日報。由尹文楷創辦，梁集生主筆。籌備自1912年4月12日，當時爲基督徒的孫中山也有認股。創辦金額3萬美元，計6000

〔註35〕《中國的工廠》，《時兆月報》1926年正月號。

〔註36〕《現代之紛爭》，民國21年初版，上海時兆報館編譯，在版權頁的廣告。

〔註37〕目前從人大圖書館收藏的該報最後一期爲1951年6月號，在該號上並未見停刊的迹象，在刊物的最後，還有「本刊緊要聲明」：指出新加坡的南洋時兆報館並非該報館的分支機搆，請其停止使用「時兆海外版」的名稱。並繼續有徵稿簡約。而且該報館已經向「上海市軍管會新聞出版處呈請登記中」。

股，每股 5 美元〔註 38〕。「該報初期很敢講話，抨擊袁世凱、龍濟光很力，後來一改組就不行了」〔註 39〕。由於內容不單傳播基督教教義，也報導社會輿論，因此受到各界重視。1920 年孫中山還為該報撰寫過賀文。年均售價在香港 14 元，中國其他地區 28 元。發行量大約 2500 份左右，讀者遍佈國內、國際很多地區。每年該報出版一份聖誕副刊《大光報聖誕附刊基督號》，免費贈閱。

3、《學塾月報》，1897 年上海青年會協會創辦，後改稱《青年會報》，1906 年改稱《青年》，1917 年與《進步》（1912 年創刊）合併為《青年進步》，月刊，范子美等主編，青年協會書局發行，主要介紹歐美國家科學發展概況，也有《中國現有實業調查記》，記述國內情況的文章。在其後 10 多年中，採取兼收並蓄的編輯方針，受讀者歡迎。

4、《眞光》，月刊，廣州浸會書局 1902 年創辦。原名蘇光報周刊，主筆陳禹庭、張亦鏡，編輯陳夢南、紀好弼。1925 年中國浸會書局及《眞光》月刊遷來上海。銷量最高達 5 萬份，1941 年 11 月停刊。

5、《大同報》，周刊，1904 年 1 月廣學會創辦，高葆眞主編，1915 年改為月刊，最高銷數 35000 份。1917 年停刊。

6、《聖公會報》，1904 年上海創刊，半月刊。

7、《尙賢堂紀事》，1910 年 2 月，美傳教士李佳白 Gilbert Reid 主辦的《尙賢堂晨雞錄》（The Insttute Record）月刊出版。翌年改稱《尙賢堂紀事》，1922 年出版第 13 期第 10 冊後停刊。

8、《女鐸》，月刊，1912 年創辦，最早的基督教婦女雜誌，美以美傳教士亮樂月主編，1921 年主編回國後，由華人劉美麗編輯，廣學會發行。1950 年 12 月停刊。

9、《福幼報》，1915 年 3 月加拿大長老會等創辦，半月刊。傳教士季理斐夫人編輯，由主日學合會出版，1929 年由蔣玉珍編輯，廣學會發行。

10、《青年進步》，月刊，上海青年會全國協會主辦。由原來的《青年》（1911 年創刊）和《進步》兩雜誌合併，於 1917 年 3 月創刊。主要介紹歐美各國的科學技術狀況，初期惲代英曾為該刊撰稿，也發表有關國內問題的文章，如

〔註 38〕單純，《基督教日報《大光日報》的創辦》，《新聞研究資料》第 48 輯，中國社會科學出版社，1989 年 12 月，157 頁。

〔註 39〕曾虛白，《中國新聞史》，國立政治大學新聞研究所出版，1981 年，283 頁。

《中國現有實業調查記》等。分設通論、德育之部、智育之部、體育與衛生、社會事業、經訓、雜俎等欄目。1932 年 2 月停刊，共出 150 期。

11、《女青年報》，季刊，1917 年女青年會全國協會創刊，1926 年改名女青年月刊，1937 年停刊。

12、《明燈》，雙周刊，廣學會 1921 年創刊，李路得、謝頌羔編輯。自第 137 期改月刊，在公立大中學校學生中發行。1946 年 11 月停刊。

13、《聖潔指南》，月刊，上海伯特利教會 1928 年在上海創刊，每年出 11 期，1943 年停刊。

一位外國學者在調查了天主教和基督教傳教工作的異同後，總結到「在任何國家，當然也包括中國，天主教傳教首要關注的是信仰轉化工作，而基督教則更重視在文化領域內行動」〔註 40〕。這一分析非常中肯。的確基督教在刊物出版發行上超過了中國當時任何一種宗教，這些刊物關注各類主題：宗教、醫學、哲學、經濟學等。這也許和基督教報刊的傳統有關，自清末以來，基督教報刊就將傳教和普及知識、教化民眾、跨文化傳播緊密聯繫在一起，形成一種比較穩定的傳播稟性。但民國期間數量眾多的基督教報刊大部分是單純的地方性報刊，只有很少的幾種能在全國發行。由於基督教教會在中國比較分散，教會內缺乏足夠的人力，也很難將全國比較分散的規模較小的出版機構合併成具有規模的出版機構。因此民國時期沒有出現清末的墨海書館、美華書館、廣學會等這樣著名的基督教出版機構，在一定程度上影響了基督教報刊在中國的影響。

第三節　其他宗教報刊

一、佛教報刊

民國初期，佛教基本延續了明清佛教的傳統，其特點是「理論創新不出，佛教人才不濟，整個教團缺少朝氣，觀念保守，被人們形容爲『死人』服務的宗教和用來驅『鬼』的宗教」〔註 41〕。面對中國佛教界毫無生氣、萎靡

〔註 40〕Bernard Arens,S.J.:Das katholische Zeitungswesen in Ostasien and Ozeanien. Aachen 1918,p24.

〔註 41〕《民國佛教期刊文獻集成》，全國圖書館文獻微縮複印中心，2006 年 9 月，《前言》，第 1 頁。

不振的狀況，自五四運動後，在新文化運動、科學與民主運動等影響下，中國佛教界開始對本教派進行改革，追求佛教對社會的貢獻，對人思想的拯救，對社會問題的解決，提倡佛教融入社會潮流。在這種情況下，各佛教宗派、團體、個人紛紛創辦刊物，發表文章，宣揚佛法。這個時期出版的佛教刊物，數量比較多，參與面廣，內容繁雜，個性鮮明。

整個民國期間，據不完全統計，大約有 200 種〔註42〕。自 1912 年到 1928 年共有佛教刊物 60 種，到 1938 年其中 13 種（月刊 5 種，日報 1 種）還在出版，另外 47 種因各種原因停刊〔註43〕。

創辦者主要有以下幾種：一、寺廟辦刊，如北京廣濟寺的《佛心叢刊》，上海清涼寺辦的《佛教月刊》，寧波白衣寺出版的《新佛教》，漢口古棲隱寺出版的《佛化新青年》等；二、佛教團體和組織辦刊，如 20 年代由太虛爲精神領袖，張宗載、寧達蘊成立的「北平平民大學新佛化青年團」，發起「新佛教青年會」〔註44〕，在當時產生很大影響，短短不到三年的時間，已有信徒三四千人，在知識青年中有相當影響，該學會創辦《新佛化旬刊》、《佛化新青年》等；三、居士組織創辦的刊物，這些刊物中不乏出類拔萃者，如《內學》、《世界佛教居士林林刊》、《仁智林叢刊》等等。

其中比較重要的刊物有以下幾種。

1、《佛學叢報》，中國最早的佛教刊物，創辦於 1912 年 10 月，綜合性月刊，主辦人爲著名報人狄楚青，編輯濮一乘，上海有正書局出版。創刊號《發刊詞》說，「《佛學叢報》之刊，顧得而已歟。將以解無爲之謗，釋迷信之疑。編志獨取眞諦，流佈不同，世諦融通哲理，誘掖初機。默正人心，潛移劫運，促人類之進步，保世界之和平。分類十門，不敢略也。期月以冊，不敢濫也」。主要內容有學理、論說、圖像、傳記、文苑、問答、佛教新聞等。許多著名高僧與學者爲之撰稿。該刊還有文苑，雜組，小說等欄目，爲現代佛教文學的發展提供園地。民國期間中國佛教改革者，著名僧人，社會活動家太虛曾說，「《佛學叢報》雖只十二期，其質精量富，至今猶有可考之價值」。版式爲書本式 16 開，每冊 180 頁。1914 年起改爲雙月刊，終因經費不足停刊，共出

〔註42〕《民國佛教期刊文獻集成》，全國圖書館文獻微縮複印中心，2006 年 9 月，《前言》，第 1 頁。

〔註43〕The Religious Periodical Press in China　by Rudolf　Lowenthal　Reprinted by CHINESE MATERIALS CENTER, INC. San Francisco 1978，138～140 頁。

〔註44〕1923 年，在太虛的建議下，改爲「佛化新青年會」。

12 期〔註45〕。

2、1913 年創刊的《佛教月報》由中華佛教總會在上海出版，編輯部設在上海清涼寺，總編輯太虛，經理爲清海。5 月 13 日，孔子的誕生日出刊第一期，出到第 4 期後，9 月停刊。大約每期 250 頁，還有一些廣告，整頁廣告（即現在說的整版廣告）售價 2 元。用不同顏色的紙張將雜誌分成七個部分，

（1）圖片：如經卷、傑出的佛教徒、會議、寺廟等；

（2）評論；

（3）佛教教義（理論文章）；

（4）佛教歷史；

（5）來自社會或佛教徒的通信；

（6）佛教界新聞；

（7）宗教詩詞。

該刊發表過太虛關於佛教改革的文章，如《無神論》、《宇宙眞相》、《致私篇》等。主張佛教以人類爲中心，破除以迷信鬼神爲本的宗教，反對離開現實人生奢談來世和超度亡靈，在中國現代佛教史上獨樹一幟。

3、《世界佛教居士林林刊》，1923 年 1 月創刊，初爲季刊，曾改爲不定期發行，最後又恢復季刊。先後由太虛、范古農、余了翁主編。插圖類季刊，世界佛教居士林的機關報，由佛學書局上海書店發行，發行量在 1000 到 1500 份左右。1937 年 4 月停刊，共出 43 期。該刊以「翻譯中西經典，發揮古德著述」爲宗旨，撰稿者多爲教內的居士、尤以南方居士爲主，刊登的教理文章，有較深的理論見解。

佛教居士林組織的宗旨是通過各種途徑幫助教徒以及一般市民。他們積極致力於兒童的學校教育，宣揚佛教教義，甚至建立一個小型圖書館，用於學習和研究。他們還興辦爲窮人服務的醫院，在水災和饑謹之年募集災款進行緊急救助，爲死去的窮人募集棺材和墓地，爲需要者提供借貸，當然，也募集錢財來放生，如牛，羊，鳥，魚等。該報報導他們的這些活動，並用白話來解釋那些難懂的經文。在通信欄目裏，編輯建議讀者來信提出自己的問題。刊末有居士林動態和國內外佛教動態，值得一提的是，每期都刊登著名居士或法師的肖像，保存了珍貴的資料。自出刊後，銷路很好，第一到第四期曾經重印，合併

〔註45〕參考全國圖書館文獻微縮複印中心出版的《民國佛教期刊文獻集成》，2006年 9 月。

成一本發行；1925 年在國內外有 25 個分銷處。該刊比較重視商業經營，一直刊有各種廣告，各種經濟收入公開，並專門將財務收支報告公正。不過受經費不足影響和各地佛教刊物不斷創刊的衝擊，自 37 期起，重訂林刊體例，以轉載林務爲主，減少出版篇幅，到 1937 年 4 月停刊，共出 43 期。

4、《內學》，1923 年南京支那內學院出版。在著名居士、學者歐陽竟無的領導下，以專門刊登純佛學理論的文章著稱，是中國最早的一份純佛學的學術刊物，被認爲是中國 20 世紀最有價值，最精到的佛學刊物。太虛認爲其取材之精超過《海潮音》。該刊在 1923 年出第一輯後，1924 年又重新出版第一輯，並加以改編。1925 年出第二輯，1926 年出第三輯，1928 年出第四輯（爲 27、28 兩年的合刊），之後由於人事和經濟緊張不再出版。撰稿人中有中國當時很有成就的佛學家和學者，如歐陽竟如、呂澂、王恩洋、湯用彤、蒙文通等。

5、《海潮音》，1918 年在各界的幫助下，太虛法師在上海成立「覺社」〔註46〕，創辦《覺社叢書》季刊，出版到第五期後，在 1920 年底改出《海潮音》月刊。該刊在人陸一直出版到 1949 年 4 月，352 期，後遷臺灣出版。是民國期間出版時間最長，影響最大，學術價值最高的佛教雜誌。雜誌由太虛法師任社長，1947 年 3 月其圓寂後，由李子寬繼任。歷任主編有善因、史一如、唐大圓、張化聲、會覺、楞伽化民等。先後在杭州、北京、上海、泰縣、漢口、武昌、重慶、南京、奉化等地編輯出版。「海潮音」的意思爲「海是深廣無際之意，須普周人世；潮是應時而發之意，即時代思想；音是聲教文物之意，乃是宣揚法化。故海潮音須爲應人海、時代潮流而宣發這覺音」。〔註47〕

自民國誕生到 1928 年間，目前能統計出來的佛教刊物如下。

表 5-11　北洋政府時期中國佛教刊物一覽表〔註48〕

名稱	創辦日期	創　辦　人	出刊周期	創辦機構	終刊日期	備　　　註
佛學叢報	1912.10	狄楚青	綜合月刊	上海有正書局	1914	中國最早的佛教刊物

〔註46〕該社先在武昌設立，1918 年遷到上海。

〔註47〕太虛，《第八年海潮音之新希望》，《海潮音》第八年第一期。

〔註48〕根據全國圖書館文獻微縮複印中心出版的《民國佛教期刊文獻集成》和 The Religious Periodical Press in China　by Rudolf　Lowenthal　Reprinted by CHINESE MATERIALS CENTER, INC. San Francisco 1978 整理而成。

佛教月刊	1913.4	太虛爲總編輯，清海任總經理	月刊	上海中華佛教總會	出四期後停刊	宣揚無神論和宗教滅亡觀點。
覺社叢書	1918夏	太虛主編	季刊	上海覺社出版	1919.10	1920年10月改名《海潮音》出版至今
新佛教	1920.3.5			寧波白衣寺佛教社		第五期後與《人學》合刊。
佛學旬刊	1922	審定劉離明，編輯謝知周	旬刊	四川成都	1933.1.24 還在出版，至少出73期。	每期20頁。
佛心叢刊	1922.1.5	經理釋現明，胡默青，編輯姚妙明	雙月刊	北京佛心會		總部設北京廣濟寺。發起人爲太虛等。反映北京地區佛教界的情況。
內學	1923年	歐陽竟無	年刊	南京支那內學院創辦	1928年	1928年後改爲《內院雜刊》，不定期出版。被視爲20世紀中國最有價值，最精到的佛學刊物。
大雲	1924.6	駱季和	旬刊	紹興大雲佛學社		67期起改爲月刊（1926、5月後）印刷精美，32開。
佛音	1924.2			閩南佛化新青年會出版		張宗載，寧達蘊等人組織的佛化青年會是20世紀20年代非常重要的新佛教青年運動。
新佛化旬刊	1922,9	張宗載，寧達蘊	旬刊	北平平民大學新佛化青年團（張，寧成立）	1923年隨張，寧南下停刊	共出12期，前10期爲單張小報，自11期開始改爲小冊子。
佛光	1923,3.2	顯陰編第一期，可端編第二期以後	月刊	揚州長生寺華嚴大學院		如實記載了華嚴大學院的情況，可以瞭解到當時佛教教育的情況。
佛化新青年	1923.1.29	寧達蘊	月刊	漢口古樓隱寺佛化新青年會，5期以後轉入北京宣武門門虎坊橋觀音寺編輯。		由「北平平民大學新佛化青年團」脫化改進而成，主要由全國各大學專門研究佛教的一些人組成。

佛化世界	1923,10,18	六即，覺人，明池等		受《佛化新青年》影響由居士創辦的刊物。		8開小報，粉色紙印刷，每期兩頁。
世界佛教居士林林刊	1923.1	先後由太虛，范古農，余了翁主編	初爲季刊，後爲不定期，最後又改爲季刊。	上海	1937年4月停刊，共出43期。	綜合性刊物。該刊一直有各種廣告，各種經濟收入公開，並專門將財務收支報告公正。自1925年開始在國內外有25個分銷處。
佛光社社刊	1927.2	社長江易園，編輯江雪惺		上海	1932後不見出版	
佛化旬刊	1926.4	四川省佛教會宣傳部出版。	月刊，每月逢8出版	成都		從1937年6月開始，改爲楷體出版。以刊登四川佛教界消息爲主。
仁智林叢刊	1926.9.1.	同社編輯				本刊爲曹錕，吳佩孚等主辦。
佛化周刊	1925	太虛，圓瑛，諦閒，印光等常發表文章	周刊，共四頁	上海	1930年還在出版，之後不祥	刊登教化性文章爲主，新聞性較強，特別突出佛教界存在的問題，進行評論，並發表一些調查性報告。
佛學月刊	1921	總理清海，協理開如等編輯太虛等		中華佛教會創辦	1923	文章特點有二：一時事性，發表佛教界人士對當前佛教的看法；二是學術性，太虛等爲之撰稿。
楞嚴特刊	1926元旦	同社創辦	月刊	廣州楞嚴佛學設創辦	14期後擬改名《大覺新聞日報》香港出版	該刊一直以提倡佛教革命，積極提倡佛是非宗教的口號。作者多爲不知名的或激進佛教徒，因此多涉及佛教存在的許多問題。
東方文化	1926.5	同社編輯，發行人趙南公				本刊是瞭解以唐大圓爲首的兩湖東方學派的組織和思想的基本材料。

佛化策進會會刊	1927	同社編		廈門南普陀寺，閩南佛學院《佛化策進會》出版組，泰東圖書居印刷	至少發行兩期。	設論文，研究，採錄，通訊，紀事等欄目。
三覺叢刊	1926.3	笠居眾生		武昌	至少發行三期。	改刊設有論說和研究兩個欄目，主要刊出具有理論深度的佛學學術文章。
佛學月刊	1925	王慧保	月刊	湖北漢陽懷善堂主辦，		設有圖畫，解經，戒律，智論，傳記，語錄，講義，著述，文苑，問答等欄目。
內院雜刊	1937					南京支那內學院刊物《內學》雜誌停刊後出版，專門刊登純佛學理論文章。
佛教女眾專刊	1924			武昌佛教女眾院主辦		專爲佛教女眾閱讀的刊物。
南瀛佛教會會報	1923.7			臺灣社寺課官員擔任。南灣佛教會發行		
中道	1923	林德林	月刊	臺中佛教會	至少16期	每期16頁，16開。
淨業月刊	1926.5	顧顯微	月刊	上海佛教淨業社	1928.10 30期	淨土宗的重要刊物。
四川佛教旬刊	1925.6			四川佛教會成都文殊院		主要報導四川佛教會的活動和公文。也有佛教義理的文章。69期以後改名爲《四川佛化旬刊》。
海潮音	1920	太虛，之後善因，史一如，唐大圓，等	月刊	上海「覺社」出版。	1949	民國期間歷時最久，影響最大，學術價值最高的佛教雜誌。
蓮社叢刊〔註49〕				山東濟南		存在時間比較短

─────────────

〔註49〕 此份刊物以下（含此刊）在《民國佛教期刊文獻集成》中沒有收錄。

法雨月報	1926	出版人許丹香，主編陳德民	月刊	江蘇		白話寫作。開始時是報紙版式，後來採用較小版式，並有圖片。文章大部分是理論問題，另外也經常刊登醫藥衛生方面的知識，方便讀者。在通信欄目裏會回答上期讀者提出的問題。
佛心叢刊	1922			河北廣濟寺佛心會出版		只出了一期。
現代僧伽	1928.10.10		半月刊	福建現代僧伽社出版、廈門大學印刷		
佛化季刊	1924			廣東潮洲密教重興會		
佛教月刊	1924			四川省佛教會（成都）發行		1000 份左右
佛光	1921			陝西《新秦日報》的副刊		號稱有 3000 的發行量

二、道教報刊

道教報刊出現的比較晚，雖然最早的一份是 1917 年的《道德學誌》，然而直到 1926 年出版的《卍字日日新聞》才算真正在報刊界立足，從 1917 到 1926 年的若干時間裏，先後有 14 家雜誌出刊，只有這一家存活下來。以上兩份報刊都是北平出版。此外還有救世新教（道教的一種）在 1926 年天津創辦的《救世新報》，社長張慰生，日刊，發行大約 300 份。

《卍字日日新聞》是世界紅萬字會的機關刊物，其前身為《世界紅卍字會總會賑災星刊》，停刊後由該報接替。該日報的新聞比較少，宗教性副刊《卍字副刊》更吸引讀者，很大一部分材料是通過迷信的占卜寫板之類的東西獲得的。全國範圍發行量 1000 份左右。占卜寫板是當時比較流行的一種媒介，據說很多宗教界人士之間以及俗世階層都利用它進行溝通。不僅道教、回教、儒教，甚至部分基督教、天主教的神職人員均有使用。當然這種東西大部分

是用中文的，偶爾的情況下也有英文以及其他的語言。30 年代後，該協會還創辦了一系列的姊妹刊物，如《卐字月刊》、《道德月刊》等。

中國道教在民國後開始設立學院，學院的普遍設立成為道教現代化過程中的重要途徑。在第一個學院道院「五福院」1911 年成立於山東後，1920 年其核心機構遷到濟南，1921 年再遷到北京。他們利用占卜寫板的形式出版該宗教的教義書籍，由此引發了出版報刊的興趣。到 30 年代末，道院在中國和日本、南海地區各地共有 300 多家分支機構。他們在 1921 年或 1922 年開始出版雜誌，如《哲報》周刊，《道德雜誌》月刊，《完國道德會誌》，但這些刊物很快就停刊了，直到 1934 年才出版了比較穩定的《道德月刊》。

三、儒教報刊

雖然儒學在中國甚至世界範圍內很少被認為是一種宗教，但民初康有為的提議，讓儒教成為國教，的確影響了儒學的發展，也影響了儒學刊物的興起與誕生。最早的儒學雜誌出版於 1913 年，到 1924 年，共有 16 份雜誌出版，1930 年有兩份，35～37 年又有三種出版。出版時間均不長。

主要雜誌如下：

1、《孔社雜誌》，1914 年北平出版，北京孔社本部出版，月刊，每期 100～150 頁。主要有三部分內容，孔孟言論，經典儒家學說的教導，以及促進孔教為國教的運動。雜誌用不同顏色的紙張分為 6 個基本部分：插圖、孟子以及其他儒教學說的經典、儒家禮儀儀式、入學教義與格言、各種文章和演講等的文摘、論說。

2、《四存月刊》，1921 年由四存學會創辦，當時的徐世昌總統出資贊助，他甚至還為刊物寫文章。徐 1922 年下臺後，該刊物也於 1923 年 3 月停刊。該刊物以提升儒學中的「人」「性」「學」「治」的思想為主，主要介紹儒學大家顏元和李塨的學說，討論各種道德問題，並有翻譯作品，新聞、報告、演講以及也孔教有關的通信等。該刊用傳統方式裝訂，單面印刷，每期在 50 到 60 頁左右，印刷比較精美。

3、《經世報》，又名《昌明孔教經世報》，以日報的形式出版於 1917 年，但從第二期開始就改為不定期，1923 年改為月刊，最後一期見於 1927 年。該刊以昌明孔教為宗旨，主要宣傳孔教學說，論述孔子學說與現實生活的關係，提倡恢復並光大孔教，具有濃厚的復古色彩。陳煥章主編，他同時兼任上海

《孔教會雜誌》的主編。這兩個報刊內容都很相似：廣布儒家學說與文化，宣揚恒久眞理，促進孔教在社會上的影響等。

4、上海《孔教會雜誌》，1913 年出版，陳煥章主編，他是康有爲的學生，留美博士，《孔門理財學》的作者，一生致力於儒教國教化運動。該雜誌爲月刊，150～200 頁左右，分六個部分，涉及孔教的左右方面，目的明確，編輯高明，甚至沒有忘記婦女和士兵類讀者，指出孔教在他們特殊生活中的重要性。雜誌還幫助朝聖者組織了一次爲慶祝孔子生日的旅行活動。

5、《不忍雜誌》，1913 年 2 月 15 日創刊，月刊，350 頁左右，採用孔子紀年，廣智書局出版發行。康有爲的門人陳遜宜、麥鼎華、康思貫等先後擔任編輯。名爲「不忍」是因爲「見法律之蹂躪」，「睹政黨之爭亂」，「概國粹之喪失」，而皆「不能忍」，「此所以爲不忍雜誌」〔註50〕。發行不僅在上海、北京、天津，而且還到達悉尼、紐約，舊金山，夏威夷和加拿大。每期有 10 頁左右刊登世界著名地區和人物的照片。內容不僅涉及孔教，也有其他內容，如國內新聞，外國事務、是一份綜合性雜誌，也是用不同顏色的紙張來區別內容的不同。同年 11 月第 8 期後，因康有爲喪母停刊。1918 年續出 9～10 冊合刊，由潘其旋編輯。

另外還有山西出版的《宗聖雜誌》（月刊，但不定期，最後第 26 期是 1923 年 9 月出版），在 1916 年 11 月和 1917 年 1 月出版兩期特別副刊《孔教問題》。四川在 1918 年出版了內江《孔教昌言》季刊，1923 年到 1930 年間出版了成都《大成叢錄》。

四、清眞、穆斯林教報刊

民國建立前，只有一份海外的中文清眞教報刊。從 1913 年到 1926 年，有超過 18 份報刊出版，但到 1938 年只剩 2 份還在出版。南京政府建立後，該教派的報刊獲得大發展，從那時到 1938 年有超過 80 份刊物在出版。

1928 年前出版的有北京《回文白話報》，1911 年 1 月出版，1915 年 4 月改名爲《回文報》，該月刊於 1917 年停刊，用中文和阿拉伯文雙語刊登，150 頁左右。專門針對蒙古、新疆和西藏地區，通過郵寄方式免費送到學校和一些機構。該刊是由當時的政府機構蒙藏事務局負責。

〔註50〕《不忍雜誌》發刊詞，轉引自王檜林，朱漢國主編，《中國報刊辭典》（1815～1949），書海出版社，1992 年版，58 頁。

1923 年中華西北協會創辦了《西北月刊》，致力於西北的回民事務。內容覆蓋宗教政治事物，希望作爲少數民族的回民能與世界聯繫與溝通。大約每期 70 頁，有插圖，售價 10 文。

1927 年天津出版的《明德報》月刊，內容有相當進步，在一篇文章寫到地球是圓的，而不是一些穆斯林教所主張的方的，它還反對一夫多妻制，宣稱在這些事情上，國家的法律應該超過宗教的教條。

另外日本出資支持的《震宗報月刊》（1927 年出版）和 1925 年的《穆光半月刊》，都是在北京出版。

而我們熟悉的《正宗愛國報》和其繼承者《北京愛國白話報》，其實也是穆斯林的報紙，這是該教派報刊中的佼佼者，發行和影響都超過了一般的宗教報紙，特別是被袁世凱處死的主編丁寶臣，也是一個回民。

宗教報刊在中國雖然分佈廣泛，但影響很小。除了中國的文盲人數眾多、交通不暢以及民眾購買力低下，這些當時影響報紙發展的因素也都限制了宗教報刊的傳播外，還有以下一些特殊的原因：

首先民國初年雖然中國宗教自由，但受文化影響，宗教在中國社會生活中並沒有起到支配作用。除佛教外，各種教派信徒在國民中比例甚少，宗教報紙若僅在教民中傳播，範圍有限。另外與清末不同，民初讀者可以有更多的商業報紙作爲選擇，宗教報紙即使以刊登世俗新聞爲主，也難出現一枝獨秀的情況。

第二，宗教組織力量不強，財力不足，難以爲辦報提供持續而強有力的資金支持。宗教刊物作爲特殊群體的特殊出版物，主要依靠宗教組織和教徒支撐。民國初期，我國宗教組織大多較爲分散，力量不強，大部分宗教報紙依靠個別熱心人的主動幫助，即使在資金方面度過難關，但報紙在內容、發行推廣和吸引讀者等方面都很受限制，特別是報紙在編輯上過分依賴某一個人，如果該編輯搬到另一個城市或死亡後，報紙很難立刻找到接替的人，因此多數情況下宗教報紙很難堅持較長時間。

第三，宗教報刊本身大部分採用免費贈閱的方式，使得收到報刊的讀者對其珍視程度大爲降低，人們對不用花錢買來的東西一般不會珍惜，因此閱讀興趣也不大。

第六章　通訊社及廣播電臺

第一節　通訊社

　　從中國通訊社誕生到抗戰前，其發展一般分爲三個階段：外國人獨佔時期（1871年～20世紀初），國人自辦通訊社的發軔時期（1903年到1927年），中國通訊社的進步發展時期（1927年到抗戰前）。北洋政府統治時期，中國的新聞通訊業正處於國人自辦通訊社的發軔時期。

一、外國在華通訊社及其業務特點

　　同報紙一樣，通訊社這種新聞媒體形式也是由外國傳入中國的。根據1870年1月，英國路透社、法國哈瓦斯社和德國沃爾夫社簽定的「通訊社國際聯盟」約定，世界被劃分爲三大地區，分別由三家通訊社負責，他們彼此之間交換獲得的新聞，包括中國在內的遠東地區成爲英國路透社的報導範圍。20世紀初，美國聯合通訊社加入該社，但只負責美國的報導，因此該協定又被稱爲「三社四邊協定」。1912年，美聯社不甘心附屬的地位，決定不再受該協議的約束，到一戰開始，因爲德國與英、法爲交戰國，彼此間不再交換新聞，協議廢止，因此通訊社又恢復到自由競爭時代。

　　根據以上協議，1871年路透社在上海設立遠東分社，開創了中國通訊社的歷史，路透分社長期以來是中國惟一的通訊社，在中國國際新聞發佈上，處於壟斷地位。直到一戰結束後，其他各國的通訊社才開始染指中國地區的報導。

20 世紀以前，它的供稿方式比較原始，僅向《字林西報》一家供稿，其他報紙如果想獲得新聞，必須等該報發表後進行轉載，很多報紙對此非常不滿。英文報紙《文匯報》在 1900 年後挑戰該報的這種新聞獨佔權，直接刊印路透社消息，結果遭到起訴，《文匯報》敗訴。但該報老闆開樂凱到倫敦去見路透社總社經理，向其申述，最後路透社終於同意各報有平等刊發該社稿件權利。1900 年上海四家外文報紙同時獲得該社發稿權，這樣，在上海的外文報紙可以同時在第一時間刊登路透社的消息，但中文報紙還不能享受此等權力。遲至 1912 年該社才開始向我國中文報紙供稿，當時有 18 家報紙採用它的新聞稿，取費以報館大小為標準，每月由 5 元到 175 元不等。自此中國報紙上的國際消息開始與外國報紙同步。

該通訊社壟斷中國的國際新聞報導甚至部分國內新聞達數十年之久。「吾人一披閱中國之新聞紙，則英國半官方式『路透社電』之消息，連篇累牘，全報新聞之來源，幾全為『路透社電』所佔有，而國際新聞為尤甚」〔註1〕。

繼路透社之後，在華發稿的外國通訊社還有以下幾家：

美國聯合通訊社 1915 設立上海分社。開始只收集消息而不對中國發稿，到 26 年前後開始用無線電給各西文報紙提供美國消息。我國報紙時常有譯載，但因為收費很高，到 26 年時還沒有報紙購買它的稿件。

日本東方通訊社和電報通訊社 前者為日本政府之機關，後者為日本政黨之機關。這兩個通訊社主要「供給日本消息，而於我國北方事為特詳，其取費甚廉」〔註2〕。東方通訊社是 1914 年由日僑宗方小太郎在上海設立，那時不是日本國家通信社，只是日本人在華設立的通訊社，除上海的總部外，還在北京、廣州、漢口和瀋陽（當時叫奉天）設 4 個分社。1923 年，宗方小太郎逝世，由他的學生波多博接任社長。1919 年日本著名記者多戶參加巴黎和會，期間驚訝於英國路透社和美聯社的組織精密和高效的工作，回國後建議日本外務省在中國組織大規模的通訊社。1920 年日本政府派他到中國考察，鑒於東方通訊社在中國的基礎已經比較好，因此他建議對該社進行改組。1920 年該社改組為日本外務省在中國的正式通訊社機關，總社在東京，上海改為分社。1926 年東方通訊社和日本國際通訊社合併，改組為

〔註1〕黃梁夢，《外人在中國經營之通訊業》，黃天鵬編，《新聞學刊全集》，光新書局，1930 年，113、114 頁。

〔註2〕戈公振，《中國報學史》，生活・讀書・新知三聯書店，1955 年，154 頁。

日本新聞聯合社，目的是將該社從主要負責中國地區的新聞報導擴張爲一個對世界進行報導的國際性通訊社。1936 年 1 月 1 日該社更名爲同盟社，並於當年 7 月 1 日合併電報通訊社，最終成爲一家國際性通訊社。

　　日本電報通訊社，組織上是光永星郎的個人產業，但實際上是日本的政黨機構。1900 年創辦於東京，1920 年 10 月在上海設立分社，以中、日、英三國文字供給上海各報時事通信和經濟通信。

　　法國無線電臺　1916 年元旦，法國在上海顧家宅（現復興公園）設立上海第一座國際無線電臺。1916 年 1 月，法國外交部通過法國無線電公司收購顧家宅公園電臺，條件爲：（1）所有設備和機械，1916 年 1 月 1 日起全歸公董局所有，代價爲 25000 兩；（2）公董局願將該臺收入 10% 報效公司，報效期以 25 年爲限；（3）公董局以後如願擴大該臺組織時，公司應幫助局方進行；（4）公司應代公董局向瑞士首都盤諾（即伯爾尼）無線電臺公會註冊，敍明係報告時刻及氣象。無線電臺成立後，作爲氣象臺的一個部門稱特務營業課，當時正處於第一次世界大戰期間，電臺由法國海軍管理。

　　1918 年 9 月間，法國政府增加投資，使這座電臺功率加大，可以接收 6000 英里以外的法國、美國、英國的電訊，時效性比路透社電報還要快。公董局臨時委員會該年 10 月 8 日決定向租界內各機構分發法國新聞電報，每月費用 20 元。當時，正值第一次世界大戰，由於戰爭消息當天即可到達上海，受到上海各報普遍歡迎，許多報紙特闢「法國無線電」專欄刊登戰地消息。1921 年 2 月 13 日，電臺開始接收法國波爾多的商業電報。1926 年 2 月 1 日，公董局將新聞電報的分發權轉讓給法屬越南的太平洋通訊社，同年 7 月，新添設汶林路和福履理路電臺。無線電臺電力爲 500，700 瓦，計有長波臺 1 座，短波臺 3 座。

　　其他外國新聞通訊機構還有：膠東無線電臺，德國所有（一戰前，山東爲德國的勢力範圍），接受和發佈該國半官方消息。1927 年，法國哈瓦斯通訊社派記者來滬採訪，並於 1931 年在上海成立分社；1928 年，德國海洋通訊社（簡稱海通社）來上海設立分社；1929 年美國合眾通訊社、美國聯合通訊社先後在上海設立分社。20 世紀 30 年代中期，蘇聯塔斯社在上海設立分社；意大利斯丹芬通訊社（又稱斯蒂芬通訊社）也於 1933 年來上海設記者站。此外，德國新聞社也派記者來滬採訪。

　　這些外國通訊機構以雄厚的實力，先進的手段，靈通的信息，佔領了上

海新聞市場，成爲當時上海新聞通訊事業半殖民地性質的一個明顯標誌。

二、國人對通訊社的認知

外國通訊社陸續進入上海後，擴大了中國媒體的國際新聞來源，但由於它們維護各自政府的利益，經常發佈對中國含有蠱惑煽動、顛倒是非、混淆視聽的報導，引起業界人士的擔憂和不滿。1920 年，全國報界聯合會在通過的提案中寫道：「吾國報紙，歐美情勢及外交消息，皆取材外電，彼多爲己國之利害計，含有宣傳煽惑之作用，故常有顛倒是非變亂眞僞之舉」〔註3〕，「非自行創立一通訊社，探報各國情形不可」。一個筆名爲黃梁夢的人用「中國太上新聞界」來比喻這些通訊社在中國新聞業中的位置，他說，「北京東交民巷公使團，素有『中國太上政府』之稱，吾謂外國通訊社，可曰『中國太上新聞界』」。「中國新聞紙『紐斯』（NEWS）之來源，既操諸外國通訊社之手，彼輩乃伎倆百出，縱橫捭闔，極把持壟斷挑撥之能事，」主要有以下的伎倆，「製造謠言」、「顛倒是非」，「暗中挑撥」，不僅對中國新聞業有很壞的影響，而且對中國的政治、外交甚至軍事都產生極壞的作用〔註4〕。當然也不能說這些通訊社的消息都是假的，只是當時國人的判斷是以是否有利於中國爲標準的，「有些外國通信社，有時也發些有利於中國的消息，可是不要誤會他們是愛中國，是上等的，不過因爲偶然發點慈悲心，可憐中國人，否則就是在中國政治上或經濟上有一種策略」〔註5〕。

外國通訊社在中國的壟斷，讓中國新聞業界有很深的焦慮和不安，他們很想組織起自己的新聞通訊社。早在 1909 年，上海《民吁日報》就曾發表題爲《今日創設通訊部之不可緩》的社論，呼籲立即創辦通信部（即通訊社），以進行民主革命宣傳；第二年，全國報界俱進會成立，在第二次會議上（1911年 9 月 22 日在北京舉辦）決議設立通信社，先從北京、上海、東三省、蒙古、西藏、新疆及歐美入手，依次推及內地。其主要目的是使中國各報付出少數的代價，獲得正確的新聞。「報館記事，貴乎詳、確、捷，今日吾國訪員程度之卑劣，無可諱言。報館以採訪之責付諸彼輩，往往一事發生，報館反爲訪

〔註 3〕 戈公振，《中國報學史》，生活・讀書・新知三聯書店，1955 年。255 頁。
〔註 4〕 黃梁夢，《外人在中國經營之通訊業》，黃天鵬編，《新聞學刊全集》，光新書局，1930 年，114～117 頁。
〔註 5〕 戈公振，《一個代表通信社》，黃天鵬編，《新聞學名論集》，上海聯合書店，1930 年，78 頁。

員利用，顛倒是非，無所不至。……同人等以爲俱進會者係全國公共團體，急宜趁此時機，附設一通訊機關，互相通訊，先試行於南北繁盛都會及商埠，俟稍有成效，逐漸推行，俾各報得以少數之代價，得至確之新聞，以資輔助而促進步……」〔註6〕。但這一提議最終因爲種種原因而未能實現。

1916 年 11 月沈宣賓向內務部提交創設中華電報新聞社的「批」，計劃備十萬元，「總社設於北京五道廟南口路西二十三號，設支社於國內各省各埠，以及東京、紐約、倫敦、巴黎、柏林、彼得格、舊金山、星加坡等處，索隱探微，偵彼政策，興國強民」。〔註7〕但內務部以新聞電報歸交通部管，因此回覆「事關電政，自應遵照交通部新聞電報章程先行呈請交通部查核辦理，俟核准後再呈請於所在地之警察官署轉呈本部備案」。〔註8〕實際上由於政府部分的推諉，該通訊社後來並未成立起來。

外交部在 1918 年 7 月 6 日，也向內務部提交了《外交部關於擬託巴黎巴爾幹通訊社爲歐洲大陸中國通訊機關的公函》，打算每月津貼 5 千佛郎，作爲中國政府在外的喉舌，對中國參戰議和等事項，「將本國實任新聞，由巴黎某家通訊社宣佈於歐洲大陸各報紙」，「挽救或維持在外之輿論」〔註9〕。但此事後來也由於條件不成熟而作罷。

三、國人自辦通訊社

1、通訊社的種類

通訊社按照組織規模及業務範圍看，一般分爲：

（1）世界性通訊社，或國際性通訊社。其條件如下，在國內外有廣大的新聞採集網，收集信息發回本社；發佈消息的對象除國內的各媒體外，還有

〔註 6〕　中央通訊社，《七十年來中華民國新聞通訊事業》，中央通訊社編印，1981 年 12 月，18 頁。

〔註 7〕　《沈宣賓創設中華電報新聞社呈與內務部批》，中國第二歷史檔案館編，《中華民國史檔案資料彙編》，第五輯，第三編，文化，南京江蘇古籍出版社，1997 年，第 381 頁。

〔註 8〕　《沈宣賓創設中華電報新聞社呈與內務部批》，中國第二歷史檔案館編，《中華民國史檔案資料彙編》，第五輯，第三編，文化，南京江蘇古籍出版社，1997 年，第 382 頁。

〔註 9〕　《外交部關於擬託巴黎巴爾幹通訊社爲歐洲大陸中國通訊機關的公函》，中國第二歷史檔案館編，《中華民國史檔案資料彙編》，第五輯，第三編，文化，南京江蘇古籍出版社，1997 年，第 383 頁。

國外的媒體；與國外的全國性通訊社訂立新聞供應合同，可以在該國國內轉發其提供的新聞稿件。

（2）全國性通訊社。其條件如下，在全國各地布置新聞採訪網，廣泛採集新聞信息，供應相關媒體或機構；在國際上重要城市設特派員，採訪與本國有關的新聞，提供回本國供新聞媒體採用；與世界性通訊社及其他若干國家的全國通訊社訂立新聞交換和約，籍以擴大新聞採集範圍。

（3）地方性通訊社，其業務僅為採集當地的地方新聞或本市新聞，供應當地媒體。

中國國人自辦通訊社一般是按照地區性通訊社、全國性通訊社和國際性通訊社的步驟進行。最先成立的通訊社一般都是地區性的，即負責採集本地區的新聞，主要供給本市或本省地區的報紙媒體發表。

國人最早的通訊社出現在 1904 年 2 月 17 日（該日是其首次發稿日期），廣州駱俠挺成立的「中興通訊社」，地址在廣州中華中路（今解放中路）回龍里，主要向廣州、香港兩地報刊發稿。

1908，廣州報界公會成立後，廣州各家報紙一般都採用報界公會的新聞稿件和公電，這些稿件多數係由政府機關與各界送來的。廣州報界公會起了通訊社的作用。而後 1911 年 2 月，楊實公在廣州創辦展民通訊社，編輯毛誦芬，社址在小北路。

通訊社還可按照組織基礎和法律地位進行分類，主要有：

（1）新聞事業聯合組織的合作性通訊社，即由若干的報社和電臺等合作組成，採集新聞，供給各會員單位，費用由各單位分擔。申時電訊社就屬此類。

（2）獨立經營的商業性通訊社。由私人投資，獨立經營，純粹依靠普通商業的方法出售新聞稿件和圖片給媒體，收取訂稿費以維持營業。不接受政府和其他方面任何財務上的支持，供應的對象也沒有限制。國聞通訊社基本上算是這個範疇（因為在其經濟困難的時候，也接受過個人名義的津貼，因此說是「基本」）。

（3）政府主辦的官方通訊社。資金、人員全部來自政府，是政府的一個部門，代表政府官方發言。例如中央通訊社。

（4）政黨的通訊社。由某一政黨控制，主要發佈該黨新聞信息和政策方針的通訊社。當時很多政黨都組織有通訊社。1918 年前後政學系楊永泰在廣

州創辦的周循社；1920 年 7 月初由上海共產主義小組創辦中俄通訊社，是中國共產黨創辦的第一個通訊社，社長是中共早期著名革命活動家楊明齋。該社後改名華俄通訊社，大量報導十月革命後俄國情況以及共產國際的材料，並把中國報刊上的重要消息譯成俄文，用電報發往莫斯科，社址在新漁陽里六號，也是楊明齋的住所。這個通訊社在 1921 年 6 月終止〔註10〕。1920 年 9、10 月間俄國共產主義米諾爾和別斯林來到廣州，建立了俄國通訊社，並出版《勞動者》。1922 年 9 月廣東勞動組合書記部在廣州主辦的愛群通訊社。這些通訊社影響不大，壽命不長。中國當時數目眾多的通訊社中有相當比例是屬於這類。時人對此常有議論，如稱華俄通訊社，「為俄人鼓吹赤化之機關，其發行之通信，染有顏色甚深，讀者宜好為鑒別之」〔註11〕。

另外還有私人但接受官方資助的所謂半官方通訊社，以及專業性的通訊社。這些類型在當時的中國並沒有突出代表。

2、民國後國人自辦通訊社的歷史

民國初年，新聞事業飛速發展，地區性通訊社紛紛興起。1912 年成立了湖南通訊社，湖南新聞社。1912 年 11 月 1 日廣州再次出現公民通訊社，主辦人楊公民，社址在中華北路白蓮巷。上海第一家登記在冊的、由中國人自辦的通訊社是 1912 年 8 月 31 日上海報人李卓民主辦的民國第一通訊社。此後，中國的民營通訊社陸續出現。但由於人力財力有限，大都以譯報、剪報為主，自採新聞較少，只具備刻字複寫油印十數份新聞稿分送報社的能力，維持時間也很短。各地通訊社事業仍舊處於外國通訊社的壟斷之中。

1921 年後中國通訊社的數量和質量開始有所提高，如民國期間影響較大的國聞通信社 1921 年後漸成氣候，申時電訊社也在 1924 年成立。據 1927 年統計，當時上海通訊社共有 12 家，1934 年則發展到 32 家，未向政府登記註冊的還不包括在內〔註12〕。1923～1926 年，廣州新成立的通訊社有 19 家，其中較重要的有國民黨中央宣傳部於 1924 年 4 月 1 日成立的中央通訊社（1926 年 12 月遷武漢，1928 年 6 月遷南京），1926 年 6 月 20 日成立的海外華僑通

〔註10〕這一日期的來源是李達的回憶。《回憶黨的早期活動》，《黨史資料》叢刊，1980 年第一輯，第 22 頁。
〔註11〕王伯衡，《中國之西字報》，黃天鵬主編《新聞學全刊》，光新書局，1930 年，156 頁。
〔註12〕上海地方志，新聞志，通訊社編。
http://www.shtong.gov.cn/node2/node2245/node4522/node5600/index.html

訊社。據中外報章類纂社所調查，1926 年中國有通訊社 155 家，北京最多，武漢次之，多數「設備甚簡，只爲一黨一派而宣傳其消息，至不爲國內報紙所信任，對外更無論矣。」〔註 13〕不久後（應該是 1929 年前），北京新聞學會所調查，這個數字在 180 以上，但「其規模初具，按期出稿者，約三分之一，消息以駐在地爲多」〔註 14〕。剩下的基本上拿著津貼，做別樣的打算。

該時期比較著名的通訊社有如下幾家：北京新聞編譯社，上海國聞通訊社，申時電訊社，它們以報導當地新聞爲主，有的業務延伸到國內幾個主要城市，但還不能算是全國性通訊社。國民新聞社和中央通訊社，這兩個通訊社有對外交換新聞的國家性通訊社的性質，但在這個階段發展還很不成熟。

新聞編譯社 邵飄萍創辦，北洋政府時期中國最早一家比較有影響的通訊社，1918 年 7 月成立。當時邵飄萍擔任上海《申報》駐北京特派員，其自述創辦通訊社的原因一方面爲求報導確實消息，一方面則爲對抗外通訊社操縱中國新聞，挑撥國人感情，「北京報紙絕少背後無關係者。以立憲國家言之，此固未足以爲病；惟其新聞，則除與背後人有關係之一二條夾敘夾議、不倫不類、嬉笑怒罵、立言絕無範圍者外（尤可注意者，動輒涉及隱私），殆不再有確實消息可言。而縱橫挑撥於其間者，則爲某國所設之一、二通訊社。吾人與同輩言及，每引爲奇恥。……乃於民國七年，創辦新聞編譯社於北京，是爲我國人在北京有通訊社之始」〔註 15〕。由於他在北京新聞界十分活躍，採訪技術和技巧高明，因此獲得不少最新最眞的消息，新聞編譯社所發消息也很受歡迎，並具有相當的影響力。「各報館素苦無新聞材料，外人之爲北京通訊者，尤深以爲苦，故通訊一發，購者紛紛。向之政府議閣，關防嚴密無人過問者，至是乃打破之，而每次皆有所議之記載。北京報紙，頓改舊觀，他家通訊社亦以繼起，其記載新聞之格式，一仿新聞編譯社，至今而未改。」〔註 16〕該社所發稿件，目前看來可能僅限於北京，其次給外國駐北京記者參考；因爲設備資金的問題，未能發展到每天向國內各省提供新聞電訊的業績，因而只能是個地方性通訊社，但「至少是具有現代通訊社觀念的第一個新聞通訊機構」〔註 17〕。

〔註 13〕 戈公振，《中國報學史》，生活・讀書・新知三聯書店，1955 年。253 頁。

〔註 14〕 黃梁夢，《外人在中國經營之通訊業》，黃天鵬編，《新聞學刊全集》，光新書局，1930 年，114 頁。

〔註 15〕 邵飄萍《我國新聞學進步之趨勢》，《東方雜誌》21 卷第 6 期，商務印書館。

〔註 16〕 邵飄萍《我國新聞學進步之趨勢》，《東方雜誌》21 卷第 6 期，商務印書館。

〔註 17〕 中央通訊社，《七十年來中華民國新聞通訊事業》，中央通訊社編印，1981 年

國聞通訊社　1921 年上海創辦，一般人認為該社是由胡政之創辦〔註18〕，但實際上並非如此。國聞通訊社與安福系有密切關係，1920 年直皖戰爭中失敗的安福系為了東山再起，與南方國民政府和北方奉系軍閥結成一個臨時性的反直聯盟，中心設在上海。為了政治鬥爭的需要，決定成立一個宣傳機構，於是國聞通訊社應運而生。由於這個反直聯盟是以安福系為主體，所以國聞通訊社由安福系推薦主持人，又因為通訊社的主要經濟來源是浙江軍閥盧永祥，因此主持人是盧的親信石小川，安福系的中意人選胡政之只負責編輯部的工作。在國聞通訊社緣起中，曾說到「各國報館，內部有完善之組織，外部有得力之訪員，更有通訊社收集材料為之分勞，其消息靈確，輿論健全，實由於此。中國則因報界組織不完全之故，報導歧出真相難明，同在一國，而南北之精神隔絕，同在一地，而甲乙所傳個別。吾人欲謀新聞事業之改進，捨革新通訊機關殆別無他道，同人創立茲社，志趣在此。欲將本積年之經驗，訪真確之消息，以社會服務之微忱，助海內同志之宏業」〔註19〕。

為了擴大業務，該社先後在北京、漢口設立分社。國聞社成為當時規模最大的民營通訊社，但 9 月因為盧永祥在一次戰爭中失敗，國聞通訊社失去經濟來源，石小川等盧的人員紛紛離去，將通訊社留給了胡政之。沒有盧永祥的支持，國聞通訊社出現資金問題，難以維持。在行將關閉的時候，得當時金融巨頭吳鼎昌支持，每月 400 元，他自己則以金融家的身份發表點文章，國聞通訊社這才維持下去。

起初，該社用郵寄的方式發稿給各地報紙，上海地區每天發稿兩次，約 6、7 千字；對先後在北京、天津、奉天（瀋陽）、漢口、長沙、重慶、廣州、貴

12 月，22 頁。

〔註18〕 《上海新聞通信事業的發展》，《上海研究資料續集》，《民國叢書》第 4 編，第 81 卷，上海通社編輯，上海書店，708～709 頁記載，前一年，即 1918 年巴黎和會期間，他以大公報記者的名義採訪和會，看到「和會裏各國通信社記者，都坐在記者席的前面，並備有紙筆，這種優待，我們中國便不能享受，因為中國就沒有通信社記者出席。當時我便覺到中國有組織一規模宏大通信社之必要，和會裏路透公司的記者最多，速記差不多五分鐘換一次人，記好後便依次由該公司記者傳出，當時就由路透公司自己裝設之海底電線傳出。其傳達消息之迅速，實屬驚人。我目睹這種情形非常感動，中國的新聞事業與此相比，那能不差之千里呢？我自歐洲回國後，不久即辭去報館職務，在上海創辦國聞通信社」。

〔註19〕 戈公振，《中國報學史》，生活‧讀書‧新知三聯書店，1955 年，256 頁。

陽等地所設的分社,則每天發稿一次〔註20〕。這已經是當時國人自辦通訊社中最好的業績了,但比較起外國通訊社每一個小時發稿一次的頻率和速度,還是很難望其項背。

國聞通訊社的消息寫作模式很有現代味道,即以詳確報導事實爲主,不加議論;至於國外消息,亦陸續聘請通訊員提供信息,凡各國報紙有重要消息,也隨時譯述,發稿供報界採用。其中私人訂閱,每月 4 元,本埠各報訂閱,每月6元,外埠各報訂閱,每月8元,外埠快郵訂閱,每月10元,價格低廉。

但通訊社只能發新聞稿,不能發表言論,因此24年8月該社創辦《國聞周刊》作爲附屬機構,記載每周國內外大事,並加以評論。執筆者有張季鸞、胡政之、陳布雷、葉楚傖、潘公展等。該社自1925年增加以電報傳遞新聞的業務,同時增加報導各地的商業行情,供工商界人士參考。1926年6月,天津新記《大公報》開始籌辦,胡政之將國聞通信社總部遷到天津,繼續發稿,成爲北方通信社的巨擘。在人才培養方面國聞通訊社也非常重視,爲中國通訊社貢獻不小,1937年抗戰爆發後停辦。

申時電訊社 「民國以來在民營通訊社中,基礎穩固而發展迅速者,當首推申時電訊社」〔註21〕。該社成立於1924年,由上海《申報》經理張竹平創辦,當時他結合《申報》和《時事新報》編輯部同人,在工作之餘,將兩報得到的各方專電,撮要編輯,拍發給外埠數家有關係的報社應用。其發稿件分電訊和郵寄兩類。其中電訊稿又按照字數不同分四種,甲種每天1000字左右,乙種每天500字左右,丙種,每天100字左右,丁種,每天50字左右。各報館可以自由選擇,但拍發的電報費由各報館自理。至於郵寄稿件,僅有平信和快遞兩種。訂稿的報館可以用各地政治、經濟、教育、商業、風俗、人情等方面新聞與該社交換稿訊。

申時電訊社發稿3、4年後,深得各地報業歡迎,業務增加,1928年該社進行改組,釐定組織,擴充資本,另聘專職人員,分別編發中、英文電訊,業務蒸蒸日上,發展迅速。到1932該社與《時事新報》、《大陸報》、《大晚報》

〔註20〕 中央通訊社,《七十年來中華民國新聞通訊事業》,中央通訊社編印,1981年12月,22頁。

〔註21〕 中央通訊社,《七十年來中華民國新聞通訊事業》,中央通訊社編印,1981年12月,23頁。

合併稱爲「四社」，彼此之間密切合作，各報將所收專電盡量供應該社，因此資料極爲豐富，每天收發的電訊達 6 萬字，並編發英文電訊稿，與國內外簽訂供稿合同的有 110 多家，海外用戶擴展到香港、馬尼拉、爪哇〔註22〕。1934年 12 月，該社依照公司法，正式成立股份有限公司，並在南京、漢口、天津、香港設立分社。其業務除編發中、英稿件外還攝製新聞照片供應給各報館，因此是國內當時最具規模的民營通信社。1937 年抗戰爆發，上海淪陷後停辦。

3、國際性通訊社的發軔

　　國內通訊社雖然有所發展，但國內業界人士更加憂慮中國沒有國際性通訊社，導致中國新聞主權被侵犯，甚至影響到中國的外交主權的問題，「中國外交失敗的原因缺乏宣傳也是其中之一」〔註23〕。這主要是國際性通訊社的工作原則造成的。國際性通訊社在一個國家發稿，是需要一定手續的，不是直接向該國媒體供應稿件。「它要和對方的國際通信社交換消息，然後由對方的通信社的手裏發出去刊佈」〔註24〕。由於中國很長一段時間內沒有這樣的國際性通訊社，中國的對外報導均依賴外國記者，他們完全根據自己的理解和立場進行報導，有時甚至是誣陷、造謠，對中國對外形象造成很大傷害，影響中國的國際交往和在國際事務中的地位。在中央通訊社成立前，外國媒體要收集中國方面的新聞，只好找路透社，這樣該社長期以來成爲中國對外言論方面的代表。「因爲自己的意見，要在人家口內說出來，就使這個通信社很公道，也有許多不便。何況他們的國家觀念很深，能置自己利害於不顧嗎？」因此這些外國通信社「不能代中國宣傳，有時還要反宣傳」〔註25〕。國際通訊社的缺乏導致中國新聞獨立性的喪失。

　　因此必須建立一個國際性的通訊社，這不僅關係到中國的新聞獨立與主權，而且也關係到國家的對外交往，意義重大。從歐洲考察回來的戈公振屢次提出建立國際通訊社的重要性，中國報界在全國性會議上也屢次有此呼

〔註22〕　《申時電訊社創立十週年紀念特刊》，127 頁。轉引自《七十年來中華民國新聞通訊事業》中央通訊社編印，1981 年 12 月，26 頁。

〔註23〕　戈公振，《一個代表通訊社》，黃天鵬主編《新聞學名論集》，上海聯合書店1930 年，78 頁。

〔註24〕　《上海新聞通信事業的發展》，《上海研究資料續集》，《民國叢書》第 4 編，第 81 卷，上海通社編輯，上海書店。705 頁。

〔註25〕　戈公振，《一個代表通訊社》，黃天鵬主編《新聞學名論集》，上海聯合書店1930 年，78 頁。

籲，但最後都不了了之。1920 年，全國報界聯合會通過了組織國際性通訊社的決議案，「吾國報紙，歐美情勢及外交消息，類皆取材外電，彼多爲己國之利害計，含有宣傳煽惑之作用，故常有顛倒是非變亂眞僞之舉。抄載稍有不愼，鮮不墜其術中。而各國通訊社在吾國中者，其數又多，各本其主旨，任意散步，指鹿爲馬，入主出奴，混淆龐雜，取信無從。報紙之論評，既難期中鵠，閱者之從遲，自旁皇莫定。將欲矯除此弊，使對外之言論趨於一致，非自行創立一通訊社，探報各國情形不可」〔註 26〕。他們計劃選派富有學識經驗之人，分赴歐美重要都會，協同那裡的留學生，收集信息，調查訪問，緩用郵告，急用電達的方式傳送新聞。但最終沒有實行。究其原因，還是沒有資金和責任心。戈公振感慨到，他曾和很多人談起組織大通信社的必要，大家都贊成，到要實行的時候，總是以資金問題爲藉口推脫，「但是從政界方面看，東辦一個通信社，西辦一個通信社，東辦一個報館，西辦一個報館，這一筆錢又是那裡來的呢？……設若將這種浪費聚集起來，誰說不能組織一個大通信社呢。歸根到底的說，他們只願意爲個人鼓吹，而不願意爲國家鼓吹，只願意爲一時之計，而不願意爲永久之計，這可眞是可痛哭的事」〔註27〕。實際情況也是如此，1928 年國民政府定都南京後，各報館每天從南京發出的有線電報、無線電報和長途電話等，「每日有一萬至三萬字之多。這些電訊，大多有重複的。如果這些報館共同組織一個通訊機構，每日搜尋並傳達電訊，則確實可以節省不少金錢」〔註28〕。

這種狀況在 1927 年被打破，上海國民新聞社〔註29〕成立，是當時「外交部爲因應國際宣傳需要，及補救外國記者所發消息之錯誤與遺漏而設」〔註30〕，主任李才。1929 年春與美國合眾社和德國的海洋通信社簽訂合同，交換新聞，這是我國通訊社與外國通信社交換新聞的開始。但該社的缺點是沒有強大的新聞採集網，「經濟狀況非常困難，各地沒有特派的通訊員。該社的工作，大半是翻譯外報或將上海華文報紙的新聞，加以重編。中國外交部和財政部的消息，

〔註26〕 戈公振，《中國報學史》，生活・讀書・新知三聯書店，1955 年，255 頁。
〔註27〕 戈公振，《一個代表通訊社》，黃天鵬主編《新聞學名論集》，上海聯合書店
　　　　1930 年，79 頁。
〔註28〕 趙敏恒，《外人在華的新聞事業》，1932 年，中國太平洋國際學會，第 6 頁
〔註29〕 當時還有個國民通信社，和該社不是一回事，前者是上海市黨部辦的。
〔註30〕 中央通訊社，《七十年來中華民國新聞通訊事業》，中央通訊社編印，1981 年
　　　　12 月，26 頁。

差不多完全是由國民通訊社傳出」〔註31〕。因爲所發消息很有限，效果並不很好。1934 年 11 月 14 日，它與德國海洋通訊社合組「國民海通社」，在南京發稿，1937 年，中央通訊社與德國海通社簽約，收回該社在中國的發稿權，國民海通社即告結束。

中央通訊社。該社的歷史可以追溯到 1924 年，那時在廣州的中國國民黨中央執行委員會爲求新聞確實，宣傳普及，特由當時的宣傳部組織中央通訊社。該社在當年 3 月 28 日所發出的第廿九號通告中，說明該社任務，「凡關於中央及各地黨務消息，暨社會、經濟、政治、外交、軍事，以及東西各國最新之要聞，足供我國建設之參考，靡不爲精確之調查，系統之記述，以介紹國人」。4 月 1 日，該社正式成立於廣州越秀南路 53 號中央黨部內〔註32〕。

中央通訊社成立的目的是在宣傳黨務的基礎上，全面供應消息，但實際上該社人員規模薄弱，稿件收集僅靠各級黨員，「惟組織伊始，未臻完善，本會規定各地黨部及黨員，均有供給新聞資料之義務，特此通告貴部，轉知所屬黨員，一體知照，共同負責」〔註33〕。不過當時廣州國民黨中央黨部和國民政府所有的重要消息，都交給該社編發，因而其每日發稿，也由一次，增加到兩次甚至三次。

1926 年北伐開始，中央社派記者隨軍採訪，報導革命軍進展的消息，業務漸有起色。同年遷到南京，6 月 16 日開始發稿，社址在成賢街沙塘園中央黨部內，工作人員有 10 多人；9 月又隨中央黨部遷到丁家橋，工作人員增加到 15 人。

1932 年該社進行了歷史上意義重大的一次改組，開始擔負起國家性通訊社的職能。蕭同茲任社長，提出三項改革：中央社遷出黨部，獨立經營，成爲一個專業性的新聞事業機構；發表新聞力求正確迅速，有自行決定之權，不受外界干涉；用人以人才爲準，由社中自主。並提出「工作專業化」、「業務社會化」、「經營企業化」的口號，發展快速，建立起國家通訊社的權威，取得幾家外國通訊社在華的發稿權。而且對國內報紙內容影響巨大，各地報紙紛紛採用該社新聞，版面有了很大改觀，胡適曾說，「有了中央社，才使國

〔註31〕趙敏恒，《外人在華的新聞事業》，1932 年，中國太平洋國際學會，第 7 頁。
〔註32〕中央通訊社，《七十年來中華民國新聞通訊事業》，中央通訊社編印，1981 年 12 月，25 頁。
〔註33〕中央通訊社，《七十年來中華民國新聞通訊事業》，中央通訊社編印，1981 年 12 月，77 頁。

內各地報紙改換了新面目。這是中央社最大的成就」〔註34〕。

　　總之北洋政府時期，通訊社逐漸完善，不僅有數量巨大，影響甚小的黨派或地方通訊社遍佈各地，而且誕生了具有專業精神或營業精神的通訊社。同時很多有識之士認識到開辦國際通訊社，保護中國新聞主權和獨立性的重要意義。但這一切都在進行中，並沒有看到顯著的成效出現。30 年代，是包括中國通訊社在內的所有新聞業發展的高潮期，20 年代業界的很多設想都獲得了實現。

第二節　廣播電臺

一、廣播電臺的誕生

　　廣播是現代新聞事業的重要組成部分，是一種全新技術手段支持下的新聞事業，它大大改變了新聞的採集、製作和傳播途徑。從傳播手段上看，廣播可以分爲有線廣播和無線廣播兩種，從世界範圍看，有線廣播先於無線廣播問世。不過我國的廣播事業是從無線廣播開始，而且主要集中在這一方面。

　　無線廣播事業的基礎是無線電傳送技術。清朝末年，中國開始在軍事領域運用這一技術，1899 年中國首次裝設了兩廣軍用無線電報機；以後發展爲設立無線電臺，爲軍事或官商信息的傳輸服務，因此民間禁止使用。如 1914 年設廣州、武昌無線電臺，1915 年設福州無線電臺，1920 年設庫侖無線電臺，1922 年設迪化、煙臺無線電臺，1923 年收回濟南、青島日本設立的無線電臺，並設立喀什葛爾、昆明、瀋陽等十處無線電臺，1924 年設立洛陽無線電臺，1925 年設天津無線電臺。這些電臺多是軍用或商用，並不進行新聞等信息的公共傳播。

　　1915 年北洋政府公佈了中國歷史上第一個無線電法令，《電信條例》，其中規定無線電器材屬於軍用品，非經陸軍部特別許可不得自由輸入我國，同時禁止外國在中國境內私自設立無線電臺，收發無線電報。但由於技術條件等的限制，查禁效果並不理想，西方各國、甚至中國各軍閥在帝國主義的幫助下紛紛設立無線電臺。到 1921 年，中國國內非法的外國無線電臺有 22 處，

〔註34〕中央通訊社，《七十年來中華民國新聞通訊事業》，中央通訊社編印，1981 年
　　　　12 月，27 頁。

1925 年，這一數字增加到 58 個。

在無線電技術廣泛用於通信聯絡的同時，歐美科學家開始嘗試用這一技術傳送語言和音樂。一戰後，技術條件成熟，接受機研製成功，一些實驗性的廣播電臺開始出現。1920 年美國第一家註冊電臺 KDKA 廣播電臺的播音被認為是世界上第一個廣播電臺。在這種背景下，中國廣播事業很快誕生。

1923 年 1 月 23 日，美國記者奧斯邦聯合日本一位很有資產的華僑張某，在上海外灘廣東路大來洋行的屋頂上建立了一座 50 瓦電臺，開始播音，名叫「上海大陸報──中國無線電公司廣播電臺」，呼號為 XRO，這是上海的第一座廣播電臺，也是全國最早的無線廣播電臺，當時人們稱之為「空中傳音」。這個電臺有幾個特點：（一）他是以發售收音機來維持廣播事業的，（二）電臺播音每天一個小時，從晚上 8 點 15 到 9 點 15 分。「（三）他因要為謀事業的發展，因此竭力與上海大陸報館聯絡，經大陸報代為宣傳」〔註35〕。其內容有《大陸報》提供的國內外和上海的新聞，但播出的重點還是娛樂節目，周日有《布道》、《祈禱》等宗教性節目。1 月 26 日該臺發表了孫中山的《和平統一宣言》，得到孫中山的感謝。

但當時中國北洋政府對民間裝用無線電是禁止的，電臺賣的收音機也是禁賣品，無法賣出產品當然就沒有收入，因此這個廣播電臺開辦不到兩個月就失敗了。

緊接著，美國新孚洋行在 5 月底也開辦了一座廣播電臺，不久同樣因為經費拮据停辦。

1924 年 5 月，美商開洛公司的廣播電臺出現，呼號為 KRC，發射功率為 100 瓦，後有所增加，波長 356 公尺。該廣播公司設在福開森路，播音室設在江西路，後來又在《大陸報》館、《申報》館、市政廳、派利飯店和美國社交會堂內分裝播音室，使用市內專用電線使各個播音室和福開森路的發射機聯絡。每天早晚各播音一個小時。《申報》還曾刊登過報導，「上午為匯兌、市價、錢莊兌現價格，小菜上市等等，晚間為重要新聞及百代公司留聲機新片。凡本外埠各處安裝有無線電收音機者，均可聽得本館之報告，除上述各項外，有時更發出音樂、名人演講等。如有特別音樂或其他重要事件，本館均於先一日在報上預告」〔註36〕。這個電臺存在的時間比較長，一直到 1929 年 10

〔註35〕《上海廣播無線電臺的發展》，《上海研究資料續編》，上海通社編輯，上海書店出版，第四編，第 81 輯，715 頁。

〔註36〕趙玉明，《中國現代廣播簡史》，中國廣播電視出版社，1987 年 12 月，第 7、

月。主要因爲 1924 年 8 月後，中國政府已經放鬆對經營無線電臺的限制，取消私人裝收音機的禁令，使得無線電臺的發展得到法律許可。該公司主要經營電話和包括收音機在內的無線電用品，可以既在經營中贏利，又在廣播中宣傳自己的產品，收到較好的經濟效益。

該電臺廣播的重點依然是娛樂節目，甚至創立了一種點播音樂的收費節目，在黃金時間播出，點播節目的聽眾主要來自由外國人構成的「中國播音會」成員，但因外國人數量有限，因此電臺進一步改進節目構成以吸引中國聽眾，一些有錢的中國聽眾也組成了一個「中國播音協會」，出錢點播該節目與外國人對抗。這種對抗，擴大了開洛公司的影響，增加了電臺收入。

1926 年 1 月，日本報紙上海《每日新聞》社添設無線電發送部，廣播各項新聞，並放送音樂，呼號爲 KSMS，但不久就停止了。

上海早期無線廣播大多由外商經營，多由無線電公司或經銷無線電產品的公司設立，目的是推銷本公司生產和經營的收音機等無線電器材，或者爲本公司產品做廣告。以後，逐漸發展到爲其它廠商的產品做宣傳並收取一定費用，即廣告經營。由於有了廣告收入，一些商人紛紛投資辦電臺追逐利潤。直到 1927 年後才出現華商民辦電臺。歷史上上海民辦電臺最多時超過 200 家，但政府官辦電臺到 1935 年才在上海設立。

二、國人自辦廣播電臺

在國人自辦廣播事業中，國營電臺要早於民營電臺出現。

1915 年 4 月，北洋政府公佈中國第一個《電信條例》，規定由交通部電政司實施對有線和無線電信事業的管理。當無線廣播電臺及收音機在上海首先出現後，交通部曾採取取締措施；並嚴禁無線電材料進口。1924 年 8 月，北洋政府才有條件地允許民間裝設、使用收音機，但仍嚴禁民間私設廣播電臺及進口無線電材料。1925 年 2 月，交通部在北京、天津籌建廣播電臺，並在北京進行了實驗，利用電話局的無線電話傳播新聞和音樂，在中央公園（今天的中山公園）來今雨軒收聽，取得成功，本擬著手建立電臺，卻因政局動蕩而停止。

國人自辦電臺是從中國東北地區開始的。奉系軍閥張作霖爲了軍事目的，1922 年開始大力設置軍用無線電臺網絡，總部設在哈爾濱，名爲東三

8 頁。

省無線電臺，到 1923 年，共建立 14 座無線電臺，並於當年 5 月將奉天無線電臺改爲總臺，爲民用廣播電臺的發展打下基礎。1923 年春，東三省無線電臺副臺長劉瀚在政府的支持下，曾在哈爾濱進行過臨時廣播實驗，呼號爲 XOH，發射電力 50 瓦，用漢語和俄語播音。

在劉瀚主持下，中國人自辦的第一座廣播電臺，哈爾濱廣播電臺，1926 年 10 月 1 日開始播音，呼號 XOH，發射功率 100 瓦。每天播音兩小時，內容有音樂，新聞、演講和物價報告等。1928 年 1 月 1 日，發射功率增大到一千瓦，呼號改爲 COHB，用漢語、俄語和日語三種語言廣播 。

第二次直奉戰爭後，奉系張作霖佔領天津和北京，1927 年 6 月在北京成立安國軍政府，自稱陸海軍大元帥。於是在東北發展起來的廣播事業也隨之擴展到京津。1927 年 5 月 15 日，天津廣播無線電臺開始播音，發射功率 500 瓦，呼號 COTN；9 月 1 日，北京廣播無線電臺開始播音，發射功率初爲 20 瓦，後增加到 100 瓦，呼號 COPK。兩臺節目有新聞、商情、音樂、講座和戲曲等。天津臺還經常通過長途電話線轉播北京的京劇，很受歡迎。

以上電臺均受東北無線電監督處管理。該處 1923 年成立於奉天（今天的瀋陽），是我國最早的政府廣播管理機構。1926 年 10 月頒發了《無線電廣播條例》、《裝設廣播無線電收聽器規則》、《運銷廣播無線電收聽器規則》三個法規。對促進統治地區無線廣播事業的發展起到積極作用。

中國民營電臺的設立是從上海開始。1927 年夏，新新公司因爲經營銷售大批收音機的關係，特在公司屋頂上建築一座 50 瓦的廣播電臺，波長 370 公尺，呼號爲 XGX，播送商業市況、新聞及中國音樂，爲上海第一座國人自建的廣播電臺。同年年底，北京也出現了一座商辦的燕聲廣播電臺。

由於發射功率的限制，以上電臺基本是地方性的，收聽範圍僅局限於電臺所在城市和周邊地區。那時全國估計有收音機 1 萬架左右。

基本上，整個北洋政府統治時期的無線廣播是中國廣播事業的開端時期，發射功率小，內容簡單，播出時間短。電臺經營比較初級，主要靠售賣收音機等無線電接受設備謀利。1928 年 7 月，國民政府公佈《中華民國無線電臺管理條例》，允許民間設立廣播無線電臺。此後，有關民營廣播電臺的建設、播音頻率的分配、功率的核准、收音機登記及無線電材料進口等均屬交通部管理，開始了民國廣播事業的新階段。

第七章　新聞業物質基礎的現代化

　　新聞業的物質條件對新聞事業的發展有決定性作用。物質條件的進步對媒介的發展和影響都是關鍵性的，甚至一種新型媒體產生的基礎就是基於技術的發明和創造。如印刷技術的出現和進步對紙製媒體的發展影響巨大，大規模複製技術的發明對大眾化報紙的誕生是具有決定意義的；而無線電傳輸技術的改進又使廣播成為可能；電視的發明離不開電子成像技術等等。當我們把視野從對歷史長河的俯瞰聚焦到某個時代時，就會發現這些物質條件可以更具體到一些我們所忽略的細節上。

　　1918 年徐寶璜在中國第一本新聞學著作《新聞學》中提出現代報館的幾個物質標準，可以說第一次規劃出中國現代化報業的藍圖，主要包括：完備之圖書館，寬敞之編輯室，直達世界各處之電線，靈便之機器：排字機、自動製銅版機、輪轉機、郵寄機。這一現代報業標準的提出，無疑受到西方的影響，「歐美各大新聞社之所以能每日製造其報紙非常神速者，……因其有事前之預備與使用最靈便之機器也」〔註1〕。

　　這一現代化標準以印刷機以及附屬機器──「靈便之機器：排字機、自動製銅版機、輪轉機、郵寄機」作為核心，以快速靈便的通訊手段──「直達世界各處之電線」作為輔助，以適合新聞業發展的物業──「完備之圖書館，寬敞之編輯室」作為外在表現，分別涉及新聞採集、製作和傳播三個主要領域，基本函蓋了新聞業物質現代化的要求。

　　我們考察這一時期新聞業物質層面的現代化主要參照這一標準。

〔註 1〕徐寶璜《新聞學》，中國人民大學出版社，1994 年版，第 99 頁。

第一節　館社與圖書資料中心

一、現代化的館社

徐寶璜之所以將「寬敞之編輯室」作爲現代報館的首要條件之一，主要因爲這一條件在當時並不容易達到。中國報館一般從賃屋營業開始，發展到有一定資本後購買現成普通房屋做報館，最後達到專門爲報館設計建造館舍，一步步接近現代館舍的標準。有良好的辦公條件，是報業持續發展的物質基礎和表徵。特別是館舍的設計和使用如能符合報紙生產的需要，而不僅僅是一棟普通的房屋，更是現代報業發展所需要的，這也是當時館舍現代化最重要的標準之一。

1、《新聞報》、《申報》的現代館舍

自 1916 年到 1928 年，中國報業基本處於資本積累的時代，除了屈指可數的幾個報社有自己的房屋外，大部分是租屋工作，房屋條件並不適合報社發展，如 1921 年林白水的《新社會報》編輯部只有兩間小房，一間爲林白水與胡政之二人合桌對面辦公，另一間也只有兩、三張辦公桌。這是當時中國大部分報館的眞實寫照，因此擁有自己的館舍成爲建設現代報館的第一步。

1916 年前，上海的中文報紙，有屬於自己館舍的僅有《新聞報》一家。據汪仲韋回憶，「1908 年，購進漢口路基地一方，新建四層樓房一幢，1909 年從山東路單開間門面遷至新屋辦公，全館職工由數十人增至二百餘人」〔註 2〕。因此可以推測《新聞報》自有專業報館是從 1908 年開始的。該報當時駐長沙記者陶菊隱的回憶也印證了這一點：汪漢溪在主持《新聞報》的時候，常向銀行界貸款，「他對每一筆借款都用在生產資料上，主要用在購買新型印報機和收購白報紙方面，如果說也有用在消費方面的，那就是 1908 年翻造房屋一次，將單幢石庫門面舊房子翻造成四層樓三開間的新式建築」〔註 3〕。舊建築已經不夠使用，改造後的新報館樓舍「使人一望而知其爲具有根基的大報館」。那時中國另一著名報社《申報》還是賃屋而做，因此可以認爲該館舍是代表當時中國報

<hr>

〔註 2〕汪仲韋，《我與新聞報的關係》，《新聞研究資料》第 12 輯，展望出版社，1982 年 6 月，第 128 頁。《新聞報三十年紀年》中也有記載，「光緒 34 年購地於本埠英租界三馬路東，自造五層洋房，宣統元年新屋落成，全部隨即遷入。即今漢口路十九號是也」。

〔註 3〕陶菊隱，《記者生活三十年》，中華書局，1984 年，81 頁。

館的最高水準，雖然這棟房屋的建設使用的是借款，並不是報社的自有資金。

　　這幢建築一直被作為中國大報館的象徵，但並不是特意為報館專門設計的，它和一般房屋沒有多少區別。直到1918年《申報》啓用了更為雄偉的五層大樓，才刷新了中國報館自建房舍的記錄。

　　《申報》大樓是直接為報館設計，適合報業發展的現代化大樓。1926年戈公振在《中國報學史》記載到，「報館之自建房屋者極少，有之亦與普通房屋無異，惟申報館之房屋，比較合於報館之用」〔註4〕。該大樓共有五層，並有地下室和一個夾層。地下室為印刷間；第一層為營業部、接待室、服務部、收款處、印刷間、早市發行處。第一層的印刷間共放置三架大的印刷機。甲、乙兩架可同時印刷十二大張，第三架可印四大張。第二層為總理室、營業主任室、總主筆室、會計處、新聞排字房、告白排字房、鑄字房、使役室、廁所；夾層為營業部辦公室、庶務處、問訊處、排字房、西文排字房、打紙版房、澆版房、日用儲藏室。第三層為編輯室，校對室，書記室、記者室、招待室、儲字室、書版排字室、銅模室、鑄字室，零寄間、臥室、使役室、浴室、廁所。第四層，銅版室、銅版部辦公室、藏書室、膳室、臥室、箱件室、浴室、廁所。第五層，編輯辦公室、文稿儲藏室、會議室、浴室、臥室。從其房屋佈局看，共有大小房間近70間，用於管理層的有4間，記者編輯工作的有4間，用於排字印刷的大小15間，而且房間的面積也是最大的；用於與廣告、發行有關的營業房間有8間，大部分集中在一層和夾層，方便外來人員的訪問。還有宿舍12間，以及數間雜務室等。從房間的佈局可以看出，大樓的功能是相當齊全的，甚至照顧到了記者編輯的住宿、洗浴膳食等需要。整個大樓還裝了一部電梯。這幢當時中國報館首屈一指的建築，其設計與使用基本符合報紙的編輯、印刷和銷售等行業特點。

　　1918年10月，《申報》啓用屬於自己的新報館大樓，在10日（國慶日）出版的增刊中刊登了一組新樓宇和新機器的照片，其中一楨名為《寬敞的編輯室》，照片上顯示一間大屋中間集中對排了兩排桌椅，自豪之情躍然紙上。

　　北方報館中有自有館社的就更少了，似乎只有1925年10月邵飄萍在北京為《京報》在宣武門外騾馬市大街魏染胡同建立起2層灰磚樓的館社，成為北方大報的代表。日本人創辦的《順天時報》雖是華北地區重要媒體，但

〔註4〕戈公振，《中國報學史》，《民國叢書》第二編，第49卷，上海書店，1990年，206頁。

直到 1930 年停刊，都是租賃房舍，停刊時租賃的是位於和平門外的一幢二層小樓。天津《大公報》等著名報紙直到抗戰爆發前也沒有建立起自己的館社。

湖北地區的報業大樓最早是在 1922 年建起的，即武漢《國民新報》三層報館，不過這個報業大樓是報館創辦人李華堂取寵有方、貪贓聚斂不義之財興建的。因此在 1927 年北伐軍佔領武漢後，沒收其財產，改爲漢口《民國日報》社址，1929 年 6 月再改爲《武漢日報》社址。

2、對現代館舍的理解

20 年代初，上海很多中、外文報紙紛紛進行館舍擴建。1920 年 9 月狄楚青在福州路小花園，興建中西結合的浮圖式 7 層《時報》報館新廈，因爲狄是佛教徒，另外因爲這種建築的造價比較低，而 7 層又高過《申報》的 5 層樓，因此他將館舍建成 7 層佛塔形。1921 年 10 月，新館落成。1922 年，上海《時報》易主，狄楚青將其以 8 萬元出售給富商黃伯惠。隨後《大陸報》、《字林西報》等報館也建成了新的館社。

新建或啓用大樓都會成爲報紙報導的重點，如 1924 年 1、2 月間，《申報》發表如下新聞：《滬大陸報館新屋開幕誌盛》、《滬大陸報遷入新屋》《滬字林西報新屋之落成禮》和《字林西報新屋落成宴客記》等，詳細記錄報館新屋啓用、賓客賀喜的情況。不過有意思的是，記者對新報館中感興趣的卻是大堂中懸掛了幾幅中國古今名人的字畫，是否有豪華沙發，並不惜筆墨進行記述。1921 年 10 月 10 日，《福州路時報館新屋落成》裏記載，「福州路漢口路角 時報館 近建新屋 昨日舉行落成典禮 前昨兩日往賀者甚眾 一切布置外並有宋元明清各朝名書多幅 分懸樓壁 甚爲可觀 今日國慶 書件仍懸一日云」。可見現代化的大樓內部也必須要有中國傳統文化的精神內涵，這彷彿是中國報人現代意識的形象比喻。

館舍條件在新聞業的發展中並不是最重要的物質基礎，它不能直接決定報紙的發行、廣告或者經營，但它可以是報館的一個象徵，一個重要的實力的廣告，在中國文化中，不論對個人還是企業，房屋是最基本和重要的物質基礎，是象徵實力的不動產，它在招攬人才和吸引讀者、甚至同行競爭方面都有著特殊的意義。因此是否有館舍，館舍條件如何，在一定程度上被視爲新聞業現代化外在的體現和標誌。

二、圖書資料中心

　　「完備之圖書館」即日後所說的圖書資料中心，它對於現代新聞業的意義更多體現在提升新聞報導的質量上：更多的背景、更深的挖掘、更全面的記載，更公證、客觀的議論。將圖書資料館作為現代化報館的重要組成部分，實際上對報紙新聞性內容質量重視的表現，顯示出中國新聞業在追求報導真實和深度方面的考慮，但遺憾的是這一時期，「圖書資料中心」更多的是紙上談兵。

　　圖書資料中心對報館的意義，梁啓超最早專門論述過。民國後，很多參觀過國外媒體的專業人士也意識到這一問題的重要性。戈公振在《中國報學史》中提出，設立圖書館和剪報室，讓記者編輯能時時查閱，可以對一些簡單的消息進行深入報導，增加消息的價值。他還在《東方雜誌》上發表《剪報室之研究》一文，詳細介紹美、法、英、日等國著名報館如何設立剪報室的，如何進行資料收集和整理，如何應用的情況，鼓勵國內報館進行模仿。張靜廬也曾提出新聞記者必須具有「剪裁的工夫 —— 幫助記憶」，也就是說，在讀報的時候，將有用的東西加以剪裁，「分類為編纂，黏貼簿上，以備日後的參考」〔註5〕。長期為《新聞報》寫長沙通訊的陶菊隱1921年初提到，記者「要長期積累新聞資料，建立自己的『小資料庫』」〔註6〕。他在1926年9再訪《新聞報》時提出建議，增設資料科，專司新聞資料的收集、整理、分類、製卡等工作，供編輯部隨時選用。「該報曾通函徵求名人照片，所謂名人指各省軍政首長，我則認為應該擴大到民間知名人士如科學家、文學家等，徵集內容也應擴大到經歷和特長」〔註7〕。

　　但實際上，當時報館基本沒有設立圖書館或資料中心。《申報》1918年在起用新大樓時，僅在四層的一個角落裏設立了「藏書室」，和校對室的面積一樣大，這個不大房間表明報館對資料收集的態度，但藏書多少，現在無從得知，記者或編輯對此的利用情況，也少見談及。可喜的是，1925年上海《時報》出版了該年度（1月1日到12月31日）的報紙內容索引。雖不是專門針對編輯記者，而是面向社會各界，也開了報紙內容索引的先河，間接為記者報導提供了方便。

〔註5〕張靜廬，《中國的新聞記者與新聞紙》，現代書局，1932年，第26頁。
〔註6〕陶菊隱，《記者生活三十年》，中華書局，2005年，第37頁。
〔註7〕陶菊隱，《記者生活三十年》，中華書局，1984年，125頁。

此項基礎的缺失直接影響到記者對採訪對象和事件的背景調查，影響記者的判斷以及報紙對某個重要人物或事件的追蹤與深入報導。同時期日本的報館早已建立了較完備的資料庫。30 年代《大公報》記者張蓬舟到日本大阪《每日新聞》社參觀，該社已經設立調查科，藏有蔣介石照片 600 多張。當張蓬舟好奇有沒有他的資料時，竟然查出一張 1928 年《時報》上登載他結婚時的照片。中國報館圖書資料的缺乏，從一個側面顯示出當時新聞工作的粗淺。背景資料的匱乏和相關報導知識的缺乏，使得新聞在歷史的深度和廣度上都難以達到較高的水準，並直接影響新聞報導的質量，導致新聞報導表面化。

資料工作作的比較好的是《大公報》，其設立面向記者的資料中心是從 1930 年開始的，經歷了從無到有，從無序到有規範的過程。剛開始資料室叫調查課，只有楊克武一個人，他用剪報的方法把剪下來的資料用牛皮紙信封裝好，在封面的一角寫上標題，分類歸檔，因為資料大小不一，欄目長短不一，查找起來有很多困難，工作需要改進。當時他還兼任其他工作，如圖書雜誌的分類管理，銅版照片的保存，繪製地圖、撰寫文件，協助校對、譯電等等，十分繁忙。後來調查課增加人員，改成資料室。1931 年有燕京大學圖書館的馬潔臣，武昌文華書院圖書館系畢業生翁玄修來報館工作，資料室有了專業人員，工作慢慢進入正規。他們把剪好的資料貼在統一標準的紙型上，使之規格化；然後把貼好的資料排入制定的「三開」「五開」的卡片上，為了區別類別，在卡片上加標題，排入抽屜裏。年終時，再將資料裝訂成冊，按類上架。這樣資料工作就科學化系統化多了。《大公報》言論新聞能比其他報紙更為公正精確，與重視資料的收集應用應該不無關係。

《申報》面向社會創建的流通圖書館則是在 1932 開始的，但這個圖書館主要是為社會公眾服務的。

圖書資料工作的缺失，以及報人普遍缺乏利用資料的習慣，對中國新聞報導的深度和專業程度提升有不利影響，是新聞業現代化過程中的制約之處。

館舍的建設和圖書資料中心的設立，實際上是新聞業企業化和現代化過程中的基礎建設，是衡量新聞從業者是否將該行業作為一個長久為之奮鬥的事業的標誌。邵力子在《十年來的中國新聞事業》（1927 年～1937 年，筆者注）中回憶到，「從前一般辦報的人，具有目的而欲為其事業打定一個鞏固的基礎者很少。現在一般從事於新聞事業的戰士非特在事業的發展上為不斷的

競爭，而且一部分具有這樣一個念頭——怎樣使他的事業基礎建立起來？現在國內各大報都紛紛地改進他本身的組織，……如過去租賃社址的，現在都紛紛地在自建社屋。……新聞界中的這種動向，實在可說是中國新聞事業上的一種最值得慶祝的現象」〔註8〕。的確這個十年裡中國報館中自建館舍的還很少，但經過發展，越來越多的報館建立起自己的館舍，顯示了新聞業在現代化過程中的歷程。

第二節　通訊技術的現代化

　　如果說館社和圖書中心對新聞業現代化的作用並不直接和明顯，那麼，通訊技術的進步則直接帶動了新聞業的發達。20 世紀以來，科學技術突飛猛進，信息傳輸手段日益增多，如有線電報、無線電報、電話的誕生，直接加速了信息交流的速度；新技術不僅提高了新聞業的報導速度，而且對新聞觀念、報導理念都直接產生了影響。

一、電報與國內新聞專電

1、電報與新聞專電

　　1880 年，李鴻章在天津設立電報總局，派盛宣懷為總辦。並在天津設立電報學堂，聘請丹麥人博爾森和克利欽生為教師，委託大北電報公司向國外訂購電信器材，為建設津滬電報線路作準備。1881 年 4 月，從上海、天津兩端同時開工，至 12 月 24 日，全長 3075 華里的津滬電報線路全線竣工。1881 年 12 月 28 日正式開放營業，收發公私電報，全線在紫竹林、大沽口、清江浦、濟寧、鎮江、蘇州、上海七處設立了電報分局。這是中國自主建設的第一條長途公眾電報線路。

　　電報誕生後，很快成為中國各界信息交流的新寵〔註9〕，新聞界也開始利用這一新技術。1882 年 1 月 16 日《申報》刊登了一條駐北京訪員從天津電報局拍發的「電訊」：清廷查辦雲南按察使瀆職的消息。這是中國新聞史上的第

〔註 8〕邵力子，《十年來的中國新聞事業》，摘自《十年來的中國》，上海：商務印書館 1937 年，第 483～484 頁。

〔註 9〕《顧維鈞回憶錄》記載，電報誕生後，政府間公文的重要程度就以傳遞方式而定，不論多重要的信函，都不及電報來得重要，因此政府部門間的事宜大多以電報互相往來。

一條新聞專電。1912 年元旦，中華民國成立，孫中山就任臨時大總統，張季鸞及時向《民立報》拍發新聞電，報導南京臨時政府成立和大總統就職情況。這是民國後中國報紙第一次拍發的新聞專電。

新聞專電誕生後，越來越成為報紙競爭的焦點。到 1927 年的時候，華北地區甚至全國各報上最能引起競爭的還是新聞專電。「至各報紙競爭之焦點，則純以電報賭勝負，而附以編輯印刷與評論。此則專恃財力與人才」〔註10〕。

2、收　費

通訊技術本身對新聞業發展是有益的，但主要看政策的制定是否能有效降低新聞傳送的成本並提高其速度。

有線電報開通後，由天津拍到上海的「上諭」部分，費用由「由報界與官界分任之」，1894 年各省電報設立後，報紙常用電報拍發「鄉試榜名」，其費用與其他電報收費相同：「每字一角起，每間一局遞加一分。當時係以線路之遠近，定收費之多寡。」〔註11〕清朝末年制訂報律，指出凡遵守報律的報紙，減半收費。1882 年 1 月 16 日《申報》刊登第一篇新聞專電以後，電訊稿在上海各報陸續出現。1899 年 8 月 6 日，中國電報總局《傳遞新聞電報減半價章程》公佈以後，新聞電訊漸趨興旺，後來，從明碼新聞電報減半收費改為密碼新聞也能減半收費，新聞電訊稿大大增加。20 世紀初，上海報紙於第一版或稱要聞版發表眾多的電訊稿，把專電作為要聞版的組成部分。1904 年《時報》發刊以後，各報競相採用專電，每天多至 20～30 條，有時還對當天發的某條專電發補充和糾正專電。

民國剛剛成立後不久，政府交通部門開始實行新聞專電的優惠政策，即各登記報館可以領取新聞專電執照，以普通電報三分之一的價格拍發新聞電。1912 年 5 月 4 日，《交通部飭各電局新電報收費辦法電》中指出，「新聞電報，不論遠近，每字收費三分，原為優待報館，開通風氣，故不惜特別減價，以為提倡。」〔註12〕

新聞界以積極姿態迎接這一政策，紛紛利用電報進行報導。但很快，政

〔註10〕 張一葦，《華北新聞界》，《報學月刊》，1929 年第二期，73 頁。
〔註11〕 戈公振，《中國報學史》，商務印書館，1928 年，第 326 頁。
〔註12〕 《政府公報》民國元年 5 月初 8，第 8 號，電報欄。因此從該電報中可以看出，新聞電的優惠辦法在這之前就已經出現了，並不是我們通常認為的 1915 年袁世凱時期。

府部門發現這一政策在執行中出現新問題：「近來各報館往往積欠電資，並有營業停板，報資無從收取，款項攸關，自應核定辦法，俾資遵守」〔註13〕。辦法規定，鼓勵用現金當場結算，如有記帳的，則必須半個月一結，逾期3日未結的，不再辦理相關業務。1915年2月，袁世凱登基後重申了這一政策，其中更要求各報館拍發電報必須用明語〔註14〕。如果說前一條政策是電報交易過程中正當規定，有利於郵政業和新聞業的健康發展，那麼後一條使用「明語」，則明顯是對新聞業的束縛。1922年，電報資費再次調整，規定「同城四分，同省八分，隔省一角五分」〔註15〕，1928年隔省調整為一角六分。

隨著「新聞專電」的大量應用，郵政部門制定的費率和其他具體細節已不能滿足日益增長的新聞事業需要。1928年上海日報公會向民國政府交通部遞交了包括減免新聞專電費用在內《報界使用郵電案之陳述書》，其中指出，有線新聞專電雖然在資費上有優惠，但在拍發時間上，卻「輒擱壓至最後」，「與政府優待新聞電之本旨，絕相刺謬，應請通令各電局，尊重新聞電，務必隨到隨發者也」；另外，新聞電費的收取，本省和外省併沒有根據距離分別計價，而是一律每字3分。相對於商電，又有不同，因為拍發商電，本省比外省要便宜一半。在當時新聞比較發達的北京和上海，省內的新聞電是最多的，但還是和外省一樣的收費，因此「未免苛重，此應請關於本省新聞電，以每字1分5釐計算」；最後提出，按照原規定，三等急電比四等商電要貴兩倍，因此希望新聞急電也能按照普通新聞電優惠辦法比例收費，即外省每字9分，本省每字4分5釐〔註16〕。

經過新聞界爭取，郵政總局經討論協商後給予了自有新聞專電以來的第一次價目調整：「查新聞電報價目現經本部核減，不論本外省華文明語，每字收費二分半」〔註17〕。

〔註13〕《政府公報》民國元年5月初8，第8號，電報欄。

〔註14〕1915年2月5日，袁世凱的北京政府頒佈了《新聞電報章程》，其中規定減價納費，但必須用明語，不得用暗語發稿。

〔註15〕王開節、修域、錢其琮編《鐵路 電信七十五週年紀念刊》，臺灣文海出版社，電信部分，第31頁。

〔註16〕以上索引全部出自《報界使用郵電案之陳請書》，《新聞學刊》全集，《民國叢書》第二編，第48卷，471～473頁，上海書店，1990年。

〔註17〕《交通部不允劃一郵費之原呈》，《新聞學刊》全集，《民國叢書》第二編，第48卷，上海書店，1990年，484頁。

除了有線電傳送新聞專電外，還有一種技術是利用無線電傳送新聞。其優點是經濟方便，報館只要裝有收音機就可以接受，收費比有線電要便宜，總成本比起有線電來要節約很多。其不方便之處在於，利用無線電傳送消息，保密性差，凡是按裝收音機的都可以收到，對於報館非常重視的獨家新聞，接收起來殊不安全。各報館希望能發密電，但密電與明電收費又有不同，因此報界申請能制訂新聞無線密電，每字收費 5 釐。郵政總局的答覆是「案此為交通部與建設委員會競爭營業，但無線新聞電每字僅收 2 分」〔註18〕，駁回了報界的請求。

當然除了正規的電信手段外，還有利用非常規手段的。《新聞報》館就曾在館社中私自安裝無線電收報臺，接受外國通訊社的新聞，稍加改造就變成本報專電。1918 年 11 月 12 日，該報刊登前一天收到的關於巴黎和會和約全文，成為轟動一時的獨家新聞，銷量大增。

3、對新聞業的影響

新聞專電改變了新聞報導的價值判斷。中國近代報紙以言論取勝，論說長期為報紙的重要賣點。雖然民國前後，上海報紙曾一度以各種「北京通信」材料作為賣點，但自從「新聞專電」誕生後，其以迅速及時的報導和昂貴的成本，成為報紙新的賣點和顯示報館實力以及吸引讀者的重要手段，「報紙之所賴以發展者，電訊之靈敏」。應該說，是「新聞專電」促成了中國報紙重政論輕新聞報導時代的完結。

「新聞專電」在版面編排上一般放於新聞版面重要位置，在「大總統命令」後，直接發排，並用大於普通新聞的黑粗體來印刷，重要的用二號字進行發排，沒有標題。有時為了顯示專電的真實性，連必要的加工和改編都沒有，如刊登過一條北京專電，「合肥倦勤，攜小徐赴津，東海彷徨，請靳向保、奉疏通」。這段讓人難以理解的電文中用了很多簡稱，意思是，直皖戰爭後，段祺瑞辭職，和他的心腹徐樹錚一起離京赴天津，總統徐世昌不知如何是好，請靳雲鵬向直系首領曹錕和奉系首領張作霖請示善後辦法。

一些沒有經濟能力外派記者拍發專電的報館，甚至想方設法編造新聞專電，吸引讀者。上海《民國日報》邵力子被傳為這方面的專家，他編出來的

〔註18〕《交通部不允劃一郵費之原呈》，《新聞學刊》全集，《民國叢書》第二編，第48 卷，484 頁，上海書店，1990 年。

新聞專電和其他報館非常相似。

二、海底電纜、國際陸線與國際新聞電訊

中國最早的海底電纜出現在 1871 年，丹麥大北電報公司擅自鋪設的香港和日本長崎到上海的電報水線，其傳輸路線是從吳淞到川石山——香港——關島——新加坡——歐洲，通過該線路，歐洲的電報通訊在當天、最多不超過一天就可以到達上海。光緒 26 年（1900 年），大北公司路再次獲得「大沽經天津北平至恰克圖至買賣城電線」〔註 19〕的營業權，此後通過歐亞北部的陸線和經香港的海線兩條線路架起了中外間信息交流的通道。1883 年英國大東電報公司的海底電線從香港延伸到吳淞，也開始在中國的國際電信業務。雖然清政府自 1880 年開始辦理國內電報業務，並從 1884 年開始初步形成國內電報通信網，但打破外國電報公司對中國國際電信事業的壟斷，是在 1931 年 2 月，交通部國際電臺在上海的建立。在此之前，中國國際新聞的收發長期仰仗外國電信公司。

路透社借英國海線的優勢壟斷了當時國際新聞。一戰末期，由於海線時有阻斷的現象，因此受到法國同行的競爭，法國人用更先進的無線電技術傳送消息。當時電信專家博羅爾曼主持上海顧家宅電臺，他改進了該電臺的電機，使之可以接受到 6000 英里外從法國里昂發來的的電信。剛布置完畢就收到了法境內美軍司令裴興將軍致華盛頓政府的電報。後來該電臺與巴黎約定，每天由里昂發電到上海，時間是晚上 10 點鐘，上海是早晨 6 點，因此戰訊往往在歐洲還沒有發表，上海已經獲知，這樣上海人就能和歐洲人同時讀到戰報。該臺接受的最早無線電報是在 1918 年 9 月 25 日。後來法國哈瓦斯社在中國也設立分社，其發佈稿件就更為充分了。

「國外新聞費用」，即國際間新聞費用非常昂貴，是中國報業難以承擔的。中國與歐美兩大洲之間的新聞電報通訊收費額，比歐美兩洲間的收費額高出了兩倍半，這對中國瞭解國際事件，以及國際社會瞭解中國都甚為有害。1926 年 4 月，丹麥大北電報公司制定的價目中，中國到歐洲各國的普通電報費每字為 1.4CTS，俄國為 0.75；到非洲為 2.45～1.40；到亞洲其他國家為 0.55～2.10，到澳大利亞為 2.15～2.85；到美國為 1.85～2.95；太平洋各島

〔註19〕王開節、修域、錢其琮編《鐵路 電信七十五週年紀念刊》，臺灣文海出版社，72 頁。

國為 2.60～3.35〔註20〕。

中國政府在 1920 年 9 月分別加入國際電報公會和國際無線電報公會，並參加 1925 年 9 月在巴黎召開的國際電報會議以及 1927 年 10 月在華盛頓召開的國際無線電報會議，提出中國的合法權益。1927 年 8 月，戈公振在日內瓦萬國報界會議〔註21〕上發表演說，也提出該問題，希望大會能對中國與歐美間的新聞電費問題進行討論，減少和降低此項費用，促進新聞交流，消除國際間對中國的誤解。並由此提及，由於中國政府對本國和外國之間的交通，無權管理，因此即使是在特殊的戒嚴時期，中國當局也無權對由海底電纜傳遞的電報，進行檢查，造成西方報紙上對於中國問題的報導多有謬誤，甚至對「中國國民政府高級官吏之誹謗報告，迨訴諸法律，始行更正」。戈公振作為中國獨立報紙《時報》和獨立通訊社「國聞通訊社」的代表，提出「本會討論新聞檢查法時，大家注意於政府之檢查」，強調了政府對國際新聞交流應持有的主權。大會對戈氏代表中國提出的問題，在第四天即 1927 年 8 月 27日進行了討論，「已博得各國之贊同，即組委員會釐定細章。中國代表亦為重要委員，預備切實減費計劃，希望新聞電照商電四分之一收費」〔註22〕。

經各界努力，民國期間，中國國際電報費率呈緩慢下降趨勢。「國際資費，則以金法郎計算，根據公約商定，最初國際電報價頗為昂貴，其後逐漸低減，並為簡化起見，設法劃一報價，此項劃一辦法，首先採用於我國與歐洲各國間往來電報。我國與美國各州間價目原亦不同，經交涉改訂，尋常電報均減為每字 3 金法郎，與歐洲各國間價目同時自每字 3.75 金法郎減為 3 金法郎，卅六年，與美國往來報價再減為 2.40 金法郎。卅九年七月起依照國際電報規

〔註20〕 佐田弘治郎編輯，《上海新聞雜誌及通訊社機關》，日本庶務部調查課，大正
　　　　15 年 5 月 10 日，第 55～61 頁。該數據顯示，當時大北公司已經有兩條海線，
　　　　一條是經香港到世界，價格比較便宜，另一條經俄國的恰克圖（KIACHTA）
　　　　或者符拉迪沃斯托克，本數據為後一條線路。這兩條線路的建設詳細過程在
　　　　胡道靜的《新聞史上的新時代》中有詳細記載。CTS 為金法郎。
〔註21〕 1927 年 8 月 24 日在日內瓦舉行。此次會議是 1925 年國際聯盟大會時，由
　　　　智利代表提議，召開的世界新聞界會議。旨在「結合世界各國政府，合力改
　　　　善搜取新聞及傳播新聞之方法，俾新聞交換辦法得以改進，各國民眾亦更能
　　　　互相瞭解，以臻世界於和平」（引自《國際報界會議記略》，《新聞學刊全集》，
　　　　《民國叢書》第二編，第 48 卷，297 頁。上海書店，1990 年）
〔註22〕 戈公振，《新聞電報費率與新聞檢查法》，《新聞學刊全集》，《民國叢書》第二
　　　　編，第 48 卷。259 頁。1990 年，上海書店。

則規定一律照七五折減低收費」〔註23〕。

三、電　話

中國國內長途電話的開通始於 1905 年，當年收回外商所辦平、津、沽長途電話，爲我國第一條長途話線。1913 年，太原包頭間長途電話開辦；1923 年 3 月，上海至南翔間再設長途電話。此後數年間，中國長話逐步發展。電話在北洋政府時期不甚普遍，全國各城市，開通市內電話的有 20 個，共約 4 萬號〔註24〕。到各報館電話就更爲珍貴了，10 年代末、20 年代初電信事業發達的上海，報館電話也不多見，如《時報》僅有兩部，一部在主筆房，一部在營業部，申、新兩報要多些，但決沒有同時期日本同行達到的每個記者桌子上有一部電話的程度〔註25〕。

雖有電話，使用起來卻還有諸多不便。當時長途通話，以十分鐘爲限，超過了就要被掛斷重接。因此傳遞消息很不方便，有時消息傳到一半，通話時間已到，只好再等，有時電話卻再也接不通了，消息有頭無尾。由於長途電話費並沒有像電報費那樣有優惠政策，很多地區並不使用。當時新聞界利用電話溝通比較頻繁的是上海和南京之間，收費數倍於「三線之維持費」。因此報業曾向郵政總局申請，新聞電話的收費應比普通電話便宜，以普通話費的二成收取；每天晚上規定時間，專門爲新聞界輪流使用；另設滬寧間三線，專門供新聞界使用。最後當局答覆「滬寧電話專線，已在設立，電話減費一節，俟新線成立，再另訂辦法」〔註26〕。

不過有報館開始將電報和電話結合起來使用，克服了當時郵局將新聞專電壓在最後，線路壅塞，影響時效的問題。《新聞報》在國民政府建都南京後，成立南京採訪科，就改用長途電話，把新聞電碼從電話中發給上海，非常便利。結果其他報館聽說，競相仿傚，寧滬長途電話又成熱門，於是該報館另闢新線，派人到常州設分館，接聽南京電碼，再轉到上海，雖然多費一番周

〔註23〕王開節、修域、錢其琮編《鐵路　電信七十五週年紀念刊》，臺灣文海出版社，31 頁。

〔註24〕王開節、修域、錢其琮編《鐵路　電信七十五週年紀念刊》，臺灣文海出版社，102 頁。

〔註25〕包天笑，《釧影樓回憶錄》，大華出版社，1973 年 9 月，第 438 頁

〔註26〕《使用郵電案已獲相當之結果》，《新聞學刊》全集，《民國叢書》第二編，第 48 卷，499 頁，上海書店，1990 年。

折，而線路不被擁擠，結果各報館再次仿傚，於是該報館又將中轉站移到鎮江、無錫等處。為了搶新聞，報館將各種通訊技術應用到極致。

國內電話通訊不發達，國際間用電話傳送新聞則更遲了。1936 年的一例國際間電話傳送新聞似乎開啓先河：「民國 25 年 2 月 21 日，日本西部的大阪和神戶地震，適巧在事前一星期，上海和東京間的無線電話已由眞如國際電臺布置完妥，正式開放了，東京英文《日本廣知報》總主筆弗烈許氏就此打了一個電話給上海英文《字林西報》報告地震的詳情。字林西報記錄了下來，載在次晨報端，標題是『日本地震消息由電話中傳送至上海』」〔註27〕。

實際上在整個電信系統中，國內電報最發達，市內電話次之，而國際電報更少利用，長途電話基本到 1928 年才開始有收入。我們可以從電信收入比例分佈中看出其中的差距。

表 7-1　1924～1928 年中國電信收入比例表〔註28〕

年份	國內報費 %	國際報費 %	市內話費 %	長途話費 %	電報附帶各費%	電話附帶各費%	總 計 %
1924	74.8	2.7	19.5		2.2	0.8	100
1925	74.5	2.6	19.3		2.1	1.5	100
1926	74.6	2.6	19.4		2.2	1.2	100
1927	74.0	2.6	19.8		2.2	1.4	100
1928	65.7	3.9	22.1	2.5	4.4	1.4	100

從以上各種電信收入的比例中，亦可以推測出中國新聞業利用各種電信資源的比例。

總之，在各種現代通訊技術中，電報技術比較成熟，成為最重要的新聞傳輸手段，頗受各報館重視。國際電報受外國資本的控制，費用昂貴，因此使用不多。電話在這個時期並不發達，因此使用率也不高，到 30、40 年代，某些大報館電話才漸漸普及開來。實際上，新聞業利用通訊技術最大的障礙在於費用和制度問題，新聞業普遍利用電報進行發稿，郵政部門的收費直接決定了新聞的成本，導致報館屢次與政府郵政部門進行資費上的協調；另一個讓各報館敏感的是新聞專電的發佈時間，各報館積極爭取新聞專電能夠提

〔註27〕《新聞史上的新時代》，胡道靜著，世界書局出版，1946 年。
〔註28〕王開節、修域、錢其琮編《鐵路 電信七十五週年紀念刊》，臺灣文海出版社，電信部分第 27 頁。

早發佈，使各報館可以爭取到更多新鮮及時的新聞；此外、北洋政府時期，內戰頻發，「然每戰一次，電訊即被檢查一次」，發佈新聞沒有保障。技術條件成熟了，僅僅是新聞業發展的一個條件。

第三節 印刷設備的現代化

一、報紙印刷的現代化歷程

報紙出版在經歷了最早的手工操作後，19 世紀初期開始有鐵製的手搖印刷機。1864 年冬上海有了供應煤氣的公司，1879 年英文《文匯報》第一次使用煤氣作引擎的印報機，1890 年，《申報》也引進了煤氣動力的印刷機，這臺先進機械動力的機器使《申報》在印刷人工方面節約了 13 個人，不僅人手少，而且耗時更短，之前的報紙需要用 18 個小時來印刷，而現在只需要 5 到 6 個小時〔註 29〕。

1846 年，美國人理查德‧M‧豪（RICHARD‧M‧HOE，1812～1886）發明高效率滾筒印刷機，大大促進了新聞事業的發展。滾筒印刷機的工作原理是將版面裝置在極平的鐵板上，中間放紙張，用圓筒壓於其上並滾動壓制，這樣印刷速度比平版印刷機提高很多。1865 年，美國人威廉‧布勞克在費城首先使用卷紙，把滾筒印刷機推向新的印刷高度〔註 30〕。但這種機器造價很高，每架數萬元起，進口設備的價格是國產的兩倍。之後，更爲快速的輪轉印刷機出現，這種機器的原理是將報紙的鉛版裝在圓筒上面，這樣只要滾動版面進行印刷，速度將更爲快捷，但這一技術的關鍵在於要製造出能使紙型彎曲的鑄版。1889 年巴黎博覽會上展出了一臺輪轉印刷機，該機開動後，滾筒輪轉不停，可以連續對規格不同的紙張進行雙面印刷，然後切紙、折疊成完整的報紙，印刷速度再次提高。到 1890 年，已經有很多種輪轉機可供選擇，每種輪轉機都有自己獨特的技術，這種機器一直佔據報紙印刷的主流市場，直到 1970 年代輪轉膠版印刷和照相排版技術興起後，這一偉大的技術才被超越。

〔註 29〕Gutenberg in Shanghai, chinese print capitalism 1876～1937, Chirstopher A. Reed, UBS press 2004,P327N130

〔註 30〕范先聿，《傳播技術的演變》，《新聞戰線》1982 年 5，國際新聞工作者協會主辦的刊物《民主新聞工作者》（THE DEMOCRATIC JOURNALIST）編撰了兩千年來傳播技術發明的大事記。

報館一般視發行量的多少來決定印刷機器的品種，如果報紙銷量在一萬以上，一般使用英美造的多普樂式平版卷紙機，每架約 1 萬元，每小時可印 3、4 千大張；如果發行量在 5 萬左右，則多購置美德制的司柯特式輪轉印刷機，每架大約在 6、7 萬元。這種機器有印 12 頁、16 頁、24 頁和 32 頁等數種，每小時可印 2 萬 5 千大張。以上兩種機器是專門供應報館使用，自動印刷，並自動切紙，自動記數。如果是銷數不多的報紙，一般就使用中國造木版印刷機，一小時可印一兩千大張的，單價約 2、3 千元，這種機器同時也可以印刷書籍，雜誌，並不是報紙專用的印機。

二、輪轉印刷機在中國的普及

先進的輪轉印刷機只有有實力的大報和外國在華報紙才能使用，在這方面大報絕對是小報的先驅。1914 年 7 月 15 日上海《新聞報》第一次使用輪轉印刷機：兩層巴特式輪轉機〔註31〕，這也是中國新聞界的第一次〔註32〕。因為從那天起，「紙的兩邊才開始有齒痕」〔註33〕，這是輪轉機較之平版印刷機印報的不同之處。1916 年，該報發行超過 3 萬份，為提早出報，開始使用新購進的波特式（Porter）三層輪轉機 1 架，四層高斯式（Goss）輪轉機 2 架〔註34〕。1915 年，《申報》購置了法國式新式印刷機，1916 年該報又使用日本製造的 Marinoni 型捲筒紙輪轉印刷機，這臺機器一小時可以印刷 8000 張，但還是比當時世界最先進的印刷機慢了一半多，而且還沒有折疊報紙的配套機器。

印刷業整體的技術革新明顯帶動中國報業的技術革新。1915 年商務印書館購進用於間接印刷〔註35〕的海立司平版印刷機，並聘得美國技師魏·拔

〔註31〕 Gutenberg in Shanghai, chinese print capitalism 1876～1937, Chirstopher A. Reed, UBS press 2004, p76: in 1914,the city's Xinwen newspaper plant installed a two-tiered cylinder press rotary press.

〔註32〕 雖然《新聞報》在輪轉印刷機上是中國報業的先驅，但從整個報紙印刷業的歷史看，甚至從中國近代印刷業的歷史看，《申報》是作了巨大貢獻的。這和當時申報的創辦人之一美查有很大關係。他和他的買辦陳華庚一起創辦了點石齋，以及集成圖書鉛印公司。開創了中國近代印刷的先河。

〔註33〕 《新聞史上的新時代》，胡道靜著，世界書局出版，1946 年。

〔註34〕 汪仲韋，《我與新聞報的關係》，《新聞研究資料》第 12 輯，展望出版社，1982 年 6 月，133 頁。

〔註35〕 按印刷生產程序分，有直接印刷與間接印刷之別。直接印刷者，版面印墨直接與被印刷物質接觸，而移轉印墨於其上。所有之凸版印刷機與凹版印刷機，

（George Weber）。此後，在中國民族近代印刷業日益崛起的年代裏，更爲先進的多色輪轉印刷機亦相繼引進，中國民族印刷業也隨之進入了一個堪稱「中興」的歷史新時期。

在 1915 年以後的十多年時間裏，各有實力的報紙均添置了高自動化的印刷設備，如《申報》、《時報》、《時事新報》等，產地多爲美國、德國、日本等地，最多的申、新兩報大約有二到四層不等的機型 3、4 部之多。特別是一戰結束的幾年間，受世界新聞技術發展的影響，中國報館出現了更新印刷設備的一個小高潮，這和世界新聞事業的發展趨勢關係密切。一次世界大戰結束前後，歐洲國家新聞事業空前發展，到戰爭結束，眾多歐洲報館更新了機器設備，他們「把換下來的舊的輪轉印報機，以及壓版、烘版、鑄版、車版、刮版等全部附屬機器，整整全套拍賣出去」〔註 36〕。上海有的洋行在這個時期專門做此生意，如新昌洋行，在這期間已經出售了兩架平版印刷機。在《申報》新大樓建築的過程中，該洋行的買辦傅筱庵〔註 37〕找到史量才，向他兜售一部九成新的輪轉印報機〔註 38〕。這部三層的美國輪轉機在當時中國報界技術領域中實屬尖端，每小時可印 12 頁的報紙 10，000 張。不僅樣式新穎、印刷快速，且裝有精確的計數器，準確記錄印刷報紙的份數，大大提高了印報的效率，價格據說高達 16 萬 5 千元。1923 年和 1926 年報館又添置兩架，使印刷更爲便利，縮短了出報時間；但印刷速率不高，發生在午夜以後的重要消息，未能及時報導。鑒於人們對當天新聞越來越重視，1928 年《申報》再次購置美國最新型的司各特直線式輪轉機一架，每小時可印刷 4 張一份的報紙 4.8 萬份。這樣，每天上午四點以前所得消息可在六點出版的《申報》上披露。即從最後發稿到報紙全部印成，只不過兩小時光景，同時這種機型還可套印顏色〔註 39〕。

　　及最老式平版印刷機中之手搖石印機，均爲直接印刷。間接印刷者，版面印墨係先轉印於橡皮滾筒（Cylinder）上，再由橡皮滾筒將印墨移轉於被印物質上。
〔註 36〕胡憨珠，《史量才與申報》，臺灣《傳記文學》第 66 卷，第 4 期。
〔註 37〕日僞時期做僞上海市長，被國民黨特務用斧劈死。
〔註 38〕在胡憨珠的記載中，該機器是瑞士產的，且價格在 16 萬 5 千元，但很多研究中指出 1918 年《申報》起用的是美式輪轉機，筆者比較相信後一種說法，因爲在 1918 年 10 月 10 日《申報》刊登的該報啓用新大樓的增刊中，有一楨照片就是「最新美式輪轉機」，因此這個說法比較可靠。
〔註 39〕對《申報》館的印刷機器設備沿革的記載有多種說法，我們從 1935 年出版的

　　除申、新兩報之外，上海報業較早採用輪轉機的報社還有如下幾家。《時事新報》在 1919 年 4 月 1 日開始採用輪轉機印刷〔註40〕；國民黨的上海《民國日報》是 1921 年 5 月更新了印刷設備，孫中山在廣東就任中華民國非常大總統，因上海是全國輿論中心，必須加強宣傳力量，故對該報進行擴充，購買了輪轉機，添購字模，遷到望平街 D163 號更大的社址辦公〔註41〕。《時報》在 1925 年使用上德國福美四色套印輪轉印報機，每小時可印兩大張報紙 8 萬 1 千份，時為亞洲第一。

　　除印刷機外，印刷配套設備也開始出現在中國大報館中，特別是照相製版設備。該技術不僅可以製造印刷用的照片銅版，而且可以製作銅製招牌，因此一些報館開闢了製作銅字招牌的業務，服務社會。在這方面《新聞報》走在了前面。「民國九年，添設照相製版部，專製銅版鋅版鉛版，及各式照片，各種鉛字銅模。以應各業之需要，繼又添置新機，鑄製各項新式銅招牌，聘用名技師

<hr>

《申報概況》中，看出申報的印刷機的進步狀況，比較權威。「印刷機之進步關係於報業之發達甚巨。本報初創之時，用普通鉛印。印於竹連紙單面，機件簡單。不足稱述。民元後改用手版機。可印全張或半張每小時凡一二千份。其後銷數日增，乃始購置日本造單式輪轉機一架，每小時可印二張一份者五六千份。開中國報業使用輪轉機之先河。不數年後，銷數又日見增加。此機出報之數已不敷當時之需要。乃於民國七年改購美國造三層輪轉機一架，是機同時可印十二張一份者每小時 1 萬份。且可分印兩張或四張為一份。隨意增減。尤形便利。其後基於民國十二年及十五年，陸續添置同式而構造略有不同者二架。是即今日本報舊機器房所有者也。是時機房中三機器同時開印，可節省出版時間不少。惟自近年以來，郵電交通日益便利，國內外重要消息，時有發生於午夜十二時以後者，此種機器因構造關係，速率不高，仍難應付。於是當日報紙，勢且不及載入。因於民國十七年購置美國最新式司各脫直線式輪轉機一架，其速率為每小時可印四張一份者三萬六千份。於是每日上午二時以前所得之消息，均可見之於當日報紙。去年（民國 23 年），復添置同式一架，其速率為每小時可印四張一份者四萬八千份。且可套印顏色，至此則每日上午四時前所得之消息，亦可從容披露於六時前出版之報紙。自最後發稿以至全部印成，需時不過二小時許，可謂極迅速之能事矣。」

同時在 Gutenberg in Shanghai, chinese print capitalism 1876～1937, Chirstopher A. Reed, UBS press 2004, p77 中提到，1925 年申報還引進了一臺德國產的 Vomag 彩色輪轉機，可同時套印多種顏色。但這一證據僅在該書中看到，並沒有其他佐證。

〔註40〕 《中國報業小史》袁昶超 香港新聞天地出版社 1957 年 7 月，88 頁；方漢奇主編《中國新聞事業編年史》（上），福建人民出版社，2000 年，872 頁。

〔註41〕 袁義勤，《上海〈民國日報〉簡介》，《新聞研究資料》第 45 輯，中國社會科學出版社，1989 年 3 月。

監造，並名畫家備書各體字樣，任人選擇，定價低廉，以資提倡，主其事者為周君珊寶、沈君頌岡。蓋本埠以機器製造銅招牌、唯本館一家始倡耳，此本館業務逐年進行之實在成績也。至本年復添國外通電，冀以世界新潮流趨勢之消息，貢之國家社會，為自謀發展之一助。是本報之職志也」〔註42〕。

20 年代《申報》等商業大報頻頻更換印刷設備，這和當時報紙的發行量迅速增加是分不開的。《申報》、《新聞報》自 1920 年到 1930 年的發行量如下：

年　份	《新聞報》	《申報》
1920 年	50788	30000
1921 年	59349	45000
1922 年	74284	50000
1923 年	81737	
1924 年	105727	
1925 年	127719	100710
1926 年	141717	141440
1927 年	144079	109760
1928 年	150152	143920
1929 年	150150	143120
1930 年	150028	148240

頻繁的機器更新背後必須要有鉅額的資金支持。《申報》平時每月贏餘 5、6 千，在 1921 年則因為當年大大的的信交風潮〔註43〕賺了一筆，據說當年得利潤達到 40 萬元〔註44〕，到 1930 年《申報》的淨利潤在 60 萬元〔註45〕。即使這樣，有時也不得不通過分期付款、先租後買等方式解決資金不足的問題。《新聞報》也是如此，汪仲韋回憶到，「就在這幾年之間（1908～1920 左右，筆者注），接連造新房，添機器，攤子越鋪越大，債務也越積越多。由於我父

〔註42〕　《新聞報三十年之事實》，《新聞報三十年紀念》，新聞報館 1923 年。
〔註43〕　即 1921 年出現在上海的「信託公司」和「交易所」熱。當時是一種新型的商業，每當有信託公司或交易所開業，必在報紙上大登廣告。然而這是一種泡沫經濟，沒過多久，很多信託公司和交易所紛紛倒閉，關門清理時，又必須登清理廣告才算完，因此雖然在這場風潮中，很多人受損，只有報業發了大財。
〔註44〕　胡憨珠，《史量才與上海申報》，臺灣《傳記文學》，第 67 卷，第一冊，124 頁。
〔註45〕　趙敏恒，《外人在華的新聞事業》，中國太平洋國際學會，1932 年。第 3 頁。

計劃周詳，措施得宜，非但沒有暴露捉襟見肘之象，反而顯出資力雄厚，儼然躋於高級企業之林，從而促進了營業的不斷發展。然而我父在這裡面所耗的腦力和心血，是難以用筆墨形容的」。〔註46〕

三、國產印刷設備

在眾多報社競相從國外購買印刷設備的時候，國產的印刷機器和配套機器也開始出現。早在 1900 年，上海就有手搖或腳踩的印刷機；銅模機、手動石印機曾在 1900 年和 1904 年被製造出來，1913 年商務印書館鑄造了中文鑄字機，1916 年瑞泰機器廠製造出了中文鑄字機，1920 年上海明精機器廠製造出全紙報紙機和小報紙機，在 1924 年前，還出現過自來墨印刷機（SELF-INKING PRINTING PRESS），滾筒印刷機在 1926 年和 1929 年出現，五色石印機在 1920 年由明精機器廠製造出來，1931 年該機器廠還出產印鈔機和照相銅辛版機器，膠印機在 1924 年由上海滬江機器廠製造出來。不過輪轉機由於工藝技術複雜，直到解放前也沒有實現國產化。

1929 年，上海前 5 家印刷和造紙機器廠生產了大量的印刷機器，從價格為 7800 元的滾筒機到只有 135 元的手動平板機，種類齊全。其中 7800 元的「鋁版印刷機」是報紙印刷機器的首選，「此機可用鋁版或鉛皮版印刷。每小時可印一千八百張，無論單色、套色，皆可照印。機身縱長三十二英寸，橫長四十三英寸。……此機用以印刷新聞報紙最為適宜」〔註47〕。可以說，上海成為中國印刷業起步和發展的中心地帶，這即是上海包括報業在內的出版業發達的原因，也是結果。

相對於以上海為代表的南方報業競相進行的技術革新，北方報館卻難以有所作為。天津《益世報》自 1919 年開始使用輪轉印刷機，是目前發現最早的記載；到 1926 年，包括天津和北京等地在內的眾多北方報館，就還有日本的《順天時報》被記載採用輪動轉印報機。當時報館印刷多「託印字局」，以每天一千份計算，如果是印一大張，月付印刷費 150 元左右，如果是印兩大張，費用在 200 元左右〔註48〕，因此很多沒有長久打算的報館只要拉來資

〔註46〕 汪仲韋，《我與新聞報的關係》，《新聞研究資料》第 12 輯，展望出版社，1982年 6 月，129 頁。

〔註47〕 《上海印刷機工業之調查》，《工商半月刊》第一卷第二十二號，1929 年 11月 15 日出版。轉引自《中國印刷年鑒》，1982、1983 年，242 頁。

〔註48〕 熊少豪，《五十來年北方報紙之事略》，《最近之五十年》，1923 年，申報館。

金就可以能夠維持一段時間。但一些具有專業精神的報紙還是從低檔的印刷機開始，一步一步開拓事業。天津新記《大公報》在 1926 年創辦時，使用的是國產的「老牛牌」平版機；1927 年年底，《大公報》發行數已達一萬兩千餘份，平版機不能滿足生產需要，於是 1929 年從上海《新聞報》買來一架二手的輪轉機，以應對不斷上昇的發行數字。1930 年底，該報發行量再次提升到 3 萬份，普通輪轉機已經不能應付，又花 20 萬元向德國西門子洋行買了一部高速輪轉機。

機器設備的更新對報紙發展意義重大，不僅直接提升印報速度和質量，而且對新聞時效性的爭取也至為重要。一部好的印刷機可以讓截稿時間推遲，讓出報時間提早，這正是任何報館在競爭中至關重要的兩件事情。如果我們與清末時期對比，就會發現報館截稿時間大為延後，甚至改變了報館的作息時間，清末時，報館自下午到傍晚即是截稿、編排和定稿的時間，「每日辦報時間，自午後起至上燈時，報務已一律告竣。同時相率星散，各尋其娛樂之方」〔註 49〕。但自從輪轉機開始在報館使用後，截稿時間大大推遲，於是編輯開始有了值夜班的職業作息。

第四節　現代化物質基礎的主要障礙

不論如何，當時新聞從業者對報刊技術和物質層面的現代化是相當認可的，這對報刊現代化發展是積極而重要的，這種意識有益地促進了中國新聞業的現代化進程。每當有報館添置新式設備時，報紙都極力宣傳，篇幅巨大，配以照片。如 1918 年 10 月 10 日的《申報》就用發行增刊並配以昂貴的 8 楨照片的方式，宣傳自己新建的大樓和採用的新式印刷設備，其中兩楨為「最新美國輪轉機」和「日本仿製法國最新式輪轉機」，最新美國輪轉機每小時可以 4,8000 張，每張 48 頁。還有一楨照片是樓內配備的電梯。

但當時新聞業在物質基礎上的現代化還是面臨諸多困難。

一、資金的不足

在中國報業整個物質層面的現代化過程中，缺乏資金是最重大的障礙。中國報館自身歷史短暫，商業化程度低，資金來源比較脆弱。中國報館的資

〔註49〕雷瑨，《申報館之過去狀況》，《最近之五十年》，上海申報館，1923 年。

金來源當時多依靠各界的捐助——主要來自政治勢力，報館自身的經營、廣告和發行上的收入積累很少。「吾儕從事報業者，其第一難關，則在經濟之不易獨立。……在產業幼稚之中國，欲持廣告所入以供一種完善報紙之設備，在勢既已不可能，而後起之報為尤甚。質言之，則凡辦報者非於營業收入以外別求不可告人之收入，則其報不能自存」〔註50〕。當時黨派對報紙的補貼一般月均數百元不等，如 1926 年國民黨對當時願為國民黨效力的《浙江晨報》進行補貼，額度為月均 100 元大洋。這個數字僅能維持一個地方報紙最基本的開支，並不能對報社長遠發展提供保證。我們可以對照 1917 年武漢日本《漢口日報》向日本駐漢領事館提出增辦該報中文版的經費申請，估算出一份健全的報紙所需要的資金量〔註51〕：

設施費總額　　銀 7500 元

內含：

大印刷機一臺，小印刷機一兩臺　銀 1800 元

各號活字　　　　　　　　　　　銀 3500 元

印刷用各種雜具　　　　　　　　銀 1500 元

兩種假名（日本字母）字模　　　銀 200 元

準備費　　　　　　　　　　　　銀 500 元

總計銀 7500 元

報紙補充費　　　　　　　　　　銀 6000 元

補充費年額（按每月平均 500 元計算）

內含：

中文記者津貼（按每月平均 200 元計算）銀 2400 元

中文職工工資（按每月平均 100 元計算）銀 1200 元

紙墨費（按每月平均 120 元計算）　　銀 1440 元

採訪通訊及原稿費　　　　　　　銀 960 元

總計銀 6000 元

從以上數字可以看出，報紙最基本的固定設備投資在 7500 元左右，運轉費用

〔註50〕 時事新報同人，《本報五千號紀念辭》，1921 年 12 月 10 日，《時事新報》，轉引自張之華主編《中國新聞事業史文選》，中國人民大學出版社，1999 年，169頁。

〔註51〕 方漢奇主編，《中國新聞事業編年史》，福建人民出版社，2000 年，第 831 頁。

每個月要 500 元，日本在華創辦報紙，是追求傳播效果的，因此我們可以認定這一數額是維持一份像樣報紙的基本費用。

資金匱乏是報館發展的最大障礙，特別是在館舍的興建上，所以很多報館只能賃屋而做了。原來《申報》在望平街報館的租金要月均 200 元，1915年被席子佩用月均 800 元高價擠走，另覓新址租賃。即使 200 元的開銷一般小的報館也出不起，更何況要投入數萬甚至數十萬的資金建設房屋，因此租屋還是比較經濟的。

《新聞報》在 20 年代之前，資金一直處於匱乏狀態。1913 年第一次世界大戰爆發，汪漢溪未雨綢繆，打算一次性進口足夠數年使用的白報紙，但報社經濟力量薄弱，一時籌不出所需鉅款，汪「將報館地基、房屋、機器固定資產及紙張、油墨等物料，生財、動產，全部作抵押品，向通商銀行借貸款」〔註52〕，雖然抵押物品的價值已經高於貸款數額，但銀行還是不放心，於是又請報社董事何書丹，朱葆三出面擔保，才做成交易，購進了六年存貨。

就拿上文提到的《申報》大樓，也不是依靠史量才和《申報》自己的力量建成的。史量才與席子佩的官司敗訴後，負債累累，如何能進行企業的現代化改造呢？只是一個機緣，上海英國公平洋行買辦盧少棠（據說是當時最出名的豪賭客之一），出於為史量才輸掉官司並被席子佩擠出望平街的遭遇「打抱不平」〔註53〕，危難時刻來幫忙，將手頭一塊閒置的地皮用「先租後買」的方式賒給史量才，並代為監造大樓，共造價 30 萬兩銀子〔註54〕。但實際上，盧少棠的作為並不是僅僅為了幫助史量才翻身，他也是看準了《申報》的發展前景和史量才的能力，才會將手邊低價買來的地皮賣與他，並在其沒有資金的情況下，全面幫助《申報》建立新報館。其實對於盧來說，也是作了一筆好買賣。

〔註52〕汪仲韋，《我與新聞報的關係》，《新聞研究資料》第 12 輯，展望出版社，1982年 6 月，129 頁。

〔註53〕席子佩在與《申報》的官司中勝訴後，用史量才賠付的錢創辦了《新申報》，並利用與老《申報》租賃房屋的房東良好的私人關係以及高於原租金每月 200兩銀子四倍，800 兩的價格，將《申報》從望平街的老店趕走，而懸掛起了《新申報》的匾額。因此在外人看來，史量才是倍受了「欺負」。

〔註54〕還有一種說法為建築費 70 萬元（《中國新聞事業編年史》記載第一卷，854頁），但據老《申報》記者胡翰珠的記載，當時地價二十萬，打了個八折，為十六萬；建築價格為 14 萬，共計 30 萬兩白銀。

二、技術的限制

其次，技術的國產化程度低，是報館物質層面現代化的另一大障礙。這在印刷和消耗材料上尤為突出，每年國家要花大量的銀錢從國外購買此類物資。

比如報紙印刷用紙。中國近代報紙的印刷紙張原來是賽連紙、毛太紙、連史紙、開杉紙、油光紙等國產紙，這些紙張一般只能單面印刷，久存不易；後來洋紙輸入，比較適合報紙的雙面印刷。進口白報紙的使用，雖最早是由1861年創刊的《上海新報》開始，但此後10餘年，新創辦的報紙，如《申報》、《彙報》、《匯報》、《益報》等均用國產的竹連紙或有光紙。直到1896年的《蘇報》採用白報紙後，中國報紙才普遍採用白報紙進行印刷，《申報》採用白報紙印刷的時間應不晚於1909年12月11日〔註55〕，天津《大公報》是1916年1月1日改用白報紙兩面印刷，版式不變。

白報紙一般分為兩種，一種是平紙，一種是卷紙。「平紙約長四十三英寸，闊約三十一英寸，每五百張謂之一令。卷紙則如布匹，由印刷機隨印隨裁，用此可免添紙之勞。每卷約十二令至二十一令，其價以重量計，每磅在三兩三錢左右」〔註56〕，這些紙張因為供應情況而時有漲跌。

進口紙張以日本貨最多，意大利、瑞典次之、挪威、德意志又次之；自1912年到1924年，除一戰期間進口量有所下降外，基本呈迅速上昇勢頭。1912年大約在450萬兩左右，到1924年，耗費則超過2000萬兩以上〔註57〕。雖然國內有一些仿造洋紙的工廠，到20年代中期不下十餘所，但「規模太小，出貨無多，營業不振，時起時蹶」〔註58〕。1912年，全國報界俱進會曾在上海開會，第一議案就是商討自辦造紙廠的問題，希望能聚集資金興辦民族造紙業，節省進口成本，但終因技術條件和配套條件不完善而作罷，也就

〔註55〕 還有兩個數據，一說從11月起，一說從1909年1月25日（宣統元年正月初四）開始。但1909年12月11日報紙刊登了如下啓示，「本報開設已有四十年，現為益求完備其起見，特改用白報紙印刷外，並廣搜材料，擴充內容，延請畫師，將各處風景擇有趣味者，繪成圖畫一大張，按日石印附送」。因此筆者認為使用白報紙的日期不應晚於該日。

〔註56〕 戈公振的《中國報學史》255頁。商務印書館1928年版，254頁。

〔註57〕 這一數據包括印書紙、綿紙、包皮紙等各種類別。但報紙紙張數量最大，基本占到了1/4弱。引自戈公振的《中國報學史》，商務印書館，1928年版，255頁。

〔註58〕 戈公振，《中國報學史》，商務印書館，1928年版，254頁。

是說，如果在大城市周邊建廠，則造紙原料缺乏，如果在森林資源豐富的東三省造廠，則需要鐵路支持，以及比鄰水源、煤礦，除此之外，還要有大的資本投入。因此縱然報業甚至整個出版業對進口紙張耗費巨大深有感慨，但因各種外在和內在的條件限制，心有餘而力不足。

　　技術的不足，使中國報人在痛心於流失大量外匯購買外國原料時，倍感無奈。

三、對新聞業認識的偏頗

　　館社現代化物質基礎的障礙還來自眾多從業者對新聞業的認識不足。日本學者曾認為，中國向來是個重視輿論的國家，「與人們可能想像的相反，中國首先並且主要是一個輿論的國家」〔註59〕。在評判地方官員上，皇帝將重點放在個人的聲望上，如果某人被稱為「名聲好」，就意味著這是一個好官員。到了民國時代，這種輿論的來源顯然有了新的更直接的途徑，即印刷成為文字的報紙，因此這也意味著，輿論更可以被製造出來，不是從普通百姓那裡，而是從精英階層。因此需要在政界站穩腳跟或有所作為的黨派、集團或個人，必須創辦或收買報紙，有自己的喉舌。報紙在一些人那裡被認為是政治鬥爭的手段和工具，特別是政黨報紙林立的北方，很多報館沒有自己的館舍和印刷設備，內陸地區亦如此，如成都《國民日報》，成立於1911年12月17日，算是歷史悠久的革命報刊了，創辦者康心之是著名的金融家，財力巨大，但直到1930年代，即創辦後20餘年，竟然沒有機器設備〔註60〕。

　　由於政黨類報紙只是作為政治工具存在，其存在價值只是宣傳本黨的主張和政策，至於效果如何，卻不甚關注。這種報紙比例很高，在這一認識下，對報館物質基礎進行投入就顯得多餘而沒有必要了。因此，「十年前（指1927年前，筆者注），中國的新聞事業，除少數在都市發行的幾家報紙外，多不自備印刷機，所以要創辦一種報紙亦很容易，僅租幾間房子作為社址，即可成立，印刷部分可以完全委託其他印刷所代印；其次，雖具有一二架平版機，究不過粗具規模罷了」〔註61〕。

〔註59〕費約翰著，李恭忠、李里峰等譯，《喚醒中國》，生活・讀書・新知三聯書店，2004年，307頁。

〔註60〕《中國新聞學會年刊1》，1942年9月1日，第90頁。

〔註61〕邵力子，《十年來的中國新聞事業》，摘自《十年來的中國》，上海商務印書館，1937年，第488頁。

　　北洋政府期間，報業在整個物質層面現代化過程中，通訊技術利用的最好，相對低廉的成本使幾乎所有的報館利用這一新技術，擴大報導範圍，提高新聞時效性；這對報紙的報導內容意義重大，新聞比重開始提高，客觀上也促進了報紙功能的改變——由提供言論轉變爲提供新聞，促進了中國政論報紙的結束和新聞性報紙的出現。其次，各報館根據自身能力及需要，進行了印刷及相關技術的現代化。到北洋政府末期，雖然中國報館進行印刷技術現代化的比例並不高，全國範圍內只有有經濟實力或有強力政治支持的報館才能得以進行這方面的現代化改造，但現代印刷技術的引進使報紙大規模複製成爲可能，出現了少數發行數萬份乃至十幾萬份的現代商業報紙。至於現代館社和圖書資料中心等，能達到自有程度的就很少，如果說能有現代化的館社就更是鳳毛麟角。從中可以看出，中國報館在現代化的道路上還有很長的路要走。